DIAMANTS DE SANG

Né à New York en 1947, James Patterson publie son premier roman en 1976. En 1977, il obtient l'Edgar Award du meilleur roman policier. Il est aujourd'hui l'auteur de thrillers le plus lu au monde. Plusieurs de ses ouvrages ont été portés à l'écran, dont *Le Collectionneur*, *Alex Cross*, *Zoo* et *Jeu de massacres*.

Scénariste pour la télévision et le cinéma, Marshall Karp est coauteur des romans de la série « NYPD Red » – déjà parus en France : *Tapis rouge*, *Lune pourpre*, *Lettres de sang* et *Alerte rouge*.

*Paru au Livre de Poche :*

BIKINI
BONS BAISERS DU TUEUR
CRISE D'OTAGES
DANS LE PIRE DES CAS
DERNIÈRE ESCALE
LA FILLE DU PRÉSIDENT (avec Bill Clinton)
GARDE RAPPROCHÉE
LES GRIFFES DU MENSONGE
INCONTRÔLABLE
INVISIBLE
JEU DE MASSACRES
LETTRES DE SANG
LUNE DE MIEL
LUNE POURPRE
LA MAISON AU BORD DU LAC
MENACE SUR RIO
MOI, MICHAEL BENNETT
ŒIL POUR ŒIL
ON T'AURA PRÉVENUE
PILE OU FACE
PLUS JAMAIS
LE PRÉSIDENT A DISPARU (avec Bill Clinton)
PRIVATE LOS ANGELES
PROMESSE DE SANG
LE SANG DE MON ENNEMI
TAPIS ROUGE
TUE-MOI SI TU PEUX
UN SI BEAU SOLEIL POUR MOURIR
UNE NUIT DE TROP
UNE OMBRE SUR LA VILLE
LA VILLA ROUGE
WEEK-END EN ENFER
ZOO

Les enquêtes d'Alex Cross

ALEX CROSS VA TROP LOIN
COURS, ALEX CROSS !
CROSS, CŒUR DE CIBLE
DERNIÈRE CHANCE POUR ALEX CROSS
DES NOUVELLES DE MARY
EN VOTRE HONNEUR
JUSTICE POUR CROSS
LA LAME DU BOUCHER
LE MASQUE DE L'ARAIGNÉE
MOI, ALEX CROSS
LA PISTE DU TIGRE
SUR LE PONT DU LOUP
TIRS CROISÉS
TUER ALEX CROSS

Les enquêtes du Women's Murder Club

2e CHANCE
TERREUR AU 3e DEGRÉ
4 FERS AU FEU
LE 5e ANGE DE LA MORT
LA 6e CIBLE
LE 7e CIEL
LA 8e CONFESSION
LE 9e JUGEMENT
10e ANNIVERSAIRE
LA 11e ET DERNIÈRE HEURE
12 COUPS POUR RIEN
13e MALÉDICTION
14e PÉCHÉ MORTEL
15e AFFAIRE
16e SÉDUCTION
17e SUSPECT
18e RAPT

JAMES PATTERSON
et MARSHALL KARP

# *Diamants de sang*

TRADUIT DE L'ANGLAIS (ÉTATS-UNIS)
PAR ANTOINE GUILLEMAIN

L'ARCHIPEL

ISBN : 978-2-253-10760-6 – 1re publication LGF

*À Jody et Harold*
M. K.

# PROLOGUE

## Rouge sur rouge

# 1

Leopold Bassett a traversé la pièce d'un pas allègre jusqu'à l'endroit où son frère, Maxwell, sirotait tranquillement son vin.

— Max, lui a dit Leo dans un demi-murmure enivré, ma sentinelle en faction dans le hall m'informe que Lavinia est en train de monter l'escalier. Tu peux arrêter de broyer du noir vingt minutes ?

— Je ne broie pas du noir. Je déguste ce petit sancerre « tout simplement exquis » et j'essaie de calculer combien ce raout que tu as tenu à organiser est en train de nous coûter.

— Tu peux arrêter de calculer, lui a répondu Leo, car maintenant que Lavinia est de la partie, on va en avoir pour notre argent. C'est la seule personne qui nous intéresse vraiment.

— Alors pourquoi a-t-on claqué 15 000 dollars à nous deux dans cette suite royale au Ritz-Carlton ? Et qu'est-ce que tous ces pique-assiette font là, à part se goinfrer de caviar et écluser notre champagne ?

— Max, je ne te dis pas comment créer des bijoux, alors tu ne vas pas m'apprendre à organiser une soirée publicitaire. Si Lavinia entrait dans une salle vide, elle en ressortirait aussi sec. Ces gens sont des faire-valoir. Ils font tapisserie.

— Tout ça pour une chroniqueuse mondaine à deux balles ?

— Une chroniqueuse ? La papesse de la mode, plutôt. Les critiques qu'elle signe et les photos qu'elle publie sont la référence absolue. C'est une lanceuse de tendances. C'est elle qui donne le ton.

La porte de la suite s'est ouverte, et Lavinia Begbie est entrée.

— Eh bien, a fait Max. Vu ses sourcils en accent circonflexe et son front paralysé, la mode doit être aux injections de Botox désastreuses. On dirait qu'elle a fait un AVC.

— Je te hais, a répliqué Leo.

Il s'est empressé d'aller accueillir la nouvelle venue et toute sa cour : un photographe, un assistant, et une westie, que Lavinia berçait dans ses bras.

Elle a posé la chienne par terre, a envoyé à Leo une bise aérienne et filé droit vers Max.

— Maxwell Bassett, le bijoutier des stars, lui a-t-elle dit en lui serrant la main. Quel plaisir de vous rencontrer enfin. Vous êtes un loup solitaire.

Max a souri.

— Leo est dur avec ses associés. Il m'oblige à rester emprisonné dans mon atelier pour créer des breloques pour les grands de ce monde.

— « Emprisonné », tiens tiens…, lui a-t-elle répondu. La dernière fois que j'ai parlé à Leo, vous chassiez le rhinocéros blanc quelque part en Namibie.

— Pitié, n'imprimez pas ça, s'est exclamé Max en pliant les mains contre sa poitrine dans un geste angélique. Les associations de défense des animaux me détestent déjà suffisamment.

— Leo, soyez gentil, allez me chercher un double bourbon, sec, a dit Lavinia.

— Tout de suite, lui a répondu Leo. Et pour votre chienne ? Je lui apporte une gamelle d'eau ?

— Pas la peine. Reine adore les cocktails mondains. Elle attend que quelqu'un fasse tomber un peu de nourriture et elle n'en fait qu'une bouchée. J'appelle ça des bouchées à la Reine.

Elle s'est intéressée soudain à Max :

— Dites-moi tout.

— Ça m'a pris des mois, a-t-il commencé, débitant son boniment, mais j'ai fini par trouver vingt émeraudes de quatre carats parfaitement assorties…

— S'il vous plaît. Épargnez-moi votre baratin. Votre chargée de com m'a envoyé un e-mail avec tous les détails, et mon photographe va prendre un cliché d'Elena Travers s'apprêtant à fouler le tapis rouge. Je suis ici pour parler des rumeurs.

— Elles sont toutes vraies, a ironisé Max. Leo est gay. Je l'ai prévenu que vous n'alliez pas le lâcher.

— On raconte que vous projetez de signer avec Precio Mundo, a-t-elle affirmé.

— Avec Precio ? La chaîne de grands magasins ? Et comment vendrait-elle une marque comme Bassett ?

Elle mettrait nos bracelets à 100 000 dollars en tête de gondole et les solderait à 89 000 ?

— Pas de fausse pudeur. Et n'éludez pas la question. D'après mes sources, Precio Mundo vous a demandé de créer une collection de…

— Mesdames et messieurs, votre attention s'il vous plaît.

Sonia Chen, la chargée de communication de Leo, se tenait devant la porte donnant sur la chambre à coucher.

— J'ai croisé bien des comédiennes, mais jamais aucune avec autant de magnétisme et de grâce que la jeune actrice qui foulera ce soir le tapis rouge pour la première de son nouveau film, *Aliénor d'Aquitaine*, dans lequel elle tient le rôle principal. Je suis honorée de vous présenter Elena Travers.

La comédienne qui s'est engagée dans la pièce était vêtue d'une robe bustier Valentino parfaitement mise en valeur par le dernier chef-d'œuvre de Max. Les invités ont applaudi, les appareils photo crépité et, à l'autre bout de la pièce, Leo Bassett s'est écrié :

— Enfin, après toutes ces années, la femme de mes rêves !

L'assistance a éclaté de rire, et Leo s'est précipité vers Elena, les bras grands ouverts.

— Ma chérie, s'est-il émerveillé, attirant l'attention de la salle, tu es raviss…

À peine son pied est-il entré en collision avec la westie que Leo a plongé la tête la première. Reine a couiné, Leo poussé un cri suraigu, et des bras se sont allongés vers lui pour tenter d'amortir sa chute. Mais son élan n'a été brisé qu'au moment où il s'est écrasé contre l'une des tables du buffet, après quoi il s'est échoué sur le tapis, le costume couvert de tartare de saumon mariné.

Un serveur l'a aidé à se relever, et Sonia est aussitôt apparue avec une pile de serviettes en papier puis a commencé à frotter sa veste pour en ôter les morceaux de saumon et d'aneth. Leo lui a fait signe de s'écarter et a cabotiné :

— Règle numéro un du show-biz, a-t-il déclaré, posant pour la galerie. Ne jamais travailler avec des enfants ou des chiens.

Rire nerveux de l'assistance.

Leo a souri à Lavinia.

— Comment va votre petite Reine ?

— Elle est sous le choc, mais elle s'en remettra, lui a assuré Lavinia en cajolant la westie blottie dans ses bras. Leo, je suis vraiment navrée…

Il a levé une main et s'est tourné vers Elena.

— Ma chère, vous allez malheureusement devoir trouver quelqu'un d'autre pour vous escorter.

— Oh, Leo, a répliqué Elena, personne ne s'offusquera de quelques taches de marinade. Venez. Ça va être amusant.

— Bon Dieu, Leo, vas-y. Ce n'est pas vers toi que se tourneront tous les regards, de toute façon.

L'injonction venait de Max.

— Non, a-t-il rétorqué, furieux contre son frère. Pas question que Leo Bassett foule le tapis rouge si c'est pour puer le sashimi.

Il a fait volte-face, est entré en trombe dans la chambre et a claqué la porte.

Max a jeté un œil furtif sur Lavinia Begbie en se demandant comment elle allait réagir à la sortie théâtrale de Leo. Mais son visage figé à cause de multiples injections de toxine botulique destinées à en lisser les rides ne l'a nullement renseigné.

# 2

Ian Altman a passé en revue les gens qui se tenaient derrière le cordon de velours à l'extérieur du cinéma Ziegfeld, mais il n'y avait personne d'intéressant à filmer.

En fait, presque personne ne s'était déplacé, voilà tout. Les projecteurs à arc qui quadrillaient le ciel avaient bien du mal à attirer les foules à la première du nouveau film d'Elena Travers.

Altman s'est rappelé que c'était toujours le problème lorsqu'on déroulait le tapis rouge à New York pour ce genre d'événement. À Los Angeles, le gratin répondait présent. À New York, tout ce qui barrait le passage était perçu comme un emmerdement.

Comme pour lui donner raison, un homme qui tentait de contourner la barrière de police l'a bousculé, manquant de faire tomber la caméra qu'il tenait dans ses mains.

— Abruti, lui a crié le passant. Vous croyez peut-être que la rue vous appartient ?

Altman avait été formé pour éviter les prises de bec avec le grand public.

— Elle ne nous appartient pas, monsieur. Je fais partie de l'équipe télé et nous avons un permis qui nous autorise à…

Un bruit reconnaissable entre mille a éclaté comme un coup de tonnerre, et Altman a braqué sa caméra en direction de la détonation. Instantanément, une douzaine de flics de la police municipale la mieux entraînée des États-Unis sont passés en état d'alerte maximale.

Des pistolets ont été dégainés, des émetteurs radio activés et des ordres criés. Un second coup de feu s'est ensuivi, et les flics se sont déployés : certains ont foncé vers l'ouest à la poursuite de son auteur et les autres dans la direction opposée, tentant de parquer la foule qui cédait au sauve-qui-peut.

Les balles n'ont pas effrayé Ian Altman. Il avait bossé à deux reprises comme photographe de guerre en Afghanistan avec l'armée de l'air. Il a mis un genou à terre et dirigé sa caméra vers le lieu de l'action.

À travers l'objectif, il l'a vue s'approcher. Une Cadillac longue comme un paquebot a remonté la 54e Rue Ouest à tombeau ouvert, a pris en écharpe une voiture de flics, a carambolé un fourgon du NYPD, pour venir s'encastrer directement dans les deux projecteurs à 800 millions de candelas qui éclairaient la nuit.

Leurs ampoules au xénon ont éclaté, et une pluie d'étincelles et de verre s'est abattue sur le caméraman, qui zoomait sur la vitre côté conducteur, derrière laquelle un corps était affaissé contre le volant.

La première vague de flics s'est avancée vers la limousine et a aboyé sur ses occupants pour leur intimer de sortir en gardant leurs mains visibles.

Altman a pivoté sa caméra juste à temps pour filmer la scène : un jeune homme à la chemise maculée de sang s'est extirpé du véhicule par la portière arrière. Des flics surgissant de toutes parts lui ont sauté sur le paletot et lui ont crié :

— À terre ! Tout de suite !

L'homme est tombé à genoux, a levé les mains en l'air et crié à son tour :

— Elle s'est pris une balle ! Faites venir une ambulance !

Un officier de police a hurlé un ordre et deux flics se sont approchés de la limousine, ont jeté un œil à l'intérieur puis rengainé leur flingue. La policière s'est glissée sur la banquette arrière pendant que son coéquipier faisait le tour du véhicule et entrait par la portière opposée.

Ils ont délicatement sorti Elena Travers de la voiture et l'ont déposée sous la tente. C'était une poupée de chiffon ; le devant de sa robe blanche était aussi rouge que le tapis sous son corps.

La policière s'est agenouillée et, doucement, a passé une main sous sa tête.

La comédienne a tenté de parler mais n'a réussi qu'à produire un gémissement de douleur. La policière s'est penchée tout près d'elle, et Altman a fait un gros plan pour lire sur ses lèvres :

— Ça va aller. Ça va aller.

Ça n'allait pas aller.

Le pouls d'Ian Altman palpitait, mais ses mains tenaient fermement sa caméra, cadrant la scène dans son viseur : une actrice et une policière, deux regards accrochés l'un à l'autre, deux femmes unies par un lien étrange. Elena exhala son dernier soupir, et la lueur dans ses yeux s'est éteinte.

Altman avait déjà imprimé la mort sur sa pellicule, mais toujours avec les horreurs de la guerre en toile de fond. Cette mort-ci était presque paisible, et en même temps mille fois plus effroyable.

Par respect, il a commencé à réduire sa focale et à s'éloigner pour préparer sa dernière prise de vues. Ces images-là seraient retransmises en direct et finiraient par être visionnées par des centaines de millions de personnes à travers le monde, devenant virales : Elena Travers, belle même devant la mort, vierge de tout défaut, à l'exception des profondes crevasses qui fendaient sa peau là où le chef-d'œuvre de Maxwell Bassett, une pièce unique de 8 millions de dollars, avait été arraché de sa poitrine.

# PARTIE 1

## Les journées sont longues
## et les nuits sont courtes

# 1

Rien de mieux qu'une célébrité morte pour attirer les foules.

Lorsque nous sommes arrivés, Kylie et moi, sur le lieu des faits, un torrent d'humanité avait déferlé sur le cinéma Ziegfeld, charriant bougies, fleurs, oursons en peluche et, bien sûr, plusieurs photos de la regrettée Elena Travers.

Le lendemain matin, le *Daily News* résumait la déception des fans par un titre choc :

EN « TRAVERS » DU GOSIER

— Zach ! Zach Jordan !

J'ai levé la tête et vu Stavros Kellepouris marcher à ma rencontre. Le lieutenant Kellepouris était de la vieille école, intraitable avec ses équipes et encore plus dur avec lui-même, ce qui lui valait soit d'être respecté, soit d'être pris en grippe, voire les deux.

— Zach, je savais qu'ils feraient remonter le dossier au Red, m'a-t-il dit en me serrant la main.

Il s'est tourné vers Kylie et a ajouté :

— Vous devez être l'inspectrice MacDonald.

— Kylie. Heureuse de faire enfin votre connaissance, lieutenant. Et, pour info, ils ne nous ont rien fait remonter. C'est venu d'en haut. Vous avez quoi, pour l'instant ?

— Une star de ciné morte, un conducteur de limousine au bloc opératoire avec une balle dans le dos, deux criminels dans la nature, et une vidéo qui ne risque pas de vous donner beaucoup de biscuits.

— Vous avez raison, lui a-t-elle répondu. On l'a visionnée.

— Bah tiens, tout New York l'a visionnée, a dit Kellepouris. Il y avait soixante personnes à tout casser quand tout le monde pensait que madame allait se pointer ici vivante. Maintenant, étendue sur le trottoir dans une mare de sang, elle ameute une nuée de vautours équipés de smartphones qui espèrent immortaliser un moment de l'histoire d'Hollywood.

— Faites-nous un topo sur ce qui s'est passé avant les coups de feu, lui ai-je dit.

— Tout était calme. Juste les habituels paparazzis à canaliser derrière les cordons de sécurité, mais ils ne nous créaient pas de problème. J'avais plus de flics que nécessaire.

— Pourquoi ça ?

— À cause de tout ce tralala hollywoodien. Travers portait un collier à plusieurs millions de dollars, alors un chargé des relations publiques a trouvé que douze flics valaient mieux que quatre pour la protéger. C'est la prod qui paie la ville pour qu'elle assure la sécurité, donc elle peut en engager autant qu'elle veut. On n'était rien que des marionnettes en uniforme bleu jusqu'à ce que tout se barre en couille.

— Parlez-nous du type qui était dans la voiture avec elle.

— Craig Jeffers. C'est son coach sportif particulier, mais à ce qu'il m'a dit, ils entretenaient d'autres rapports très *particuliers*, qu'ils gardaient secrets.

— Qu'est-ce que vous pouvez nous apprendre qu'on ne voit pas sur la vidéo ?

— Apparemment, au départ, ce devait être un simple vol à l'arraché. Deux pieds nickelés armés ont obligé la voiture à s'arrêter. Je ne pense pas qu'ils avaient l'intention de blesser quelqu'un. Ils voulaient juste taper de la joncaille.

— Qu'est-ce qui a mal tourné ?

— C'est à cause de Jeffers. C'est un culturiste, doublé d'un macho pur sucre. Il a décidé de nous la faire à la Jason Statham et de se colleter avec un des auteurs pour le désarmer. Ça ne s'est pas passé comme il l'avait prévu.

Kylie a hoché la tête de dépit.

— Les hommes sont des crétins, a-t-elle dit.

Kellepouris a eu un rictus à mon intention.

— Vous êtes bien tombé avec celle-là, Zach. Elle me plaît bien. Elle me rappelle ma femme.

— Autre chose ? lui ai-je demandé.

— J'ai du galon, Zach, mais pas de médaillon. Je n'ai pas pu creuser plus que ça. Et puis Jeffers m'avait l'air trop anéanti pour affronter tout un tas de questions. Il a fait le con, mais on ne peut que le plaindre. Le bonhomme va avoir la mort d'Elena Travers sur la conscience pour le restant de ses jours.

— C'est ça que j'aime chez vous, Stavros, lui ai-je dit. Vous avez le courage de vos opinions.

— Désolé de vous décevoir, inspecteur, mais ce n'est pas mon opinion que je vous donne, là. Ce sont les propos de Jeffers, pas les miens.

# 2

On est passés devant l'accordéon de taule froissée que formaient les épaves de la limousine et du camion qui transportait les projecteurs, et on s'est dirigés vers le tapis rouge, où John Dryden était agenouillé à côté du corps d'Elena Travers.

Dryden, qui possédait le charisme d'une prison moyennement sécurisée, a levé les yeux. L'expression de son visage d'ordinaire stoïque s'est adoucie quand il a aperçu Kylie, mais il était en service, alors pas de préambule :

— Elle a reçu une balle de 9 millimètres dans l'abdomen, a-t-il déclaré. Elle s'est vidée de son sang.

— Merci, lui a dit Kylie en le gratifiant d'un sourire étudié qui signifiait « Tu es mon policier scientifique préféré ».

— Je fais juste mon métier, lui a-t-il répondu avant de retourner à son travail, signe que son compte rendu était terminé.

Nous sommes entrés dans le Ziegfeld, où il n'y avait personne à part quelques flics et un homme assis par terre, dos au mur, tête dans les mains.

— Monsieur Jeffers, a dit doucement Kylie.

Il a levé la tête. Ses yeux étaient rouges et son visage défait par la douleur.

— Je lui ai demandé pardon, a-t-il dit. Avant qu'elle meure, je l'ai tenue dans mes bras et je lui ai demandé pardon. Elle ne m'a rien répondu, mais je sais qu'elle m'a entendu.

Kylie s'est agenouillée à côté de lui.

— On va retrouver les coupables.

— C'est moi, le coupable. Je suis tout aussi fautif.

— On peut discuter? lui a demandé Kylie en se relevant.

Jeffers l'a imité. Blond, un mètre quatre-vingt-dix, large d'épaules, avec un cou épais et des pectoraux saillants qui tendaient sa chemise ensanglantée.

Peut-être avait-il gagné le jackpot à la loterie génétique, mais je traîne suffisamment dans les salles de muscu pour savoir reconnaître un type sous stéroïdes quand j'en vois un. Le haut de son corps, disproportionné, les veines de ses mains, toutes gonflées, et son acné, particulièrement sévère, en disaient long. Craig Jeffers était piqué aux hormones.

— On était à un feu rouge, a-t-il commencé. Deux types armés sont sortis de nulle part. Ils ont obligé le conducteur à baisser les vitres, et un des deux a braqué son flingue sur Elena. Je suis sûr qu'elle lui aurait filé le collier s'il avait demandé, mais non : il a fallu qu'il plante ses doigts dans sa poitrine et qu'il le lui arrache. Il l'a griffée jusqu'au sang, ce connard. Il lui a fait mal, et elle a crié. C'est pour ça que j'ai pété un plomb. À cause du cri.

— Comment ça, pété un plomb? lui a demandé Kylie.

— J'ai disjoncté. J'ai voulu lui piquer son flingue. Je sais qu'on nous dit de pas faire ça, mais quand l'adrénaline monte on agit sans réfléchir. J'avais une main autour de son poignet et je m'apprêtais à le dérouiller avec l'autre main quand le coup de feu est parti.

J'avais déjà entendu ça. Un homme avec un excès de testostérone pour seule défense qui se risque à désarmer son adversaire à mains nues. Ça marchait peut-être pour Jackie Chan au cinéma, mais ça avait loupé pour Craig Jeffers dans la vraie vie.

— Et après? a repris Kylie.

— Il a tiré un deuxième coup de feu. Plus tard, j'ai appris qu'il avait blessé le conducteur. Mais ensuite, tout est flou. J'étais concentré sur Elena.

— Vous pouvez me décrire les deux hommes?

— Ils avaient le visage caché sous un masque chirurgical vert, et ils portaient un bonnet noir en tricot. Celui qui a passé le bras à l'arrière ne portait pas de gants, j'ai aperçu ses mains. C'était un Blanc.

— Quelle relation entreteniez-vous avec Elena Travers?

— Je l'aimais.

— Vous étiez aussi son coach sportif particulier?

— Ça a commencé comme ça, mais il y a six mois je lui ai filé un rencard. J'aurais jamais imaginé que ça puisse déboucher sur quelque chose, et en fait si. Je pouvais pas le croire. Elena aurait pu sortir avec n'importe qui à Hollywood, mais tout ce qu'elle voulait, c'était être avec moi. J'étais prêt à faire ma vie avec elle. Et maintenant…

Il a hoché la tête. L'entretien était terminé, mais Kylie et moi avons laissé quelques instants à cet homme pour songer à l'être cher qu'il avait perdu.

On est restés tous les trois plantés au beau milieu du vaste hall du Ziegfeld, avec un tapis rouge à nos pieds, des lustres en cristal étincelant au-dessus de nos têtes et, tout autour de nous, une demi-douzaine d'affiches géantes d'Elena Travers qui assaillaient notre rétine. C'est Jeffers qui a fini par briser le silence.

— Tout est de ma faute, a-t-il dit. Si Leo avait accompagné Elena comme prévu, elle serait toujours en vie.

Il n'en a pas fallu plus pour relancer l'entretien.

— Qui est Leo ? lui ai-je demandé.

# 3

En l'occurrence, Kylie avait déjà rencontré Leo.

— Je doute qu'il se souvienne de moi, m'a-t-elle dit une fois dans la voiture.

— Impossible ! Tu es la flic la plus inoubliable de toutes les forces de police.

— Je n'étais pas là en tant que flic, ce soir-là. J'assistais à une soirée pro en tant que Mme Spence Harrington. Leo était tellement ébloui par Spence qu'il m'a à peine saluée. Les gens comme lui n'ont pas de temps à perdre avec la *femme* du producteur.

Nous avons trouvé le numéro de téléphone de Bassett dans le portable d'Elena Travers. Je l'ai appelé et je lui ai dit qu'on avait quelques questions à lui poser.

— Mon frère et moi avons quelques questions nous aussi, m'a-t-il répondu. Vous pouvez passer à notre résidence ?

Quand on est arrivés, la rue était encombrée par des camionnettes de chaînes d'infos, des paparazzis et, sans surprise, un attroupement de badauds accros aux homicides. Deux véhicules de patrouille et quelques agents de la circulation vêtus de gilets jaune fluorescent avaient été dépêchés sur les lieux pour parer aux débordements.

En travaillant pour le Red, je suis aux premières loges pour observer les mœurs des gens de la haute. Bien sûr, les frères Bassett, ce n'était pas exactement la haute. Plutôt le un pour cent du un pour cent ultraprivilégié, et leur « résidence » avait tout d'un palace.

À l'époque où New York connaissait son apogée industrielle, le sud de Manhattan était truffé de lofts qui abritaient des bureaux et des usines mais n'avaient pas vocation à accueillir de résidents. Au début des années 1980, la loi avait changé, et les spéculateurs immobiliers avertis avaient racheté pour une bouchée de pain ces immeubles froids, austères et infestés de rats.

Les Bassett s'y étaient pris tôt, transformant un entrepôt de six étages sur la 21e Rue Ouest en un remarquable double triplex. Leo occupait la moitié inférieure de l'immeuble, alors Kylie et moi avons pris l'ascenseur jusqu'au troisième.

La porte s'est ouverte sur une vaste pièce au plafond voûté, avec d'énormes fenêtres et un mobilier digne de figurer dans un musée. Les deux hommes qui nous attendaient n'avaient pas le début d'un air de famille.

L'un était baraqué et possédait une barbe gris cendré et des yeux bleu métallique. Il portait un jean délavé et un T-shirt des plus quelconques.

— Max Bassett, a-t-il annoncé.

L'autre, petit de taille, avait les traits doux, une mine de papier mâché et des cheveux si noirs qu'il ne pouvait s'agir que d'une teinture. Sa tenue, une veste d'intérieur rouge qu'il portait par-dessus un pyjama de soie violine, semblait tout droit sortie de la garde-robe d'Hugh Hefner.

— Je suis Leo, a-t-il dit. Merci de vous être déplacés. On est effondrés, et le journal télévisé ne nous apprend rien. S'il vous plaît, dites-nous ce qui s'est passé.

Nous nous sommes assis, et je leur ai donné les grandes lignes.

— Je ne comprends pas, s'est étonné Leo. On a déjà été cambriolés. Les voleurs de bijoux n'ont presque jamais recours à la violence. Pourquoi a-t-il fallu qu'ils lui tirent dessus ?

— Tu n'écoutes pas, lui a dit Max. Ils lui ont tiré dessus parce que son imbécile de petit ami a cherché à leur prendre leur flingue.

Leo est sorti de ses gonds :

— Donc tout est de ma faute, c'est ça ?

Max lui a aussitôt renvoyé la balle :

— Putain, Leo, tout ne tourne pas autour de toi. Tu es allé chercher ça où ?

— C'est moi qui étais censé l'escorter. Si quelqu'un m'avait collé son flingue sous le nez, je lui aurais dit : « Prenez le collier, prenez mon portefeuille, prenez ce que vous voulez, mais ne nous faites pas de mal. » Mais je ne l'ai pas accompagnée, et maintenant elle est morte.

— Pourquoi n'y êtes-vous pas allé ? lui ai-je demandé.

— À cause d'un accident stupide, a répondu Leo. Je…

— D'une *décision* stupide, tu veux dire, l'a coupé Max. Il n'y est pas allé parce qu'il avait de la *marinade* sur sa veste. Elena s'en contrefichait. Elle lui a demandé de l'accompagner quand même. Mais il a dit non.

Leo s'est levé.

— Merci, Max. Comme si je ne me sentais pas déjà assez mal comme ça.

Il s'est tourné vers moi :

— Je ne suis pas dans mon assiette. Si vous avez d'autres questions à me poser, je serai heureux de m'entretenir avec vous demain matin. Seul.

Il n'a pas attendu notre réponse. Il s'est retourné et a quitté la pièce.

— Et voilà, inspecteurs, a dit Max. Le mode opératoire de mon frère. Des entrées majestueuses et des sorties grandiloquentes. Il fait tout un cinéma même quand il ne joue pas dans le film. Ce qui s'est passé est un drame épouvantable. Comment puis-je vous aider à trouver les meurtriers d'Elena ?

— Pouvez-vous nous décrire le collier ? ai-je dit.

— Oui, puisque c'est moi qui l'ai créé. Il comporte vingt émeraudes – des pierres on ne peut plus superbement assorties, quatre carats la pièce. Chacune est bordée d'un pavage de diamants ronds ou en forme de poire. Ils sont minuscules, cinq points chacun, mais l'effet était des plus éblouissants. Elle était sublime.

— Qui était au courant qu'elle porterait le collier ? lui ai-je demandé.

Max a hoché la tête de dépit.

— Tout le monde. C'était l'une des nombreuses initiatives publicitaires irréfléchies de Leo.

— On dirait que vous n'êtes pas d'accord sur grand-chose, vous et votre frère, a observé Kylie.

— Sur rien. Peut-être qu'à une lointaine époque c'était possible de faire parader Marilyn Monroe ou Elizabeth Taylor sur un tapis rouge avec un collier à 8 millions de dollars dans l'espoir que cette petite opération auréole telle ou telle marque d'un halo magique. Aujourd'hui, c'est fini. J'avais prévenu Leo qu'il vivait encore au XX^e^ siècle. Les médias allaient forcément n'avoir d'yeux que pour Elena, et personne ne se serait rappelé qu'elle portait une création originale Max Bassett. Eh bien, je me suis trompé. Maintenant tout le monde va se souvenir de moi comme de l'homme qui a imaginé le collier qu'Elena Travers a payé de sa vie.

— Monsieur Bassett, la personne qui a volé ce collier va tenter de le vendre, lui a expliqué Kylie. Nous devons communiquer au plus vite à la JSA et au FBI des photos du bijou et son inscription au laser.

— Notre chargée de communication, Sonia Chen, va vous les faire parvenir dans l'heure, nous a-t-il assuré. Je suis impressionné. La plupart des policiers ignorent l'existence de la JSA.

— L'association qui lutte contre le vol de bijoux ? On a déjà eu affaire à elle, lui a expliqué Kylie. On possède un peu plus d'expérience dans ce domaine que la plupart des policiers.

C'était sans préciser que lorsqu'on est affecté au Red, le vol de bijoux est aussi courant que le vol à l'étalage.

# 4

En temps normal, rentrer chez moi cinq heures après mon heure de fin de service n'aurait posé aucun problème, mais depuis vingt-quatre jours ma vie n'avait rien de normal. Cheryl et moi habitions ensemble.

Ou du moins, on essayait, mais je m'y prenais comme un manche pour honorer ma part du pacte de vie commune. C'était la cinquième fois que je rentrais tard le soir depuis son emménagement, et en plus j'avais dû travailler deux des trois précédents week-ends.

J'avais fait la connaissance du docteur Cheryl Robinson quatre ans auparavant environ. J'avais été présélectionné pour rejoindre le Red, l'unité d'élite du NYPD – la police de New York – qui protège les intérêts des riches, et c'était la psy du NYPD chargée de m'évaluer. Je sais que c'est la beauté intérieure qui compte, mais impossible de rencontrer Cheryl sans être ébloui par l'extérieur. Sa famille est en majeure partie irlandaise, mais c'est à l'ADN de sa grand-mère latino-américaine qu'elle doit ses yeux marron foncé, ses cheveux de jais et son superbe teint caramel qui attirent tous les regards. Je suis instantanément tombé amoureux.

Elle n'avait qu'un seul défaut : son mari. Mais tout vient à point à qui sait attendre et, il y a un an environ, son couple avec Fred Robinson s'était cassé la gueule. Nous étions passés d'amis à amants puis à autre chose – ce qui unit deux personnes qui s'installent ensemble mais gardent chacune son appartement parce qu'elles ne sont pas sûres à cent pour cent que ça tienne le choc.

— Dépêche-toi, m'a-t-elle dit dès que j'ai ouvert la porte de mon appart.

— Je suis désolé, je rentre tard, lui ai-je répondu. J'étais…

— Je sais, je sais, a-t-elle enchaîné. Ils s'apprêtent à en parler au JT de 23 heures.

Elle était sur le canapé, en short de running noir et débardeur turquoise, les cheveux noués en queue-de-cheval. Elle a tapoté le coussin à côté d'elle, et je m'y suis assis.

— Tu dois mourir de faim, m'a-t-elle dit en se penchant vers moi pour m'embrasser.

Elle n'avait pas tort, mais ça ne se fait pas de rentrer avec cinq heures de retard et de demander ce qu'il y a pour le dîner. Je n'ai pas eu besoin de le faire. Cheryl avait posé sur la table basse une assiette avec du fromage, des olives, de la sauce salsa et des chips, ainsi qu'une bouteille de vin et deux verres. J'ai commencé à taper dans le tas tandis qu'un présentateur à la mine sombre ouvrait son journal sur le meurtre d'Elena Travers.

Le reportage mêlait des extraits de films retraçant les temps forts de sa carrière, des séquences montrant l'accident et son corps sur le tapis rouge, et une photo du collier disparu. Et puisque Kylie et moi avions bossé sur trois affaires impliquant des gens très en vue ces douze derniers mois, le journaliste envoyé sur place avait trouvé utile de nous nommer et de diriger vers nous ses caméras au moment où on était arrivés au Ziegfeld pour interroger Craig Jeffers.

Son sujet se terminait par un plan sur une adolescente au visage ruisselant de larmes en train de s'agenouiller pour déposer un bouquet de fleurs au pied du mémorial improvisé.

— C'est terrible, a commenté Cheryl, les yeux embués et prêts à larmoyer. Je suis contente qu'ils aient mis Kylie et toi sur le coup. Vous allez tirer ça au clair.

— Ça ne va pas être une mince affaire, lui ai-je répondu. Ça m'a tout l'air d'un vol à l'arraché qui a mal tourné, alors rien ne rattache directement le tueur à la victime.

— Ne prends pas cet air abattu. Tu as résolu des affaires plus compliquées.

— Je sais, mais ça veut dire que je vais devoir faire des heures sup. Je suis désolé.

— Arrête, a-t-elle jappé.

Je ne savais pas ce que j'avais dit, mais clairement quelque chose de mal.

— Arrête quoi ? lui ai-je demandé.

— De t'excuser.

— Je croyais que les femmes aimaient les excuses, lui ai-je dit en lui servant un sourire enfantin. Surtout si elles s'accompagnent de fleurs ou de bijoux.

Elle a coupé le son de la télévision. Mauvais signe.

— Je ne sais pas ce qu'aiment les autres femmes, Zach, mais la femme avec qui tu vis n'aime pas tes excuses de spéculateur.

— Je ne suis pas certain de savoir ce que ça veut dire.

— Ça veut dire que tu viens de me présenter des excuses *à l'avance* pour tes heures de travail supplémentaires. C'est de la manipulation. Tu prends les devants au cas où je réagirais mal la prochaine fois que tu rentres tard.

— Je croyais plutôt assumer mes actes.

— Et moi je crois que tu cherches à t'en tirer à bon compte. « Comment Cheryl peut être en colère ? Je l'avais prévenue que ça arriverait. »

— Qu'est-ce que tu veux que je te dise ? Je m'en veux pour toutes les fois où j'ai travaillé tard.

— Pourquoi ? Tu es flic. Je sais bien que tu as des horaires impossibles. Et d'ailleurs, si tu te souviens bien, je suis l'une des personnes qui t'ont permis de décrocher ce poste.

— Alors quelle est la meilleure conduite à tenir, docteure ? Retirer mes excuses, ou bien me mettre à genoux et vous supplier de me les pardonner ?

J'avais trouvé la formule gagnante. Elle a ri.

— J'ai une meilleure idée, m'a-t-elle dit. On a tous les deux passé la soirée focalisés sur la mort. On va faire quelque chose qui célèbre la vie.

Elle m'a pris par la main et m'a conduit dans la chambre. Elle a baissé l'éclairage pour créer une lumière dorée tamisée, et nous nous sommes déshabillés lentement, à dessein, sans nous toucher, laissant entre nous juste ce qu'il fallait d'espace pour faire monter l'excitation.

— Pas tout de suite, a-t-elle murmuré tandis que j'attendais debout, nu, et visiblement prêt.

C'était à la fois un supplice et un délice. J'ai patienté le temps qu'elle écarte les draps et s'allonge sur le lit.

— C'est bon, a-t-elle annoncé, doucement, dans un souffle.

Je me suis courbé délicatement pour que mon corps aille à la rencontre du sien, ma langue a caressé ses seins, et je me suis glissé en elle sans effort.

Là, dans la lumière douce, lové dans la femme dont j'étais un peu plus épris chaque jour, la dure réalité de mon insigne et de mon uniforme s'est évanouie.

Pas un mot. Juste le calme apaisant que procure la présence de la seule personne vraiment importante au monde. Un véritable sursaut de vie.

# 5

Je suis arrivé au restaurant de Gerri le lendemain matin et me suis assis à ma table préférée. C'est Gerri elle-même qui est sortie de derrière le comptoir et m'a apporté un café.

— Je t'ai vu aux infos hier soir, m'a-t-elle dit.

— J'étais à mon avantage ?

— T'avais l'air de manquer de sommeil, et vu comme tu t'es traîné ici ce matin, j'ai pas l'impression que tu te sois beaucoup reposé. Ça ira mieux après le petit déjeuner, m'a-t-elle assuré. Qu'est-ce que je te sers ?

— Des œufs miroir légèrement frits sur le dessus. Avec une tranche de bacon grillée, mais pas trop.

— Et avec ça, autre chose pour ton bon plaisir ?

— Non, merci.

— Pas forcément une chose qui figure sur le menu, a-t-elle précisé. Je porte une attention particulière à mes clients les plus particuliers.

— Oh, Gerri, sans déconner ! ai-je dit, en comprenant qu'elle cherchait à me coincer.

Gerri Gomperts était une grand-mère juive qui ne faisait pas de chichis et n'aimait pas les chochottes. Elle servait à ses clients des petits plats maison accompagnés de quelques préceptes sages mais incisifs destinés à leur transmettre les ingrédients d'une relation réussie.

— J'ai l'air d'avoir besoin d'une psychanalyse ? lui ai-je demandé.

— Qui te parle de psychanalyse? a-t-elle rétorqué, l'air innocent, les yeux écarquillés. Tout ce que je sais, c'est que Cheryl s'est installée chez toi il y a trois semaines, que tu es rentré à pas d'heure hier soir, et que tu te pointes ici ce matin en ayant l'air plus stressé qu'une pucelle à un festival de bûcherons. Alors, je m'avance peut-être, mais je dirais que ton esprit agité est encore plus agité qu'à l'ordinaire. Si la psychanalyse peut t'aider, tu as frappé à la bonne porte.

— Tu te trompes sur toute la ligne, lui ai-je dit.

— On dirait que j'ai touché un point sensible. Je reviens.

Elle est revenue avec mon petit déjeuner, m'a resservi du café et s'est assis.

— Tu fais ça tout le temps, m'a-t-elle dit. Tu débarques avec l'air du gars qui recherche l'attention, je t'offre mon aide, et tu te fais désirer. Soit tu me dis ce qui se passe, soit je trouve quelqu'un d'autre qui saura apprécier ce qu'une femme d'expérience comme moi peut lui apporter.

Je lui ai raconté.

Elle a haussé les épaules :

— Bon, tu es occupé, quoi. Ça fait partie du métier. Cheryl ne va pas déménager parce que tu es sur une grosse enquête qui t'oblige à travailler tard.

— Ne parle pas trop vite, lui ai-je dit. Je connais des tas de flics dont le couple a implosé parce qu'ils avaient fait passer leur boulot avant.

— C'est pas ton boulot, le problème, Zach.

— Alors c'est quoi ?

Elle a empoigné le distributeur de sachets de sucre et l'a flanqué sur la table.

— Qu'est-ce que tu fais ? lui ai-je demandé.

— C'est comme un PowerPoint, mais version restau.

Elle a attrapé deux sachets d'aspartame : un rose, de marque Sweet'N Low, et un bleu, de marque Equal.

— Le bleu, c'est toi, et le rose c'est Cheryl, m'a-t-elle expliqué. Et ça, c'est vous deux, ensemble à la maison.

Elle a placé les deux sachets dans le distributeur vidé de son contenu.

— Là-bas, c'est ton lieu de travail, a-t-elle continué en prenant une salière et en la déposant à l'autre bout de la table. Bon. Tous les jours, tu vas au turbin, mais c'est le sel de ton existence, a-t-elle dit en déplaçant de la maison au travail le sachet censé me représenter. Tu es rejoint par tout un tas de petits camarades en uniforme bleu…

Elle avait disposé des sachets d'Equal tout autour de la salière.

— … et par ton ancienne petite amie, Kylie.

Elle a ajouté un unique sachet rose au tas de sachets bleus.

— Puis, Kylie et toi, vous partez et vous passez ensemble les dix à quatorze heures qui suivent.

Elle a déplacé le Sweet'N Low et l'Equal vers un coin de la table non encombré.

— Alors, m'a-t-elle dit, tu penses toujours que c'est la faute aux heures sup ? Est-ce que tu ne serais pas plutôt en train de demander pardon à Cheryl parce que tu es souvent fourré avec Kylie jusque tard dans la soirée ?

— J'espère que tu ne vas pas me faire payer pour ça, lui ai-je dit, parce que toute ton analyse repose sur des faits prescrits. J'ai tourné la page. Kylie, c'est du passé. Cheryl, c'est mon avenir. Zach Jordan n'est plus le héros d'un feuilleton mélo.

— Je suis sûre que tu crois à ce que tu dis, mais tu oublies une chose. En vous installant ensemble, Cheryl et toi, vous avez troqué votre idylle contre une cohabitation. Maintenant, tu vis avec elle, et je parie que chaque fois que tu joues aux flics et aux voleurs jusque tard dans la soirée, tu es obsédé par l'idée que ton « avenir » attend ton retour tout seul dans la chambre nuptiale.

Elle m'a tendu le distributeur, garni d'un unique sachet rose solitaire.

— Médite bien tout ça, a-t-elle conclu.

Avant que je puisse lui répondre, mon téléphone a vibré et un texto s'est affiché. Il provenait de la capitaine Cates.

*Gracie Mansion. Maintenant.*

— Gerri, je dois y aller, lui ai-je dit en me levant.

— Attends une minute, m'a-t-elle répondu avec un index pointé vers les sachets d'aspartame éparpillés sur la table. Tu ne vas pas ranger tout ce bazar ?

— Depuis quand c'est à moi de le faire ?

Un sourire victorieux s'est épanoui sur son visage.

— Ça fait partie de la thérapie, Zach. C'est ta vie. À toi de la mettre en ordre.

# 6

Muriel Sykes n'était maire de New York que depuis trois mois, mais elle nous avait déjà à la bonne. Kylie et moi lui avions rendu un fier service lorsqu'elle était candidate et, fort heureusement, la nouvelle maire croyait au retour d'ascenseur.

Les gros galons du Red, qui n'ignoraient pas l'utilité d'être cul et chemise avec les politiciens au pouvoir, se félicitaient que l'un de leurs duos de flics soit devenu l'équipe de référence de la maire. Alors quand on a reçu le texto de Cates nous ordonnant de nous rendre à Gracie Mansion, la résidence du premier édile de New York, on n'a pas perdu de temps à hiérarchiser nos priorités. Sykes était *automatiquement* notre priorité.

Kylie m'attendait devant notre commissariat, celui du 19e district.

— Tu sais ce que nous veut la maire? lui ai-je demandé sitôt dans la voiture.

— Non, m'a répondu Kylie. J'étais dans le bureau quand Cates a reçu le coup de fil. Elle ne m'a donné aucun détail. Elle m'a juste dit de tailler la route.

— Tu as fait un topo à Cates pour lui dire où on en est du dossier Travers ?

— Je lui ai fait un topo pour lui dire où on n'en est *pas*. On n'a rien. Tout ce que j'ai pu lui apprendre, c'est que ces types n'étaient pas des Arsène Lupin des bijouteries. Plutôt deux pieds nickelés à la ramasse qui vont essayer de liquider le collier fissa. Je lui ai dit qu'on avait passé le mot et qu'on espérait mobiliser notre vaste réseau d'indics…

— Vaste ? On a contacté trois indics. Elle n'a pas gobé ces conneries, si ?

— Bien sûr que non. Mais ça l'a fait rire.

Deux minutes plus tard, nous sommes arrivés à Gracie et avons fait savoir au vigile devant le portail que nous venions voir la maire.

— Vous feriez mieux de vous dépêcher, nous a-t-il dit. Elle décolle dans moins d'une minute.

Le SUV noir de la maire était garé devant la résidence. J'ai reconnu son chauffeur.

— Charlie, qu'est-ce qui se passe ? On vient de nous prévenir par téléphone que la maire veut nous voir.

— Et on vient de la prévenir par téléphone que le gouverneur veut la voir. On est tous le sbire de quelqu'un, Zach.

Kylie et moi avons gravi l'escalier du porche tandis que la porte d'entrée s'ouvrait brusquement et que Muriel Sykes sortait en trombe. Elle avait un gros manteau mauve et une mine renfrognée.

— Bonne journée, madame la maire ? lui ai-je demandé.

— La coqueluche des États-Unis a été assassinée dans ma ville sous ma surveillance. Alors je ne vois vraiment pas ce qu'il y a de bon dans cette journée, a-t-elle lancé. Où en êtes-vous de cette enquête ?

— On n'a rien de consistant pour l'instant, ai-je dit.

— « Rien de consistant », c'est le thème de ma journée, a-t-elle ironisé. Je mets les voiles direction Albany pour écouter les mensonges du gouverneur.

Elle a descendu l'escalier du porche et filé droit vers le SUV. Charlie a ouvert la portière arrière à son approche.

Kylie et moi lui avons emboîté le pas.

— Madame Sykes, lui ai-je dit, vous nous avez fait venir. C'était simplement pour un point sur le dossier Travers ?

— Non, tu parles. Je savais que vous n'aviez rien, vu que le Red n'a pas appelé pour dire que vous aviez quelque chose.

Elle a grimpé dans la voiture à l'arrière, et Charlie a refermé la portière. Sykes a abaissé la vitre.

— Je vous ai fait venir pour autre chose. C'est un sacré sac de nœuds, et vous êtes les seuls à qui je puisse faire confiance pour démêler ça.

— Merci, lui ai-je dit. Vous avez le temps de nous exposer la situation ?

— Inspecteur, je n'ai pas le temps de mettre ma montre à l'heure. Howard va vous exposer la situation. Il vous attend à l'intérieur.

Elle a remonté la vitre, et le SUV s'est mis en route pour une virée de deux cent trente kilomètres vers la capitale de l'État de New York.

— Je ne l'ai jamais vue aussi mal lunée, ai-je fait observer. Je n'aimerais pas être Charlie.

— Eh ben, a ajouté Kylie. Si c'est ça, la véritable Muriel Sykes, moi je n'aimerais pas être Howard.

La remarque m'a arraché un rire. Howard Sykes était le mari de la maire. Nous avons remonté les marches du porche pour découvrir quel sacré sac de nœuds il allait nous demander de démêler.

# 7

Muriel Sykes était une gamine des rues de Brooklyn douée d'un naturel batailleur, qui avait travaillé d'arrache-pied pour pouvoir faire son droit, après quoi elle avait été nommée procureure des États-Unis pour le district sud de New York puis avait battu à plates coutures le maire en exercice alors qu'elle se présentait pour la première fois. S'il y avait bien une qualité qui la définissait et l'avait propulsée jusqu'ici, c'était la niaque.

Son mari n'était ni batailleur, ni animé par la niaque. Enfant privilégié, Howard Sykes avait été élevé dans le quartier cossu de Sutton Place puis avait suivi le parcours qui s'offrait à lui : une scolarité dans des établissements privés de la ville, des études supérieures dans l'Ivy League, et une carrière dans la pub, milieu qui valorisait plus l'image que la profondeur et auquel cet Américain blanc de bonne famille, bien sous tous rapports avec sa gueule d'ange et ses manières de patricien, était forcément prédestiné.

Mais l'homme possédait bien plus qu'un swing de golf fluide et un talent pour captiver ses convives à force d'anecdotes sur le monde impitoyable de la publicité. Howard était passé maître dans l'art d'orchestrer des campagnes marketing qui gagnaient le cœur des consommateurs et soignaient le chiffre d'affaires de ses clients. Il avait pris sa retraite à l'âge de soixante ans pour diriger la campagne électorale de sa femme, et c'est à lui qu'on attribuait le tour de force d'avoir fait élire la première femme maire de New York.

Pour couronner le tout, c'était un type vachement sympa. Kylie et moi l'avions rencontré lors de galas de bienfaisance, et il avait le chic pour nous faire croire que nous étions aussi importants que n'importe lequel des milliardaires présents.

Il nous attendait dans le salon de la résidence de la première famille de New York.

— Zach, Kylie, merci d'avoir fait le déplacement, nous a-t-il dit, oubliant intentionnellement que nous étions là en réponse à une demande expresse de la maire.

— En quoi peut-on vous être utiles? lui ai-je demandé.

— Je suis membre du conseil d'administration de deux cliniques de la ville, nous a-t-il dit. Il y a un mois, du matériel médical a disparu de Saint Cecilia.

— Quel matériel?

Publicitaire aguerri, Howard avait préparé des supports visuels. Il a ouvert un dossier dont il a tiré la photo d'un formidable engin ressemblant à un iPad sous anabolisants.

— Un échocardiographe. Un appareil pour réaliser des échographies du cœur, si vous préférez. Il pèse dix kilos, ce qui permet aux techniciens de l'emporter avec eux dans n'importe quelle chambre de la clinique.

— Mais celui-ci a pris la tangente, ai-je deviné.

— Celui-ci et deux autres appareils identiques. Ils ont coûté 20 000 dollars pièce. J'ai d'abord pensé : « L'inconvénient, quand on fabrique des machines aussi compactes, c'est qu'elles sont faciles à voler. »

Il a sorti une deuxième photo.

— … Cependant, celle-ci a disparu à peu près au même moment.

On aurait dit le grand frère de R2-D2.

— C'est une station d'anesthésie. 50 000 dollars. Et avec ses cent quatre-vingts kilos, elle se glisse difficilement dans un sac à dos. Certes, elle possède des roues, mais elle comprend aussi un antivol électromagnétique, et le centre hospitalier a des agents de sécurité à toutes les entrées et sorties. Mais ça ne l'a pas empêchée de se faire la malle.

— Est-ce que Saint Cecilia a signalé le vol? a demandé Kylie.

— Non. Nous n'avions aucune preuve que ces appareils avaient été *volés*, et nous n'avons pas indiqué qu'ils manquaient à l'appel. La clinique a décidé de faire une croix dessus et de mettre ça sur le compte d'une sécurité défaillante.

Kylie et moi n'avons rien dit, car jusqu'à présent on n'y comprenait rien. C'était un délit mineur non signalé, et pourtant la maire, qui nous savait accaparés par le meurtre d'Elena Travers, nous demandait de tout laisser tomber pour nous y consacrer.

Mais l'histoire ne s'arrêtait pas là.

— Je suis aussi au CA du Mercy Hospital, et il y a deux jours la clinique a été prise pour cible. Cette fois, on a volé pour 170 000 dollars de matériel. Je ne crois pas aux coïncidences, alors j'ai creusé un peu, et j'ai découvert que neuf cliniques avaient signalé un vol ces deux derniers mois. Total du butin : près de 2 millions de dollars. Tous les détails figurent ici.

Il m'a tendu un document.

— Et vous voulez qu'on trouve qui est derrière ces vols, ai-je dit.

— Oui, mais j'aimerais que vous changiez de style.

— Je ne savais pas qu'on avait un style, s'est étonnée Kylie en me regardant. Il va falloir que M. Sykes nous le décrive pour qu'on puisse en changer.

Howard a souri et tiré du dossier une coupure de presse. C'était une photo de Kylie et moi en train de quitter le domicile des frères Bassett.

— Les médias vous adorent, a-t-il dit. C'est une chose de faire la une quand on résout un crime d'envergure, mais hier soir vous avez interrogé les deux hommes qui se sont fait voler leur collier, et vous avez fait la page cinq du *New York Post*. Vous faites couler de l'encre partout où vous passez, et mon objectif, qui est aussi celui de Muriel, c'est que cette enquête s'ébruite le moins possible. Elle a appelé le préfet, et il marche avec nous.

— C'est une série d'actes délictueux graves, mais c'est la première fois qu'on entend parler d'un truc pareil, a commenté Kylie. Pourquoi est-ce un tel secret d'État ? Et pourquoi ne met-on pas le grand public au courant ? Il est parfois notre meilleure source de renseignements.

— Si vous posez la question au directeur ou à la directrice de n'importe laquelle de ces cliniques, vous vous entendrez répondre qu'il faut garder le secret pour le bien-être des patients. Les gens veulent se savoir en sécurité au moment de leur admission, alors s'ils apprennent que des délinquants ont volé un appareil de la taille d'un frigo, ils vont s'inquiéter. *Qu'est-ce que ces brigands vont me prendre cette fois-ci ? Mon portefeuille ? Mon ordinateur portable ? Mon nouveau-né ?* L'opinion majoritaire au sein de la direction des cliniques, c'est qu'il vaut mieux passer ça sous silence. C'est moins stressant pour les patients.

— Et la vraie raison qui les pousse à cacher ces vols au grand public ? ai-je demandé.

— Si une telle boulette venait à se savoir, m'a répondu Howard, le visage fendu d'un large sourire, ça mettrait un sérieux coup de frein à leur collecte de fonds.

# 8

— Changer de style ? a demandé Kylie aussitôt après avoir sorti la voiture de l'allée devant la résidence de la maire. Il est sérieux ? Si on est dans la presse, c'est notamment parce qu'on a des crimes à élucider. Résous-moi cette énigme, Batman : comment on fait pour tirer cette affaire au clair si on ne peut pas prendre le pouls de l'opinion publique ?

— On la tire au clair parce qu'aucune affaire ne nous résiste, Catwoman. C'est pour ça que la maire de Gotham City nous a choisis, lui ai-je répondu. Et si on commençait par aller faire la causette aux gens à qui on a le droit de parler ? On file au Mercy Hospital et on interroge les agents de sécurité.

Elle a tourné à gauche pour prendre la 79e, puis nous avons roulé vers le sud pour rejoindre la voie rapide.

— Il n'y a qu'une seule façon de transporter 2 millions de dollars de matériel hospitalier de New York à je ne sais quel acheteur du tiers-monde, a raisonné

Kylie. En les plaçant dans de gros conteneurs, sur de gros cargos.

— Bien vu. On n'a qu'à montrer l'inventaire d'Howard à Jan Hogle et voir si elle peut le comparer au manifeste des cargos qui ont pris la mer le jour de chaque vol ou les suivants. Elle pourra faire des recoupements. Mettons qu'ils aient volé quinze kilos de matériel, elle pourra pointer toutes les cargaisons de plus ou moins quinze kilos.

— J'avais une autre idée, m'a répondu Kylie. Je me disais qu'on pourrait pousser jusqu'au port et parler aux dockers. Ces types ont des yeux et des oreilles partout, et quelques-uns ont une dette envers nous.

— Pas mal, comme plan. Comme ça on aura notre photo dans le journal : « Jordan et MacDonald, les premiers flics virés par l'administration Sykes. »

Le portable de Kylie s'est mis à sonner. On dépassait la vitesse autorisée de quinze kilomètres-heure, alors elle a tapé sur un bouton pour basculer l'appel sur haut-parleur.

— Inspectrice MacDonald.

— Ici Mike Danehy, du programme *Mieux choisir*, a dit la voix à l'autre bout du fil. Pourrais-je parler à Mme Harrington ?

Elle a empoigné le téléphone et désactivé le haut-parleur.

— Je suis Mme Harrington.

Elle a baissé la voix pour éviter que j'entende sa réponse, mais je voyais bien à son visage qu'on lui annonçait une mauvaise nouvelle. Spence avait des problèmes.

Il y a une éternité, quand Kylie et moi étions à l'école de police, nous avons entretenu une liaison sexuellement libératrice et totalement irréfléchie qui a duré vingt-huit jours. La suite ressemble aux paroles d'un mauvais morceau de musique country : son copain est sorti de sa cure de désintox sobre et clean comme un sou neuf, et elle m'a largué pour l'épouser.

Pendant onze ans, Spence Harrington n'a touché ni une goutte d'alcool ni une once de drogue. Et puis, un jour, il a rechuté. Depuis, il enchaîne les cures pour tenter de décrocher. Des centres dans le Connecticut, dans l'Oregon, et désormais *Mieux choisir*, un programme de sevrage ambulatoire, ici même, à New York.

— Mike, je connais les règles, mais elles sont nazes, a-t-elle dit, le volume de sa voix augmentant avec sa frustration. Je peux sans doute faire quelque chose. N'importe quoi.

Manifestement, elle n'a pas apprécié la réponse de Mike puisque sa réaction a été d'appuyer sur le champignon et de klaxonner le taxi jaune devant elle.

— Je suis désolée, Mike, mais je n'appelle pas ça *l'encourager*. J'appelle ça être sa femme.

Le taxi devant nous ne voulait pas se ranger, alors elle l'a doublé par la droite en donnant un tel coup de volant qu'elle a failli le précipiter contre le garde-fou.

— D'accord, merci, a-t-elle dit. On reste en contact.

Elle a raccroché.

— Qu'est-ce qui se passe ? lui ai-je demandé.

— Faux numéro, a-t-elle déclaré tandis qu'elle prenait la sortie au niveau de la 53e Rue Est.

Il nous a fallu moins d'une minute pour arriver au Mercy Hospital, situé sur la 1re Avenue. Elle s'est garée dans une zone à stationnement interdit, a coupé le contact, s'est tournée vers moi et m'a dit :

— Spence a disparu.

Je n'ai pas tout de suite imprimé.

— Comment ça, disparu ?

— C'était son thérapeute, Mike Danehy. Spence ne s'est pas présenté au centre depuis trois jours.

— Ils ont essayé de l'appeler ?

— Oh oui. Ils l'ont appelé pour le virer du programme, mais ils n'ont pas réussi à le joindre, alors ils ont fini par m'appeler moi.

— Ils veulent que tu fasses quoi ?

— Oh, Mike a été très explicite. Il m'a dit de ne rien faire. Apparemment, Spence doit toucher le fond pour pouvoir se relever.

— C'est un bon conseil, lui ai-je répondu. Mais, bien entendu, tu n'es pas très douée pour suivre les bons conseils.

Elle a esquissé un sourire.

— Est-ce que tu as besoin d'aide ? lui ai-je demandé.

Elle ne m'a pas répondu.

— Kylie, ton toxicomane de mari a disparu. Est-ce que tu veux de l'aide ?

— Oui, putain, Zach, mais je suis trop têtue pour demander.

— C'est pas grave, lui ai-je dit. Tu n'as pas besoin de le faire.

# 9

Personne ne se serait douté en entrant dans son bureau que Greg Hutchings était un héros. J'avais déjà travaillé avec lui et savais qu'il avait raflé un paquet de médailles, mais aucune trace de ses hauts faits au sein de la police de New York ne figurait ici, au Mercy Hospital.

— Hutch, lui ai-je dit, où ont disparu toutes les photos de préfets en train de te passer un ruban autour du cou ?

— On est en Amérique, pays du capitalisme, Zach. Personne ne s'intéresse à ma gloire passée. On se soucie plus de mon score au golf et du fric que j'ai fait perdre ce week-end en laissant du matériel me filer entre les doigts.

— Oui, on s'est laissé dire que tu avais eu un pépin, ai-je enchaîné. On peut faire quoi pour t'aider ?

— D'abord, je vais te donner un petit cours de prévention des vols, m'a-t-il répondu. Si on était un supermarché et que les gens volaient des petits pois surgelés, j'installerais une caméra au rayon des surgelés. Mais au Mercy, si je veux surveiller le précieux matos de mon centre de dialyse, je ne peux pas poser de caméra. C'est la loi : pas de vidéosurveillance dans une pièce où se trouvent *des patients identifiables*. Autant être conservateur de musée et demander à ses agents de ne pas surveiller les gens qui regardent les tableaux. Tu donnes combien de temps aux Picasso pour se faire la belle ?

— Mais vous avez des caméras dans les espaces publics ? lui a demandé Kylie. Si une personne essaie de se tailler avec du matériel, vous la voyez dans le couloir, non ?

— Vous croyez ?

Il s'est tourné vers une série d'écrans de vidéosurveillance alignés le long du mur.

— On croirait qu'on couvre beaucoup de terrain, a-t-il expliqué, mais je n'ai que vingt pour cent du complexe dans mon champ de vision. En plus, la clinique n'a pas envie que les gens se croient espionnés, alors au lieu d'installer des caméras à la vue de tous pour créer un effet dissuasif, on doit les cacher derrière les grilles d'aération, les panneaux de sortie et les détecteurs de fumée.

Il a désigné du doigt l'un des écrans.

— Vous voyez ce technicien ? Il est en train de transférer un appareil de radiographie mobile du service radiologie à la salle de réveil. Et voilà un type avec un électrocardiographe qui attend l'ascenseur. Et regardez ce chariot-repas. Comment s'assurer que personne n'a planqué d'échographe avec les croquettes de saumon ? Tout est sur roulettes. Je vois les déplacements dans les espaces partagés mais je n'ai aucun moyen de savoir si tout ce matériel atterrit dans les salles de soin ou s'il sort de la clinique *en loucedé*.

— Parle-nous du dernier vol en date, lui ai-je dit.

— On avait acheté six générateurs d'hémodialyse dernier cri et on les avait mis sous clef le temps que le fabricant forme nos techniciens. Les six ont disparu. Ceux qui les ont piqués connaissaient le code pour accéder à la salle et savaient comment les faire sortir de la clinique sans être repérés par la moindre caméra.

— Donc ils avaient une taupe, a observé Kylie.

— Des milliers de médecins, d'infirmières, de patients, de visiteurs et de livreurs traversent le bâtiment chaque jour. Mais je crois que la chance était de mon côté…

Il a ouvert un tiroir, en a sorti un dossier et a étalé son contenu sur son bureau.

— Elle s'appelle Lynn Lyon, a-t-il dit en pointant l'index sur la photo d'une femme d'une trentaine d'années. Elle travaille bénévolement dans notre boutique de cadeaux, mais un agent de sécurité l'a chopée en train de prendre des photos dans la salle où on stockait les générateurs.

— Comment elle est entrée ?

— Elle lui a dit que la porte était ouverte, mais je ne suis pas dupe.

— Vous avez changé le code ? lui a demandé Kylie.

— J'aurais bien voulu, mais le vigile n'a pas trouvé ça important, alors il ne nous en a parlé qu'après que le cheval s'est échappé de son box.

Le portable de Kylie a sonné.

Notre patronne étant une adepte du micromanagement, j'ai pensé que c'était elle qui venait aux nouvelles.

— Cates ? ai-je demandé à Kylie.

Elle a fait non de la tête et s'est éclipsée pour prendre l'appel en privé.

J'ai parcouru le dossier personnel de Lynn Lyon.

— Tu lui as parlé, depuis le vol ? ai-je demandé à Hutchings.

— J'ai regardé le planning : elle ne travaille pas cette semaine, et je ne peux pas la convoquer pour l'interroger. Je n'ai pas cette prérogative.

— Mais nous, si.

— Écoute, je sais que vous n'êtes pas payés pour ça et que si vous êtes ici, c'est parce qu'Howard Sykes vous a fait venir. Mais je suis content qu'il l'ait fait. J'ai besoin de toute l'aide qu'on pourra m'offrir.

Kylie est revenue dans le bureau.

— Je suis désolée, Greg, mais Zach et moi devons partir, a-t-elle annoncé.

— On va faire un saut chez Lynn Lyon pour lui parler, ai-je affirmé en ramassant le dossier.

— Merci, nous a dit Hutchings. Ces machines de dialyse vont se revendre à prix d'or au marché noir hors États-Unis. Voyez si vous pouvez tirer quelque chose de cette fille avant que les générateurs partent pour le Turkménistan.

J'ai suivi Kylie, qui sortait de la pièce, et lui ai demandé :

— C'était qui au téléphone ?

— Shelley Trager. Il nous attend aux studios Silvercup.

Trager était le patron du mari de Kylie.

— Il t'appelait au sujet de Spence ?

— Oh oui.

— Ils l'ont retrouvé ?

— Non, m'a-t-elle dit. Mais quand ce sera fait, je vais le tuer.

J'ai cru préférable de ne pas lui poser d'autres questions.

# 10

C'est difficile de se hisser jusqu'au sommet dans l'industrie du spectacle. C'est encore plus difficile de le faire dans le Queens, à cinq mille kilomètres d'Hollywood, où bat le cœur du showbiz. Mais Shelley Trager, gamin débrouillard élevé dans un HLM à Hell's Kitchen, avait su tirer son épingle du jeu. Désormais âgé de soixante ans, il dirigeait Noo Yawk Films et possédait une partie des studios Silvercup, aménagés dans une ancienne boulangerie industrielle de Long Island City reconvertie en locaux de production audiovisuelle – les plus imposants du nord-est des États-Unis.

La réussite et le pouvoir ne lui montaient jamais à la tête, ce qui renforçait le mythe Trager. D'après BuzzFeed, c'était l'une des figures les plus adulées du showbiz. Par ailleurs, c'était lui qui avait lancé la carrière éblouissante de Spence Harrington.

Spence n'était sorti de cure de désintox que depuis six mois lorsque Shelley l'avait pris comme assistant de production. Un an plus tard, il l'avait mis à l'essai comme scénariste junior sur une série en perte d'audience, et Spence l'avait remise sur les rails. Le jeune prodige lui avait ensuite *pitché* une idée à lui. Shelley avait mis la main au porte-monnaie, et l'équipe avait connu son premier gros succès. Plusieurs projets gagnants s'étaient enchaînés, et puis Spence était tombé dans la drogue, et tout était parti en vrille.

Par affection pour lui, Shelley avait fait preuve de fermeté, lui interdisant l'accès aux plateaux pendant toute la durée de sa cure.

Kylie a garé la voiture au parking des studios Silvercup, sur Harry Suna Place. Carl, le vigile qui gardait l'entrée principale, un bavard intarissable, l'a immédiatement reconnu.

— Bonjour, madame Harrington, lui a-t-il dit, le visage impassible. M. Trager vous attend au studio 4.

Il lui a fait signe de passer. Sans la charrier. Sans plaisanter. Sans croiser son regard.

— C'est pire que je pensais, a observé Kylie. Carl ne veut même pas me regarder. Je ferais peut-être mieux de ne pas te mêler à ça.

— À quoi ? lui ai-je demandé.

— Quelqu'un s'est introduit dans les studios hier et a saccagé plusieurs décors.

— Tu ne me mêles à rien du tout, lui ai-je dit. C'est une scène d'infraction. C'est notre boulot.

— Sauf qu'en l'occurrence je suis mariée à l'auteur du délit.

— Ils ont des preuves ?

— Non, mais celui qui a commis l'effrac s'est dirigé direct vers le studio 4 et a détruit deux plateaux sur le tournage de *K-Mac*.

J'ai fait la grimace. K-Mac était le surnom de Kylie MacDonald à l'école de police. Je l'utilisais toujours. Spence l'avait détourné. Il avait créé une série sur une inspectrice nommée Katie MacDougal qui avait du mal à respecter les limites. La K-Mac imaginaire ressemblait beaucoup à celle qu'il avait épousée.

La ménagère aimait la série. Kylie la détestait.

— Je t'accompagne, ai-je déclaré.

Nous sommes entrés dans l'enceinte des studios, sommes passés devant un homme avec un couteau ensanglanté dans la poitrine, un autobus calciné, deux nonnes en pleine pause clope. Tout surréaliste qu'il était, ce paysage ne nous préparait en rien aux ravages du studio 4.

Shelley nous attendait à l'intérieur du hangar insonorisé. On aurait cru qu'un boulet de démolition était passé par là.

— Entendez-moi bien, je ne compte pas déposer plainte, a-t-il expliqué à Kylie. Vous n'êtes pas ici en tant que flics. Je t'ai appelée parce que tu es sa femme.

— Merci, lui a-t-elle répondu.

Elle a marché lentement sur les éclats de verre et de bois, vestiges des décors qui avaient servi à recréer la salle de réunion du commissariat. Les bureaux étaient renversés, les ordinateurs fracassés et, insulte suprême, le badge du NYPD en forme de bouclier avait été recouvert de peinture aérosol rouge. Je suis sûr qu'elle n'a pas manqué d'apprécier le choix de la couleur.

Elle a traversé le hangar jusqu'à l'autre plateau – la chambre de Katie MacDougal – en enjambant les tessons de miroir brisé et de flacons de verre, qui avaient fait partie d'une coiffeuse, et elle s'est armée de courage en s'approchant du lit de K-Mac, dont les draps, les oreillers et le matelas avaient tous été lacérés.

Elle a fini par se retourner et dire :

— Shelley, je suis désolée. Je sais qu'il m'en veut d'avoir refusé qu'il se réinstalle à l'appartement, mais…

— Moi aussi je l'ai foutu dehors. Il nous en veut à tous les deux, et il nous envoie un message.

Kylie a hoché la tête de dépit.

— Et qu'est-ce qu'on doit comprendre? a-t-elle demandé.

Shelley n'a pas répondu.

Je ne savais pas ce qu'il fallait comprendre, mais le message était sans nuance.

# 11

J'invoque la règle CSI3E, ai-je dit pendant que Kylie et moi marchions vers le parking.

Un léger sourire a effleuré ses lèvres. Quand elle a les nerfs en pelote, Kylie conduit comme une championne de course automobile, alors nous avons un accord : Conduite Strictement Interdite En État d'Énervement.

— C'est bon, Zach. J'ai pas bousillé de voiture depuis au moins…

— … Le mois de janvier. Tu vas bientôt avoir droit à une médaille pour tes trois mois d'abstinence.

Son sourire s'est transformé en rictus, et elle m'a lancé les clefs.

On n'en a eu que pour un quart d'heure en voiture du studio à l'appartement de Lynn Lyon sur West End Avenue, pendant lequel Kylie a parlé sans discontinuer. La conversation a tourné autour d'Elena Travers, des vols de matériel hospitalier, pour finalement porter sur l'avenir de ma nouvelle cohabitation avec Cheryl. Le seul sujet que Kylie n'avait pas abordé, c'est celui dont l'évidence crevait les yeux : son toxicomane de mari.

Mais je suis sûr qu'elle n'avait que celui-là à l'esprit. Elle avait décidé de s'asseoir sur les conseils du thérapeute de Spence. Kylie était accro à l'action, et même si Spence n'avait peut-être pas encore touché le fond, elle ne pouvait plus rester les bras croisés après avoir constaté les ravages qu'il avait causés à Silvercup.

On s'est garés sur un parking à Lincoln Towers – un complexe de huit édifices haut de gamme avec 80 000 mètres carrés d'espaces verts aménagés, au cœur de l'Upper West Side, l'un des quartiers branchés de Manhattan. Pas spécialement le genre d'endroit où je m'attendais à trouver une receleuse qui écoulait du matériel médical sur le marché noir.

La photo de Lynn Lyon qu'Hutchings nous avait montrée n'était pas flatteuse. Lorsqu'elle a ouvert la porte, Lynn portait un jean, un pull gris et un tablier éclaboussé de taches de sauce. Malgré son absence de maquillage et ses cheveux emprisonnés dans un bandana, elle a fait monter en moi l'exaltation que ressent un homme quand il se retrouve nez à nez avec une femme naturellement sublime.

On lui a montré notre insigne et fait savoir qu'on avait des questions à lui poser.

— Je suis très occupée, nous a-t-elle dit. Vous pouvez repasser plus tard ?

— Non, madame, lui a répondu Kylie. Ça ne peut pas attendre.

— Mon risotto non plus, a-t-elle rétorqué. Nous allons devoir discuter dans la cuisine.

Elle n'a pas attendu la réponse.

— Je suis bloggeuse culinaire et je prépare mon prochain billet, nous a-t-elle expliqué en nous conduisant dans une cuisine encombrée, où j'ai décelé une odeur forestière. Des champignons.

— Risotto aux cèpes et aux asperges revisité à ma façon, nous a-t-elle indiqué en saisissant une cuillère en bois et en touillant le contenu d'une cocotte ovale. C'est à quel sujet ?

— Un vol commis au Mercy Hospital, ai-je dit.

— Bah, ce n'est pas très surprenant, a-t-elle répondu. Je les avais prévenus.

Avec la maestria d'une cheffe dans une émission culinaire, elle s'est retournée vers le four et en a sorti une miche de pain frais qu'elle a posé sur le bar à l'américaine avant d'attraper un appareil photo.

— Comment ça, vous les aviez prévenus ? ai-je dit.

— Parmi les bénévoles, il y en a qui s'absentent de la boutique pour aller se chercher un café, a-t-elle expliqué en prenant quelques photos de son pain. Au lieu de fermer à clef, ils accrochent un panneau « De retour dans cinq minutes ». Ils ne se méfient pas assez. Ça devait finir par arriver.

— Il ne s'agit pas de la boutique de cadeaux, madame Lyon, lui a précisé Kylie. Six générateurs d'hémodialyse neufs ont été volés.

— Six… Je ne comprends pas, a-t-elle dit en arrosant le risotto d'une louchée de bouillon prise à une marmite. Moi, je travaille à la boutique, mais… Oh mais si ! Je me suis approchée des nouvelles machines de dialyse la semaine dernière…

— Pour les prendre en photo, a terminé Kylie en désignant son appareil.

Coupables ou innocents, la plupart des gens se seraient indignés : « Vous me traitez de voleuse ? » Pas Lynn Lyon. Elle a porté à sa bouche celle de ses deux mains qui ne remuait pas le risotto. Ses yeux se sont embués et une larme a coulé le long de sa joue.

— C'est extrêmement gênant, a-t-elle dit.

— Que faisiez-vous dans une zone interdite d'accès ? lui a demandé Kylie en adoptant un ton et une gestuelle de flic à qui il ne vaut mieux pas la faire à l'envers.

— Il n'y avait pas marqué « Interdit », et la porte n'était pas fermée à clef. J'ai une amie qui est infirmière dans un service de dialyse. Je lui ai parlé du nouvel équipement qu'ils ont acheté au Mercy, et elle m'a demandé de lui envoyer une photo, alors c'est ce que j'ai fait. C'est tout. Ça n'a fait de mal à personne. Je n'arrive pas à croire que vous m'accusiez de vol.

— Personne ne vous accuse de quoi que ce soit, lui a répondu Kylie. Je ne fais que vous poser les questions d'usage.

— Si vous me connaissiez, vous ne me poseriez pas ce genre de questions. Le vol, très peu pour moi. Mon truc, c'est la cuisine et le bénévolat. Je dois racheter mes péchés, et ces deux passions m'offrent une rédemption.

Les larmes avaient disparu, désormais.

— J'ai quelques questions moi aussi, a-t-elle poursuivi. Comment voulez-vous que je fasse sortir de la clinique six machines de dialyse ? Et qu'est-ce que j'en ferais ? Ce n'est pas seulement gênant, c'est surtout insensé. Si vous n'avez pas prévu de m'arrêter, allez-vous-en, s'il vous plaît.

Nous sommes partis.

— Tu as cru à son numéro ? m'a demandé Kylie une fois dans la voiture.

— Tu es sûre qu'elle nous faisait son numéro ? Tu lui as sorti une preuve par présomption, elle t'a sorti une explication plausible.

— Oh, je t'en prie. Une jolie femme, chez elle, dans sa cuisine, qui lâche les grandes eaux. Les mecs tombent à chaque fois dans le panneau.

— Donc tout à coup je suis un *mec* ? Je croyais que j'étais un flic.

— Moi aussi je suis flic, et j'ai tout de suite pensé que si je prévoyais d'envoyer quelqu'un en reconnaissance dans une clinique, je choisirais une personne qui ne risque pas d'attirer les projecteurs sur elle. Lyon a le profil.

— Mouais, pour l'instant, on n'a rien de tangible.

— Alors fais-moi confiance, tu veux bien ? On va s'intéresser aux autres cliniques dévalisées pour voir si Lynn Lyon a travaillé comme bénévole dans l'une d'elles.

Mon instinct et celui de Kylie nous dictent généralement la même chose, et habituellement elle et moi sommes en phase quand on interroge quelqu'un. En l'occurrence, j'étais relativement sûr d'avoir raison, mais cette fois elle se laissait déborder par sa colère envers Spence, et c'est Lyon qui en faisait les frais.

— Ça me va, lui ai-je répondu. Tu veux passer un coup de fil aux autres cliniques ?

— Exactement. Ma passion, c'est l'investigation, Zach, et j'aurais bien besoin d'une petite rédemption, m'a-t-elle répondu. Par ailleurs, j'essaie de ne jamais louper une occasion de prouver que je suis plus intelligente que toi.

## 12

Jusqu'à hier soir, le bien le plus coûteux à l'intérieur du minuscule T2 de Teddy Ryder, situé dans le Lower East Side, était une télévision JVC qu'il avait achetée 200 balles sur Overstock.com. Désormais, un autre objet lui faisait de l'ombre : un collier, tout d'émeraudes et de diamants, qui dormait sur sa table basse.

Teddy n'avait pas fermé l'œil depuis le vol. Les flingues, c'était juste pour faire sérieux. Personne n'était censé se faire tuer. Son complice, Raymond Davis, avait pressé la détente mais jurait par tous les saints que rien n'était de sa faute. Il avait mis ça sur le compte du gars sur la banquette arrière de la limousine qui avait tenté de choper son pistolet. Puis Raymond s'était étendu sur le lit et avait dormi comme une souche jusqu'à 7 heures ce matin.

À présent, il était parti essayer de renégocier le deal avec Jeremy.

— Cinquante mille, c'est du foutage de gueule, a dit Raymond, ayant découvert aux infos que le collier valait 8 millions. On monte le prix à un demi-million.

Lorsque Raymond est enfin revenu de son rendez-vous avec Jeremy, c'était la fin de l'après-midi. En apercevant sa tête, Teddy a tout de suite compris que les négociations avaient tourné en eau de boudin.

— Jeremy est un bel enfoiré, a dit Raymond.

— T'en as tiré combien ? lui a demandé Teddy.

— Plus que le prix de départ, mais moins que j'espérais.

— Combien ?

— Quatre-vingt-dix patates.

— Par caillou ?

— Non. Quatre-vingt-dix pour toute la quincaille.

— Il est pas bien, ou quoi ? a dit Teddy. On lui demande pas de quoi s'acheter des clopes et de la tise. On a besoin d'assez de fric pour disparaître.

— Tu crois que je ne lui ai pas fait remarquer ?

— Alors retournes-y et dis-lui qu'on sait combien vaut le collier et que s'il nous le prend pas au prix du marché, on trouvera un autre acheteur.

— Ouais, ça aussi je lui ai dit. Il m'a ri au nez. Il m'a dit qu'avec la mort de l'actrice, le collier est devenu une patate chaude.

Raymond a pris le bijou sur la table basse et l'a porté au-dessus de sa tête pour l'observer à la lumière.

— Il a raison, a-t-il dit. J'ai demandé autour de moi. Personne ne veut y toucher.

Teddy a senti gonfler une boule de panique dans sa gorge. Son cœur palpitait, et il voulait crier : « C'est de ta faute si cette actrice est morte ! », mais il avait trop de mal à respirer pour gaspiller son souffle en parlant à Raymond.

Il s'est laissé tomber dans le fauteuil qu'il avait récupéré sur un trottoir après son dernier passage à l'ombre à Rikers Island.

— Alors qu'est-ce qu'on fait, maintenant? a-t-il demandé.

— J'ai tout prévu, lui a répondu Raymond. Jeremy passe ce soir. On fait notre baluchon, on lui refile le collier et on se casse au Mexique dès qu'on aura l'argent.

— Je vais nulle part tant que j'ai pas dit au revoir à m'man, a répliqué Teddy. Dès que j'ai touché ma part, je vais chez elle, je passe la nuit là-bas, et je lui demande de me préparer une montagne de crêpes au fromage blanc pour le petit déjeuner.

— Et combien elles vont te coûter, tes crêpes, mon petit Teddy? Cinq briques? Dix? Tu vas lui faire un chèque avec combien de zéros, à môman?

— Ça te regarde pas, combien je lui donne.

— Ça me regarde si j'ai 45 000 dollars en poche quand on part au Mexique et que tu n'as qu'un tas de crêpes au fromage blanc dans le ventre. Pas question que je te fasse vivre, Teddy. Ni toi, ni ta mère.

— T'en fais pas pour moi, lui a répondu Teddy. Jeremy a dit qu'il venait à quelle heure?

Raymond a haussé les épaules.

— Il ne m'a pas donné d'heure. Il a dit ce soir, c'est tout. Réveille-moi quand il sera là. Je vais faire une sieste.

# 13

J'étais devant mon ordinateur quand un message de Kylie est apparu sur l'écran.

*J'ai du nouveau sur notre cordon-bleu. Passe à mon bureau si tu veux en savoir plus.*

Kylie adore avoir raison. Elle adore encore plus que j'aie tort.

Son « bureau », c'est le bureau (le meuble, pas la pièce) juste derrière le mien. J'ai fait pivoter mon fauteuil.

— On dirait que tu as quelque chose à m'apprendre qui te fait jubiler ? lui ai-je dit.

— Qui ça, moi ? m'a-t-elle répondu avec un malin plaisir. Je me disais simplement que tu voudrais connaître la dernière sur les vols dans les cliniques. J'ai fait ma petite recherche et, apparemment, ton experte en risotto préférée a travaillé bénévolement dans quatre des neuf cliniques dévalisées.

— Elle a un casier ?

— Elle est blanche comme neige. Même que trois des coordinateurs bénévoles à qui j'ai parlé m'ont dit qu'ils avaient rarement travaillé avec quelqu'un d'aussi bien, et qu'ils aimeraient en avoir une dizaine d'autres comme elle.

J'ai attendu le « mais ».

— *Mais*, a-t-elle continué, j'ai quand même trouvé quelque chose d'intéressant. Son père était ingénieur pétrolier. Elle a vécu aux quatre coins du Moyen-Orient quand elle était gamine. Après la fac, elle a passé trois ans en Inde où elle a travaillé pour une asso qui soignait les enfants des rues.

— Et c'est intéressant parce que… ?

— Tu as entendu Greg Hutchings. Il va finir où, à ton avis, tout ce matos de pointe ? Lyon est un bon Samaritain, et elle a passé des années au contact de la misère du tiers-monde. Je te parie qu'elle n'est même pas payée. Elle travaille bénévolement non seulement pour les cliniques, mais aussi bénévolement pour les types qui les dépouillent.

— Belle investigation, inspectrice MacDonald. La fille n'a pas d'antécédents judiciaires mais elle a connu la pauvreté, alors elle a décidé de faire sa BA pour les déshérités en filant un coup de main à un groupe de trafiquants du marché noir, ai-je rétorqué. Tu n'as plus qu'à expliquer ça à Mick Wilson du bureau du procureur, et tu verras combien de temps il met à te foutre à la porte avec un pied au cul.

— Je m'attendais à des excuses d'un autre genre, m'a-t-elle répondu.

— Donc elle a travaillé dans quatre de ces cliniques. Si j'étais avocat, j'y verrais une preuve par présomption plutôt qu'une preuve tangible. Mais le flic que je suis veut bien admettre que la petite Lyon a plus pour nous plaire que son risotto aux cèpes et aux asperges.

— Tu veux bien y retourner et nous la ramener pour qu'on l'interroge comme il se doit ?

— Non.

— Pourquoi pas ?

— Parce que je préférerais lui faire croire qu'on ne s'intéresse plus à elle, et ensuite la filocher pour voir si elle nous permet de remonter jusqu'à une plus grosse pointure.

— Enfin un propos intelligent depuis que tu t'es fait embobiner par son numéro de tragédienne éplorée. Tout n'est pas encore perdu pour toi, Jordan.

Mon portable a sonné, et j'ai décroché. C'était Cheryl.

— Salut, tu fais quoi ce soir ? m'a-t-elle demandé.

— À toi de me le dire, lui ai-je répondu.

— Italien pour le dîner, ça te dit ?

— *Fantastico.*

— Tu peux être rentré chez nous pour 19 heures ?

— Absolument.

— Super. Allez, je t'aime.

— Allez, je t'aime aussi.

J'ai raccroché, et je me suis laissé bercer par les paroles que je venais d'entendre. Mon cerveau réfléchissait à la soirée qui se profilait quand Kylie a interrompu ma rêverie.

— Zach, tu as entendu ce que j'ai dit ?

— Pardon. Refais-le-moi-le ?

— Je disais, on ne peut pas filocher Lyon. Je sais que la maire veut qu'on s'occupe des vols dans les cliniques, mais c'est du temps en moins pour notre homicide. Je propose qu'on en parle à Cates, elle pourra peut-être constituer une autre équipe pour faire du terrain.

— Ça marche.

Elle s'est levée et a pris la direction du bureau de Cates. Mon corps l'a suivie, mais mon esprit était toujours accaparé par le coup de fil de Cheryl.

C'était la première fois qu'elle disait « chez nous » pour parler de mon appartement. C'était formidable.

# 14

La capitaine Delia Cates appartient à la troisième génération de flics du NYPD. Elle a grandi à Harlem, et si vous lui demandez où elle a fait ses études supérieures, elle vous répond avec un sourire : « Oh, il y avait une fac pas trop mal à deux kilomètres de chez moi. » Les mieux renseignés d'entre nous vous apprendront que la fac en question est la prestigieuse université Columbia.

Elle a obtenu sa licence à dix-huit ans, fait une maîtrise de droit pénal à John Jay, et servi quatre ans dans les Marines avant de rejoindre la police de New York. Elle est montée en grade à une vitesse stratosphérique, et lorsque notre ancien maire a créé le Red au sein du NYPD, son bras droit, Irwin Diamond, a nommé Cates à sa tête.

— Ce n'est pas que j'étais la mieux placée pour ce poste, m'a confié Cates un soir autour d'un verre. Mais quand la plupart de vos administrés sont des hommes blancs ultraprivilégiés, c'est une bonne combine politique de placer une femme noire aux responsabilités.

En vérité, elle était bel et bien la mieux placée pour le poste, et presque tous les jours j'apprécie de l'avoir comme patronne. Mais pas ce jour-là.

— C'est tout ce que vous avez ? nous a-t-elle dit quand Kylie et moi lui avons appris où nous en étions du dossier Travers. Vous n'avez rien glandé depuis votre visite aux frères Bassett hier soir.

— On a des flics qui sont partis faire une enquête de vois' pour trouver des témoins oculaires, lui a répondu Kylie. Et il y a au moins vingt-cinq caméras de surveillance routière et de sécurité privées à l'angle de la 54e et de Broadway, où les coups de feu ont été tirés. Jan Hogle est en train de tout éplucher.

— Et ce *vaste* réseau d'indics dont vous m'avez parlé ce matin ? a renchéri Cates. Qu'est-ce que ça donne ?

— Vous avez raison, capitaine, lui ai-je dit avant que Kylie avance un argument pour se défendre. On n'a rien glandé sur Travers. Aucune excuse.

Cates a ri.

— Bien sûr que si, vous avez une excuse. On appelle ça la préséance de la politique sur le travail de la police. La maire et son mari veulent vous mettre sur cette affaire de vols dans les cliniques. Vous allez devoir vous y coller. Mais je ne peux pas vous retirer cet homicide. Ce qui veut dire que vous allez devoir courir deux lièvres à la fois.

— C'est faisable, lui ai-je dit, mobilisant toute ma force de conviction, mais un peu d'aide ne serait pas de refus. On s'intéresse à une bénévole qui travaille dans une clinique et qui pourrait avoir facilité de l'intérieur quatre coups sur les neuf. Elle pourrait nous mener à du plus gros poisson, mais il faut qu'on la filoche. Vous pensez pouvoir nous dégoter une autre équipe qui pourrait s'en charger ?

— Volontiers, nous a répondu Cates. Vous pensez pouvoir me dégoter les meurtriers d'Elena Travers ?

— Volontiers, lui a dit Kylie.

Cates n'a fait aucun cas de sa vanne et m'a regardé.

— Je mets Betancourt et Torres sur le coup, nous a-t-elle dit en nous faisant signe de quitter son bureau sans ajouter un mot.

Cinq minutes plus tard, on se posait avec nos renforts pour les briefer.

Même avant d'intégrer le Red, les inspectrices Jenny Betancourt et Wanda Torres avaient plus de serrages à leur actif que n'importe quelle équipe de Brooklyn South. Betancourt est un pitbull question détails, et Torres… c'est un pitbull, tout court. Kylie et moi avions déjà travaillé avec elles, et elles nous plaisaient bien, en partie parce qu'elles étaient nouvelles et désireuses de se faire les dents pour prouver leur valeur, en partie parce qu'elles nous faisaient penser à nous. Elles se prenaient le bec en permanence comme un vieux couple marié.

— Je suis d'accord avec Kylie, a dit Betancourt une fois notre topo terminé. Lyon a passé son enfance à regarder des tas de gens mourir faute de soins médicaux de qualité. Ça suffit à lui fournir un mobile.

— N'importe quoi, lui a répondu Torres. J'ai passé *mon* enfance dans le sud du Bronx. Cinq de mes copains de primaire sont morts parce qu'ils faisaient de l'asthme. *De l'asthme*, putain. Alors niveau qualité des soins, on était loin du compte. Les gens dans le besoin volent du bifteck au supermarché. Des télés, à la rigueur. Pas du matériel médical.

Je leur ai dit de régler ça entre elles, rappelé que l'affaire était de la plus haute importance pour le mari de la maire, et je les ai libérés.

— Tu as prévu quoi ce soir ? m'a demandé Kylie sitôt Betancourt et Torres parties.

— Cheryl et moi, on sort manger italien, lui ai-je répondu. Et toi ?

— Oh, je ne sais pas. La journée a été longue. Je crois que je vais rentrer chez moi, prendre un bain moussant, commander à dîner, déboucher une bouteille de vin et regarder n'importe quel film avec Mark Wahlberg.

— Reposant, comme soirée.

— C'est le but, m'a-t-elle dit. Me reposer.

Elle mentait de A à Z. J'ignorais ce qu'elle avait prévu, mais je savais une chose : ses plans ne comprenaient ni bain moussant, ni bouteille de vin, ni film avec Mark Wahlberg.

## 15

Je suis rentré à l'appartement à 18 h 52, huit minutes avant le délai fixé. Cheryl était dans la cuisine, elle enduisait une tranche de ciabatta d'une substance odorante à base de beurre.

— Qu'est-ce que tu fais ? lui ai-je dit.

— Du pain à l'ail.

— Oui, ça, mon instinct d'enquêteur ne s'y est pas trompé, ai-je répliqué. Mais je croyais qu'on sortait dîner ?

— Qui t'a parlé de sortir ? Je t'ai demandé si ça te disait de manger italien. Tu as répondu « *Fantastico* », donc je suis en train de préparer italien. Il y a des lasagnes au four. Elles seront prêtes vers 19 h 30.

— C'est génial, lui ai-je répondu.

— Ce n'est pas génial. Ça s'appelle cuisiner. Les couples normaux font ça tous les soirs.

Je me suis approché d'elle dans son dos, j'ai posé mes mains sur le dessous de ses seins et lui ai picoré la nuque avec mes lèvres et ma langue.

— Et que font les couples normaux quand ils ont trente-cinq minutes à tuer en attendant que leurs lasagnes soient prêtes ?

— Garde ton pantalon, inspecteur Chaud-Lapin, m'a-t-elle répondu en se contorsionnant pour se dégager. Au moins jusqu'à la fin du dîner. Pour l'instant, si tu débouchais une bouteille de vin et allumais la télé ? On ne peut pas faire plus normal.

J'ai posé mon insigne, mon pistolet et mon portable sur le bar à l'américaine qui séparait la cuisine du coin salle à manger, j'ai sorti une bouteille de chianti Castello di Gabbiano du casier à vin et j'ai rempli deux verres.

J'ai trouvé la télécommande, zappé sur *Jeopardy !* et je me suis assis sur le canapé. Cinq minutes plus tard, Cheryl m'a rejoint et on a passé la demi-heure suivante à rivaliser : c'était à qui trouverait la bonne réponse le plus vite. La compétition était déloyale. Elle m'a terrassé.

L'ennui domestique à l'état pur, ni plus ni moins. J'ai adoré ça.

— Le perdant fait la vaisselle, a-t-elle annoncé en retournant vers le coin cuisine.

J'ai éteint la télé et suis allé me débarbouiller dans la salle de bains. Je regardais dans le miroir quand mes yeux se sont posés sur la robe de chambre rose pendue à côté de mon peignoir blanc, derrière la porte. Cheryl n'était pas la première femme avec qui je vivais. Mais, pour la première fois de ma vie, je n'étais pas assailli de doutes.

À mon retour, le plafonnier diffusait une lumière tamisée, deux bougies à la flamme tremblotante éclairaient la pièce, et le dîner était sur la table : un plat rempli de lasagnes fumantes, un saladier plein de verdure et de tomates cerises, et une corbeille garnie de pain à l'ail.

— Tu es sûr que c'est bien normal, tout ça ? lui ai-je dit. Parce que ça m'a tout l'air pour le moins *fantastico*.

Cheryl était debout près du bar. Elle tenait mon portable dans sa main.

— Ne t'assieds pas, m'a-t-elle dit. Il a sonné pendant que tu étais dans la salle de bains.

— Je ne sais pas qui c'est, mais dis-lui que je suis en train de dîner. Je rappellerai.

— C'est ta coéquipière, m'a répondu Cheryl d'une voix monocorde et dénuée d'émotion. Elle a besoin d'un flic.

J'ai pris le téléphone.

— Kylie, à moins que tu n'aies un pistolet sous la gorge, ça va devoir attendre.

— Zach, je suis dans une station-service à Harlem.

— Pour quoi faire ?

— J'ai remonté un des dealers de Spence.

— Pourquoi ? Après tout ce que les addictologues du centre t'ont dit, qu'est-ce que tu vas te faire suer à… Je n'ai rien dit, je sais pourquoi tu te mets dans un merdier pareil. Ce que je ne pige pas, c'est pourquoi tu vas là-bas toute seule sans renforts.

— Parce que je pensais pouvoir gérer ça moi-même.

— Mais tu ne peux pas…

J'ai regardé Cheryl et j'ai articulé « Désolé » en silence. J'ai poursuivi ma conversation téléphonique :

— Bon, dis-moi ce qui se passe.

— Le dealer s'appelle Baby D. Je l'ai accosté et je lui ai dit que je cherchais mon mari. Il dit qu'il n'a pas vu Spence depuis des mois, mais il ment. Je le sais parce qu'il porte la nouvelle montre de Spence.

— Tu peux pas le taper pour ça, Kylie.

— Putain, Jordan ! a-t-elle hurlé. Tu comptes me faire la morale pour me dire tout ce que je ne peux *pas* faire ? Je croyais que tu voulais m'aider. Laisse tomber.

Elle a raccroché.

Je suis resté immobile, vert de rage.

— Qu'est-ce qui se passe ? m'a demandé Cheryl.

— Rien de nouveau. Elle est dépassée, elle a dérapé et elle a besoin d'aide.

— Tu lui as dit de demander des renforts ?

— Elle ne peut pas. Elle n'est pas en mission. Elle gère sa propre galère. Je ne sais pas ce que je vais faire, ai-je dit avec un signe de tête à l'adresse de Cheryl dans l'espoir qu'elle comprenne le sous-texte.

— Ne me jette pas ce regard de chien triste, m'a-t-elle dit. Tu sais exactement ce que tu vas faire. Tu espères juste que ce soit moi qui te dise de le faire. Eh bien, ça ne risque pas d'arriver.

Évidemment. J'ai posé le doigt sur l'icône des appels récents sur mon téléphone, puis sur le nom tout en haut de la liste.

Kylie a décroché à la première sonnerie.

— Quoi ? a-t-elle lancé, péremptoire.

— Ce matin, je t'ai promis de t'aider, et je n'ai pas dit ça à la légère.

— D'accord. Alors amène-toi le plus vite possible à la station-service BP à l'angle de la 129e et de Park Avenue.

— Donne-moi vingt minutes, lui ai-je répondu en regardant Cheryl droit dans les yeux. En attendant, ne fais pas de bêtises.

— OK, OK. Et… Zach?

— Quoi?

— Apporte du liquide.

J'ai raccroché.

Cheryl a marché jusqu'à la table, soufflé les bougies puis rallumé les lumières.

J'ai ramassé mon pistolet et mon insigne, enfilé ma veste, et je suis sorti.

Aucun de nous deux n'a prononcé un mot et, avec le recul, je me dis que c'était sûrement ce qu'il y avait de plus intelligent à faire.

# 16

J'ai réussi à héler un taxi sitôt sorti de mon immeuble. Mauvaise nouvelle, c'était une Prius : une petite voiture parfaite pour l'environnement, mais beaucoup trop *petite*, justement. Je n'avais pas le temps de me mettre en quête d'un autre taxi, alors j'ai fait entrer mon corps d'un mètre quatre-vingt-trois à l'arrière de ce véhicule conçu pour des occupants d'un mètre cinquante, et nous avons commencé à remonter Manhattan.

Assis sur la banquette exiguë, j'avais faim et j'étais fumasse. Kylie m'avait mis en pétard en me manipulant comme elle l'avait fait, et je m'étais mis tout seul doublement en pétard en tombant dans le panneau. L'image du dîner aux chandelles foiré et celle de la tête de Cheryl au moment où j'étais parti s'étaient imprimées dans mon cerveau, et j'essayais de les chasser.

Le chauffeur du taxi ne disait pas un mot. Je ne pouvais pas lui en vouloir. Un Blanc stressé, sorti en trombe de son immeuble de l'Upper East Side, qui lui demandait qu'on le conduise à un coin de rue mal famé de Harlem : le message était clair. « Garde tes distances. »

Le coin en question était encore plus mal famé que je m'y attendais. Harlem avait changé du tout au tout depuis que j'y avais mis les pieds pour la première fois. Les stigmates de la délinquance et du délabrement urbains avaient cédé la place à des restaurants branchés et à des boutiques de créateurs, mais la boboïsation n'avait pas encore atteint l'angle de la 129e et de Park Avenue.

L'avenue était surplombée par les rails du train de banlieue, le Metro-North, qui passait au-dessus de nos têtes. La rue en contrebas était jalonnée de terrains vagues, parmi lesquels on trouvait un parking grillagé et une station-service avec boutique ouverte vingt-quatre heures sur vingt-quatre. La zone autour des pompes à essence était éclairée. Le taxi s'y est arrêté et m'y a déposé.

Dès que j'ai eu fini de m'extirper de la sympathique caisse à savon écolo jaune, j'ai remarqué la voiture de Kylie, garée sur la 129e Rue. Je suis monté côté passager, et elle a démarré.

— On va où ? lui ai-je demandé.

— Baby D a plusieurs bureaux en ville. L'un d'eux est un fast-food qui vend des gaufres au poulet frit, à quelques rues d'ici, sur Lexington.

— Comment t'as fait pour le trouver ?

— Je suis flic, et mon mari est toxico. J'ai filé Spence deux ou trois fois où il est parti s'approvisionner, au cas où ce genre de situation se produirait.

— Tu l'as *filé* ?

— Ne me juge pas, Zach.

— Parle-moi de ce Baby D, ai-je enchaîné.

— Son vrai nom, c'est Damian Hillsborough. Tu peux oublier le stéréotype du dealer des ghettos bardé de tatouages et de chaînes qui traîne au coin des rues pour *bicrave* son pochon et qui se trimbale avec un 9 millimètres. Baby D, il est propre sur lui, il est allé à la fac, il va pas te menacer. Il s'est constitué une jolie petite clientèle de niche sur le marché des Blancs bècebèges.

— Il a un casier ?

— Non. Il est futé. Il a fait un an de droit à la fac de New York avant de lâcher l'affaire pour suivre une voie professionnelle plus rentable.

— Et mon rôle à moi, dans tout ça, c'est quoi ?

— Je veux que tu scelles un deal de coke. Dès que tu sors le porte-monnaie, j'interviens.

— Super, ton plan, lui ai-je répondu. À part qu'il existe une vilaine petite loi sur la provocation policière que les avocats de la défense aiment bien nous agiter sous le nez.

— Je croyais que tu avais arrêté de me faire la morale.

— Kylie, je ne te fais pas la morale. C'est la procédure policière numéro 101. Des missions d'infiltration, j'en ai fait. L'auteur doit être à l'origine de l'infraction. Un flic ne peut pas inciter quelqu'un à commettre un délit et le choper ensuite.

— Je n'ai pas dit que je comptais le choper. J'essaie de retrouver mon mari, et il me faut un truc pour lui foutre la pression.

On est arrivés au croisement de la 126e Rue et de Lexington Avenue, où se trouvait une enfilade de magasins : un McDonald's, un Dunkin' Donuts, un bureau de change dont la devanture en tôle ondulée était baissée et cadenassée, et un auvent jaune avec l'inscription « Goody's Chicken and Waffles ». Notre restau de gaufres au poulet. Nous sommes sortis de la voiture et avons marché jusqu'à la vitrine.

— C'est lui, là-bas. Celui avec le pull vert, m'a informé Kylie en désignant un jeune homme noir assis seul à une table, les doigts au repos sur le clavier d'un ordinateur portable.

— Tu veux mon avis sur ton plan ? lui ai-je demandé.

— Vas-y.

— Il est foireux. Tu crois que ce type va me vendre des drogues ? S'il est aussi futé que tu le dis, il ne me vendrait même pas de l'aspirine si je me faisais renverser par un bus.

— Hé, j'essaie de trouver une solution au débotté. Tu as une meilleure idée ?

— J'ai quelque chose en tête, mais il va falloir qu'on s'y colle tous les deux, et je ne sais pas si c'est dans tes cordes… Ça ne va pas être simple.

— Sois pas con, Zach. Bien sûr que c'est dans mes cordes. Je ferai tout ce qu'il faudra. C'est quoi, ton idée ?

— Je vais entrer dans le fast-food et m'occuper de Baby D. Toi, tu restes à l'extérieur.

— Et je fais quoi ?

— Rien. Tu ne m'appelles pas. Tu ne me fais aucun signe. Et puisque je ne peux pas t'empêcher de me regarder par la vitrine, tu évites de débarquer pour me dire que je m'y prends mal.

— Donc tu veux juste que je reste devant le restau à ne rien faire ?

— Hé, je t'avais prévenu que ce ne serait pas simple. J'y vais. Ne fous pas tout en l'air.

Elle a hésité.

— Kylie, tu veux que je t'aide ou pas ?

— Vas-y, m'a-t-elle répondu. Fais-le.

J'ai poussé la porte du restau avant qu'elle ait le temps de changer d'avis.

Je n'avais aucun plan, aucune idée de ce que j'allais faire. Tout ce que je savais, c'était que ce serait bien plus facile sans elle.

# 17

Le premier truc que j'ai remarqué en entrant chez Goody's, c'est la merveilleuse odeur qui régnait à l'intérieur. Une trentaine de personnes au bas mot dînaient, et une poignée d'autres attendaient devant le comptoir de pouvoir commander.

Seul Baby D n'était pas en train de manger. Et malgré la position de ses doigts, immobiles sur les touches du clavier, il ne tapait pas. Il me regardait.

Kylie avait raison. Ce n'était pas du tout le stéréotype du trafiquant de drogues qu'on voit dans les films, ni même dans la vraie vie. On aurait plutôt dit un mannequin échappé d'un catalogue J. Crew : chino beige, chemise à carreaux vichy et pull à col en V dont il avait retroussé les manches au-dessus de ses poignets. Il avait dans les vingt-cinq ans, était rasé de frais, et sacrément beau gosse.

Je me suis avancé jusqu'à sa table.

— Bonsoir, monsieur l'agent, m'a-t-il dit.

— Qu'est-ce qui vous fait croire que je suis flic ?

— Vous n'avez pas trop le profil des clients du coin.

— Vous non plus, lui ai-je fait remarquer.

— Je vous l'accorde. Et que puis-je faire pour les forces de l'ordre de New York ce soir ?

C'était comme s'il avait dit « Échec et mat ». Il m'avait démasqué ; il savait qu'il me fallait un motif raisonnable pour l'interpeller, et que je ne pouvais que rester planté là comme un bleu à lui poser des questions auxquelles il n'était pas obligé de répondre. Son air suffisant en disait long. Il était le roi et j'étais son bouffon pour la soirée. Je l'ai pris en grippe.

— On dirait que vous avez faim, monsieur l'agent. Puis-je vous suggérer un plat qui pourrait vous plaire ? L'assiette fermière, a-t-il dit en me décochant un sourire de satisfaction. Rien que de la viande *blanche*.

C'était la goutte d'eau. J'ai craqué. Mon cerveau n'avait échafaudé aucun plan, alors ma testostérone a pris le dessus. Je l'ai empoigné vertement et l'ai tiré de sa chaise. Ça nous a fait un putain de choc à tous les deux.

— Vous n'avez pas le droit de m'attraper comme…

— Ferme-la, ducon.

Je lui ai retourné le bras gauche et arraché sa montre en or.

Mon cœur battait à tout rompre dans ma poitrine. Je suis formé à gérer les richards et les célébrités, qui ont l'habitude qu'on leur fasse de la lèche. Pour intégrer le Red, un flic ne doit pas avoir un mot plus haut que l'autre, faire preuve d'autodiscipline, être émotionnellement stable. Kylie dépasse parfois les bornes, c'est pour ça que Cates a voulu qu'on fasse équipe. Moi, je suis la voix de la raison. Mais là, tout à coup, sans prévenir, j'étais devenu l'inspecteur Harry.

J'ai retourné la montre et lu l'inscription.

— Qui c'est ça, Kylie ? lui ai-je demandé.

— Je ne sais pas.

— Au dos de ta montre, c'est marqué qu'elle t'aime pour l'éternité, ai-je rétorqué en lui tordant le bras.

Il a jappé.

— Je l'ai achetée au mont-de-piété.

J'ai jeté Baby D sur sa chaise.

— Fais-moi voir le reçu.

La plupart des clients du restaurant avaient levé le nez de leur graille et regardaient le Blanc hargneux bousculer le jeune Noir bien sapé. Personne ne semblait envisager de s'interposer, mais j'ai montré mon insigne au cas où, et tout le monde est retourné à la tâche capitale qui l'avait occupé jusqu'alors : se remplir la panse et se boucher les artères.

J'ai collé mon insigne sous le nez de Baby D.

— Inspecteur Zachary Jordan, lui ai-je dit en m'asseyant directement en face de lui.

— Vous venez de violer toutes les règles du manuel des scouts, inspecteur Jordan.

— Au moins, maintenant, tu sais à quel genre de flic tu as affaire. Où est Spence Harrington ?

— J'ai déjà dit à la dame de la police…

— Elle s'appelle Kylie. Comme sur ta montre.

Je lui ai rendu l'objet.

— Je le lui ai déjà dit. Je ne sais pas où il est, son bonhomme.

J'ai détaché mon porte-menottes et j'en ai sorti les deux bracelets.

— C'est pour quoi faire, ça ? dit Baby D.

— Je t'arrête pour trafic de stups.

Il a ri.

— Dans vos rêves, inspecteur. Vous croyez que je suis assez bête pour me trimbaler avec des stups ?

— Je sais pas trop encore si tu es bête ou pas, Damian, mais *moi*, je me trimballe avec. J'ai un pochon de cinq grammes de fée blanche juste là, dans la poche de ma veste, et après t'avoir embarqué, quand on sera au poste, je dirai que tu me l'as fourgué.

— Ce sont des conneries. Un gros mytho.

Je me suis penché vers lui et lui ai chuchoté :

— T'as raison : je l'ai emprunté à la salle des scellés de mon commissariat. Mais je vais jurer que c'est toi qui me l'as vendu. Donc soit tu sors d'ici et tu parles à ma coéquipière, soit dans une heure ta gueule d'ange fera la joie d'un paquet d'hommes qui crèvent de solitude en garde à vue au dépôt.

Les dealers ne révèlent pas à la police où se trouvent leurs clients. C'est mauvais pour leur commerce. Et pour leur santé. Damian m'a dévisagé. Est-ce que je lui mentais ? Ou est-ce que j'avais vraiment de la cocaïne dans ma poche et comptais prétendre qu'elle lui appartenait ?

Je lui ai dardé un regard hyper-persuasif à la Clint Eastwood, mais je n'ai pas eu les couilles de lui sortir : « Est-ce que tu tentes ta chance ? Vas-y, tu la tentes ou pas ? »

Il a cillé. Il s'est levé, a rabattu l'écran de son ordinateur, et je l'ai escorté dehors jusqu'à Lexington Avenue.

— M. Hillsborough a changé son fusil d'épaule, ai-je annoncé à Kylie. Pose-lui toutes les questions que tu veux.

— Quand as-tu vu mon mari pour la dernière fois ? lui a-t-elle demandé.

— Il ne m'avait pas dit qu'il était marié à une flic.

— Réponds à la question, l'a-t-elle pressé.

— Hier. Il avait une petite course à faire, mais il était à court de liquide, alors on a négocié et il m'a offert cette jolie tocante en échange de… de ce que vous savez.

Damian lui a tendu la montre de Spence.

— Prenez-la, lui a-t-il dit. Elle est à vous.

— Non, lui a répondu Kylie en hochant la tête. Techniquement, elle est à toi. Où est Spence, en ce moment ?

— Écoutez, mademoiselle, moi je deale de la coke, je fais pas GPS, a-t-il dit en passant la montre à son poignet. Je ne sais pas où trouver votre mari, mais lui sait où me trouver. Et vu comme il était en chien, faites-moi confiance, il ne manquera pas de le faire.

Kylie a sorti sa carte de visite de sa poche et la lui a remis.

— Voilà ta carte de sortie de prison, Damian, lui a-t-elle dit. Ne la perds pas.

# 18

— C'était quoi ce cirque ? m'a dit Kylie sitôt réinstallés dans la voiture.

J'ai haussé les épaules.

— Je sais pas. Il m'a mis en rogne. J'ai dû péter un câble.

— Tu aurais pu perdre ton emploi, Rambo. Tu as de la chance que Damian soit dans le trafic de stups. Si c'était M. Tout-le-monde, il engagerait un avocat et il t'accuserait de violences policières.

— Je suis pas inquiet. La définition de la violence policière, c'est quand un flic fait un emploi excessif de la force.

— Ça m'avait l'air plutôt excessif.

— Ouais, mais j'étais pas un flic. J'étais pas en service.

— Donc j'imagine que c'était ton insigne de mec pas en service que tu lui as montré.

— Tu as bientôt fini, votre honneur ?

— Bientôt. J'ai une dernière chose à dire.

Elle s'est arrêtée à un feu sur la 116e Rue. Elle s'est tournée vers moi, et un grand sourire s'est épanoui sur son visage.

— Merci, collègue.

— Je me demandais quand tu allais me remercier.

— Mon timing est nul, mais l'intention y est, Zach : merci. Quand j'ai remonté Baby D, j'ai imaginé lui poser quelques questions et basta. Je ne savais pas qu'il jouerait comme ça les fortes têtes. Ça m'a décontenancée. C'est pour ça que je t'ai appelé. Je n'aurais pas pu y arriver sans toi.

— À ton service, collègue, lui ai-je dit. Le problème, c'est que je ne vois pas bien à quoi ça t'avance. Tout ce qu'il t'a appris, c'est que Spence a chopé de la coke hier. Je suis sûre que tu t'en étais déjà doutée cet après-midi devant tout ce fatras à Silvercup qui t'arrivait jusqu'à la cheville.

— Ça m'avance beaucoup plus que tu le crois, m'a-t-elle répondu. Spence a sorti 5 000 dollars de notre compte hier matin, ce qui veut dire qu'il avait assez de liquide pour acheter au moins cent grammes de coke.

— Je ne comprends pas. S'il avait autant de fric, pourquoi il a payé Baby D avec sa montre ?

— Pour la même raison qui l'a poussé à bousiller les décors du studio. Il voulait m'envoyer un autre message.

— Lequel ?

— Il a prévu de détruire ou bazarder de tout ce qui le rattache à moi de près ou de loin.

— Aïe, ai-je dit. Ça pique.

— C'est clair. C'est pour ça qu'il le fait.

Le feu est passé au vert, et on a continué vers le sud sur Lexington. J'ai sorti mon téléphone de ma poche.

Il était plus de 21 heures. Si j'avais appelé Cheryl à cette heure, ça ne serait jamais passé. J'ai posé mon téléphone sur mes cuisses et regardé par la vitre.

Kylie avait dû décoder mon comportement.

— Tu veux que je passe un coup de fil à Cheryl pour m'excuser d'avoir fait foirer votre dîner ?

— Jamais de la vie.

— Vu ta tête, je suppose que ça l'a emmerdée que tu doives t'en aller.

— Disons qu'elle n'était pas emballée.

— Il va falloir qu'elle s'y fasse, Zach. Elle vit avec un flic, maintenant. C'est comme ça que ça marche. On est dérangés jour et nuit pour faire du terrain.

— Elle travaille pour le NYPD, Kylie. À mon avis, elle sait ce que c'est qu'être flic.

— Alors pourquoi elle te fait suer ?

— Parce qu'en l'occurrence on ne m'a pas dérangé pour le boulot.

J'ai vu que Kylie commençait à faire le rapprochement. La connaissant, je savais qu'à ses yeux, il avait simplement été question d'épingler un lascar. Elle avait complètement oublié que cette intervention était motivée par des raisons personnelles.

— Oh, a-t-elle dit. D'accord. Ça ne se reproduira pas.

J'en doutais.

Nous étions à l'angle de la 86e et de Lexington, à neuf rues de mon appartement, quand le téléphone sur mes genoux a sonné.

— Tu vois ? m'a dit Kylie. Si elle t'appelle, c'est qu'elle ne t'en veut pas plus que ça.

J'ai regardé l'écran. Numéro masqué.

— C'est pas elle, ai-je dit.

J'ai décroché :

— Inspecteur Jordan.

— Ce bon vieux Zach ! s'est exclamée une voix familière au bout du fil. Ici Q. Vous recherchez deux bras cassés en possession d'un collier tellement chaud bouillant qu'ils sont presque prêts à payer pour le refourguer ?

— Tout le monde les recherche, ai-je dit, et moi le premier.

— C'est pour ça que tu es le premier que j'appelle. Je suis au Kim, à l'étage.

J'ai ressenti une bouffée d'adrénaline.

— On est à moins de cinq minutes, lui ai-je dit.

— « On » est à moins de cinq minutes ? m'a-t-il répondu. Ça veut dire que tu es avec ta coéquipière super canon ?

— Oui, je suis avec Kylie.

— À cette heure-ci ? J'en déduis que vous êtes de nuit. J'espère que je n'interromps pas une opération confidentielle…, a-t-il dit, faisant suivre sa blague d'un rire graveleux au cas où je n'aurais pas saisi.

— Arrête de baver.

— C'est marrant, Zach, m'a-t-il dit, toujours en gloussant. C'est la première fois qu'un flic me dit de pas faire de bavure ! À dans cinq minutes.

Il a raccroché, et je me suis tourné vers Kylie.

— Changement de programme. On a rendez-vous avec Q le Magnifique au Kimberly Hotel.

Elle a mis les gaz, et nous sommes passés devant un immeuble en briques qui m'était familier, à l'angle de la 77e et de Lex. Mon appartement était au dixième.

J'ai tendu le cou et levé les yeux pour tenter de voir si les lumières étaient toujours allumées, mais on roulait trop vite.

— Qu'est-ce que tu fais ? m'a demandé Kylie.

— Rien. Je regarde juste si Cheryl est à l'appart.

— Évidemment qu'elle y est. Tu penses qu'elle a déménagé parce que tu lui as fait faux bond le temps d'un dîner ?

— Non. Je ne suis pas serein, c'est tout. On n'a pas encore trouvé comment on va fonctionner tous les deux sous le même toit.

— Zach. Ça va le faire. Et Cheryl ne va pas disparaître. C'est une femme intelligente. À l'arrivée, elle fait les comptes, et le résultat est le même.

— Ouais, c'est sûr, ai-je répondu.

*Ancienne petite amie : un. Nouvelle petite amie : zéro.*

# 19

Quentin LaTrelle, *alias* Q le Magnifique, était notre meilleur informateur. Et le moins cher que nous avions. Je travaillais avec lui depuis deux ans et je ne lui avais jamais versé un centime. C'est parce que Q n'était pas animé par l'argent.

Q était proxénète. Mais il n'utilisait jamais ce terme. D'après lui, c'était «comme si tu traitais Yo-Yo Ma de violoniste». Il offrait la compagnie de femmes de distinction à des messieurs raffinés et courtois.

Un grand nombre de ces messieurs gravitaient dans les cercles que le Red avait pour vocation d'aider et de protéger. Alors, si l'un ou l'autre de ses clients d'élite se faisait prendre en flagrant délit, Q avait dans ses contacts quelqu'un qui pouvait faire disparaître ce malheureux incident.

Cela pouvait donner l'impression que le queutard plein aux as était injustement avantagé par rapport au pékin lambda, et c'était vrai. Mais si Q avait pu nous permettre de trouver les auteurs du meurtre d'Elena Travers, je n'aurais eu aucun mal à sortir un magnat de Wall Street d'une situation scabreuse.

Le Kimberly, sur la 50e entre Lexington et la 3e, était un hôtel haut de gamme qui réussissait à allier élégance européenne traditionnelle et vie nocturne new-yorkaise branchée. Q nous attendait à Upstairs, sur le toit de l'établissement, un bar huppé de chez huppé avec vue spectaculaire à trois cent soixante degrés sur la ville.

Q, qui parlait couramment la langue de la mode, savait s'habiller pour un dîner dans un restaurant quatre étoiles comme pour une halte au troquet. Ce soir-là, il portait un costume gris perle et une chemise bleu marine à col ouvert. Pas très boîte de nuit, mais il était à la fois pro et décontracté, donc parfaitement dans le code vestimentaire du Kim. Bref, il était dans son élément.

On s'est assis à sa table, et on a dit non-merci-on-neveut-rien-boire-épargne-nous-les-préliminaires-parlons-peu-parlons-bien.

— Teddy Ryder et Raymond Davis, a-t-il dit. Ils partageaient une cellule à Otisville, et ils sont restés camarades de chambrée après leur sortie. Pas gays, juste deux laissés-pour-compte unis face à l'adversité qui espèrent que le tout soit supérieur à la somme de ses parties.

— Et leur duo fonctionne ? lui ai-je demandé.

— S'ils étaient un tant soit peu compétents, est-ce que je serais ici ? m'a-t-il répondu. Je vous situe Teddy, d'abord. Blanc, la trentaine, issu d'une famille de magouilleurs. Ses parents étaient spécialisés dans l'arnaque à la vente immobilière dans les années 1980, et ils ont dû mettre en pratique tous les versets de la bible du parfait escroc au fil des ans. Ils étaient roués, Annie et Buddy Ryder. Lui est mort il y a quelques années, et Annie a dans les soixante-dix ans, alors elle est hors course, mais ça ne m'étonnerait pas qu'elle continue à fréquenter les amicales de mamies à teinture bleue pour leur barboter l'argent qu'elles ont gagné au bingo. Malheureusement pour Annie et Buddy, la fibre magouilleuse inscrite dans leur ADN a sauté une génération. Leur unique rejeton, Teddy, n'est pas « démerdard » pour deux sous. Ce gamin n'arriverait pas à vendre un antibio contre la chaude-pisse quand bien même il coûterait cinq dollars et serait assorti d'un bon d'achat de quatre dollars. En plus, il ne s'est jamais fait arrêter pour port d'arme. Détourner une limousine sous la menace d'un pistolet, c'est tellement pas dans ses cordes que je suis surpris qu'il se soit pas flingué.

— Et l'autre ? ai-je demandé.

— Raymond Davis, c'est un quadragénaire, métis – maman était blanche, papa afro-américain. Tous les deux ont disparu il y a un bail. Il possède à peu près autant de jugeote qu'un jambon-beurre, la preuve : il a fait la tournée des bars de la ville pour trouver à qui refourguer un bijou volé. Il a essayé de rester vague, mais sa stratégie a fait long feu et, quand on lui a réclamé une description, il s'en est fallu de peu qu'il sorte une photo de la rivière de diamants qui a fait la une du journal ce matin. Raymond a fait deux fois de la taule pour vol à main armée, alors si j'étais joueur, je parierais que c'est lui, votre tireur.

— Tu sais où on peut les trouver, ces deux-là ? lui a demandé Kylie.

— Non, mais je suis sûr que quelqu'un au QG du NYPD pourra vous donner un coup de main.

Sa blague a récolté un rire.

— Très malin, lui a-t-elle dit. On saura faire. Merci. Tu as autre chose ?

— Pas pour la police de New York. Mais il se pourrait que j'aie quelque chose pour toi. Quelque chose de plus… personnel.

Q le Magnifique blaguait avec moi sur mes virées nocturnes avec Kylie, mais, avec elle, il ne se serait jamais permis la moindre remarque déplacée. Il était bien trop gentleman. En plus, on voyait bien à son regard qu'il était on ne peut plus sérieux.

— Vas-y, lui a dit Kylie.

— Je me suis laissé dire que tu cherchais ton mari.

— Mazette, Q, a-t-elle répliqué. Je sais que tu as des antennes, mais comment est-ce que…

— J'ai des clients dans le milieu de la téloche. Ils parlent. Je les écoute. Je ne sais pas où il est, mais je sais qu'il a pété les plombs. C'est pas mes oignons, mais si tu as besoin d'une deuxième paire d'yeux et d'oreilles…

— Oh là là, oui. Merci.

— Ne me remercie pas tout de suite. Dis-moi plutôt ce que je peux faire pour me rendre utile.

Elle a récapitulé ce qui s'était passé ces derniers jours depuis que Spence s'était mis aux abonnés absents. Q n'a rien dit jusqu'à ce qu'elle évoque notre altercation avec Baby D.

— Il n'y a pas pire espèce que les trafiquants, a-t-il dit. Et même avec sa gueule d'ange, il est aussi crapuleux que les autres. Spence pourrait débarquer chez lui et flinguer sa mère qu'il ne vous téléphonerait pas. Tu as gaspillé du papier en lui donnant ta carte. Mais maintenant que je sais qu'il est en contact avec ton mari, je vais l'avoir à l'œil.

Kylie s'est levée, lui a serré la main, et lui a renouvelé sa gratitude. Elle savait que la proposition de Q était sérieuse même s'il ne nous avait fourni aucune piste susceptible de nous mener à Spence. Et si un jour il faisait appel à Kylie pour qu'elle l'aide à sortir de la panade un de ses clients ultraprivilégiés, elle lui renverrait l'ascenseur en un quart de seconde.

Ainsi fonctionnait l'écosystème judiciaire pénal à New York.

## 20

Si Q le Magnifique était à nos yeux un sérieux atout, aux yeux de l'État de New York, il n'était pas suffisamment fiable. Nous ne pouvions pas arrêter Davis et Ryder sur la seule foi d'un informateur. Il nous fallait un mandat, et du temps pour arriver à trouver un juge qui nous en signe un à cette heure. Du temps que nous n'avions pas envie de perdre.

Les officiers d'application des peines possèdent une bien plus grande marge de manœuvre que les flics. Ils peuvent débarquer n'importe quand chez un délinquant en liberté conditionnelle. Pas de mandat. Pas d'avertissement.

— Appelle la RTC et trouve qui est l'OAP de Davis, m'a dit Kylie tandis qu'elle dévalait la 3e en direction du commissariat du 19e.

Implantée au sein du QG du NYPD au 1 Police Plaza, la RTC, unité antidélinquance ultraréactive, était en mesure de nous révéler en deux temps trois mouvements à peu près tout ce qu'on désirait savoir sur n'importe quel individu répertorié dans sa base de données. Je lui ai passé un coup de fil et, en moins d'une minute, j'ai obtenu l'adresse de Davis et le numéro de portable de Brian Sandusky, son officier d'application des peines.

J'ai contacté Sandusky.

— Brian, lui ai-je dit, je suis l'inspecteur Jordan. L'un de vos enfants de chœur, Raymond Davis, nous a été désigné comme le tireur dans l'affaire du vol à l'arraché doublé d'un homicide qui a eu lieu hier soir au Ziegfeld. J'ai besoin de vous sur place pour pouvoir entrer chez lui sans mandat.

— Davis ? Elena Travers ? m'a répondu Sandusky. Bah dis donc. J'en suis.

Certains OAP ont horreur de se faire entraîner dans une intervention nocturne à domicile, mais Sandusky était jeune et désireux de nous filer un coup de main dans cette affaire de haut vol. Je lui ai dit de nous retrouver au commissariat.

Ensuite, j'ai appelé Cates, je lui ai fait un point et demandé de nous envoyer une brigade d'intervention d'urgence pour nous aider à interpeller Davis et Ryder.

Soixante-dix minutes après avoir quitté le Kimberly Hotel, Kylie et moi étions dans notre voiture, suivis par deux fourgons blindés Lenco de la brigade d'intervention d'urgence 1, dans le sud de Manhattan. Sandusky était sur la banquette arrière.

— Quatorze flics lourdement armés et vêtus de gilets pare-balles renforcés, prêts à faire tomber deux truands à la mords-moi-le-nœud, a-t-il observé pendant que Kylie menait le convoi à travers la ville en direction de la voie rapide. Le contribuable moyen risque de trouver ça excessif.

Elle a tourné la tête et l'a regardé.

— C'est parce que le contribuable moyen ne s'est jamais fait tirer dessus, lui a-t-elle répondu.

Davis et Ryder vivaient dans le sud de Manhattan, sur Rivington Street. On s'est garés à l'angle que la rue formait avec Suffolk Street, où on a retrouvé un flic appartenant à l'une des trois brigades d'intervention qu'on avait dispatchées aussitôt après avoir obtenu l'adresse.

— C'est cet immeuble, là-bas, nous a-t-il dit en désignant du doigt un édifice de cinq étages en brique grise.

Devant la façade, depuis le deuxième étage jusqu'au toit, se dressait un enchevêtrement d'escaliers de secours qui devaient dater de la première moitié du XXe siècle. Au rez-de-chaussée, il y avait une devanture de magasin, mais elle était condamnée, et la vitrine avait servi de toile à un graffeur, qui y avait tagué un portrait particulièrement ressemblant de The Notorious B.I.G.

— Aucune entrée ni sortie depuis qu'on est arrivés, nous a informés le flic.

J'ai fait un geste de la main : une douzaine de policiers ont déferlé dans la rue, armes prêtes à l'emploi. Le chef de la brigade a ouvert la porte de l'immeuble et s'est arrêté net.

— Du sang, a-t-il chuchoté.

Il a éclairé par terre, et je l'ai vue. Une traînée de sang qui remontait jusqu'à une porte intérieure. Il a tourné la poignée. Sans résultat.

L'un de ses hommes a sorti une barre Halligan et cassé le verrou comme s'il s'agissait d'un œuf.

Il y avait d'autres taches de sang dans l'escalier. On a suivi la trace jusqu'à la porte de l'appartement de Davis, au troisième étage.

— On a un motif raisonnable pour entrer, ai-je murmuré à Sandusky en lui montrant le sol ensanglanté. Quittez cet immeuble. Maintenant.

Il a eu l'air à la fois soulagé et déçu, mais il n'a pas discuté. Il est parti.

— Ouvrez-la, ai-je dit au chef de la brigade.

L'un de ses hommes possédait un passe-partout universel : un bélier en acier de quinze kilos. Un coup leur a suffi à fendre la porte.

Un homme était par terre, à plat ventre, et j'ai braqué sur lui mon pistolet pendant que l'équipe d'intervention prenait d'assaut l'appartement. Elle a inspecté la chambre à coucher et les placards, et au terme de quelques secondes j'ai entendu une salve de « R.A.S., R.A.S., R.A.S. ».

J'ai rengainé mon flingue. L'homme au sol était indéniablement mort.

— Retournez-le, ai-je ordonné.

Deux flics ont positionné le corps sur le dos.

C'était Raymond Davis, le visage livide, les yeux exorbités de stupeur, le front criblé en son milieu d'un unique impact de balle.

# PARTIE 2

# La meilleure maman du monde

## 21

C'était le genre de scène de crime dont les hurluberlus comme John Dryden raffolaient. Un meurtrier présumé qu'on avait trouvé mort avec une balle dans le crâne. Une seconde balle fichée dans le plâtre défiguré du mur d'en face. Et, sur ce même mur, des taches rouge vif, signe d'une giclée de sang particulièrement véloce. Autant d'indices dans lesquels transparaissaient les détails sordides des derniers instants de Raymond Davis sur terre. Pour John, c'était de la pornographie médico-légale.

Kylie et moi l'avons laissé s'amuser et sommes allés interroger le voisinage.

On est retournés à la traînée de sang qui nous avait conduits à l'appartement, et on l'a suivie jusqu'à l'escalier, puis jusqu'à la porte de l'immeuble, puis jusque dans la rue. Quelques mètres plus loin, elle s'arrêtait brutalement.

— Il a dû s'apercevoir qu'il semait des miettes derrière lui, a observé Kylie. Tu crois que c'est Teddy Ryder, notre saigneur ?

— Je doute que ce soit notre tueur, lui ai-je répondu. Ces deux types étaient copains comme cochons.

— Ce ne serait pas le premier couple brisé par une balle de pistolet.

— Mais Teddy n'est pas très branché flingues. Ses parents étaient des escrocs. Aucune raison de porter une arme dans leur métier à moins d'espérer une peine plus sévère une fois qu'on s'est fait serrer. Par ailleurs, on sait que Raymond écumait les bars pour trouver un acheteur.

— Faut croire qu'il en a trouvé un, m'a répondu Kylie. Donc, deux balles ont été tirées dans l'appartement 3A. À ton avis, parmi les locataires de l'immeuble, combien ont entendu quelque chose ?

J'ai ri. Généralement, les habitants de New York sont peu disposés à se manifester et à se retrouver mêlés à une enquête – encore moins quand il s'agit d'un crime. Et j'aurais parié que les voisins de Raymond Davis étaient particulièrement peu enclins à parler aux flics. Sur les résidents des douze appartements que comptait l'immeuble, au moins un aurait dû entendre les deux coups de feu. Et pourtant, personne n'avait appelé la police. On a tout de même suivi le protocole et frappé à chaque porte. Comme on s'y attendait, personne n'avait perçu le moindre bruit.

On est retournés à l'appartement, où John nous attendait pour nous donner ses premières impressions.

— Attention où vous posez vos fesses, nous a-t-il dit dès qu'on a passé la porte.

— Merci bien, docteur Dryden, lui a dit Kylie. On a appris les gestes à éviter sur une scène d'infraction quand on était à l'école de police.

— Pardon, madame l'inspectrice, a répondu Dryden. Je reformule : cet endroit est infesté de punaises. Attention où vous posez vos fesses.

Nous nous sommes levés.

Comme à son habitude, Dryden a pris une série de précautions oratoires destinées à nous rappeler que certaines de ses conclusions n'étaient pas scientifiquement irréfutables. Puis il s'est lancé dans un exposé du déroulement des faits tel qu'il l'imaginait.

— Si vous avez vu juste, à savoir que Davis et son acolyte ont tué Elena Travers et lui ont dérobé un collier à huit millions de dollars, alors c'est ici qu'ils ont essayé de s'en débarrasser. Mais, on le sait, les voleurs n'ont aucun code de l'honneur. Davis s'est effondré à l'endroit même où il se trouvait, mais son associé a réussi à s'enfuir, vraisemblablement avec une blessure superficielle. La douille qui l'a atteint était dans le mur. C'est une 9 millimètres.

— Et où est le collier ? lui a demandé Kylie.

Dryden a souri.

— Telle est la question !

— Mais tu as fouillé l'appartement.

— De fond en comble.

— Tu as trouvé quelque chose ?

— Oui, a-t-il répondu, le visage totalement de marbre. Des punaises de lit.

Kylie l'a gratifié d'un sourire.

— Je reformule, lui a-t-elle dit. Tu as trouvé quelque chose qui puisse nous aider dans notre enquête ?

— C'est possible. M. Davis était en possession d'un pistolet. Ce soir, il n'en a pas eu l'usage, mais c'est un 9 millimètres, le même calibre que l'arme du crime qui a tué Elena Travers. Je l'apporte à la balistique et je reviens vers vous demain.

J'ai consulté ma montre.

— On est déjà demain, ai-je répliqué.

— Oh, tant mieux. Dans ce cas, je vous en dis plus dans le courant de la journée.

— Une dernière question, lui a dit Kylie. Est-ce que tu as quelque chose sur l'auteur du meurtre ? Une empreinte partielle ? Des cheveux ? Des fibres ? La moindre info ?

— Désolé. Soit il était très doué, soit il a eu beaucoup de chance, mais je n'ai rien d'autre que les deux douilles de calibre 9 qu'il a laissées derrière lui.

— Alors on n'aura qu'un seul moyen de l'attraper, a conclu Kylie en me regardant.

— Lequel ?

— Il va falloir trouver Teddy Ryder.

## 22

J'ai téléphoné au bureau et demandé au « lardu » de l'accueil d'envoyer un message concernant Teddy Ryder à toutes les patrouilles.

— Et tu me fais le tour des hôpitaux, ai-je ajouté. Il s'est pris une balle.

En quelques minutes, la photo de Ryder serait distribuée dans toute la ville, et chaque poste de police enverrait une équipe se renseigner auprès de l'hôpital du coin pour savoir si un blessé par balle n'avait pas été admis.

Ensuite, j'ai appelé Q. Je l'ai remercié de nous avoir conduits à Davis et lui ai demandé s'il savait où on pouvait trouver la mère de Ryder.

— Désolé, Zach, m'a-t-il répondu. Tu connais les arsouilles dans son genre. Annie Ryder, c'est comme les gitans. Elle peut se trouver dans n'importe lequel des cinquante États, quoique j'éliminerais sûrement l'Alaska et Hawaï.

Ce n'était pas la réponse que j'avais espérée, mais en même temps j'étais soulagé. Si Q avait eu une adresse, Kylie et moi aurions dû explorer cette piste sans délai. Dans une enquête aussi sensible, le sommeil n'est pas envisageable.

— Petite suggestion, Zach, m'a dit Q. Essaie de chercher son nom dans la base du NCIC.

Le NCIC possède un fichier électronique de données centralisées relatives aux infractions pénales. Il peut être exploité par n'importe quel péjiste travaillant aux États-Unis. C'était comme si Q m'avait conseillé de chercher sur Google.

— Merci du tuyau, lui ai-je répondu. Je m'étais dit que je tenterais d'abord ma chance avec toi. Que tu avais une meilleure base de données.

J'ai raccroché et me suis avancé vers Kylie, qui parlait toujours à Dryden.

— Bonne nouvelle, lui ai-je dit. Q ne sait absolument pas comment loger la mère. On peut rentrer au bercail.

Elle ne s'est pas fait prier. On a dit bonne nuit à Dryden et quitté l'appartement.

On avait descendu la moitié de l'escalier quand Kylie s'est arrêtée et s'est tapé le front.

— Putain. Incroyable, a-t-elle lâché.

— Qu'est-ce qu'il y a ? lui ai-je demandé.

— Tu te souviens de ce que Greg Hutchings nous a dit à la clinique sur les caméras de surveillance planquées ? Regarde là-haut.

J'ai levé le menton vers le plafond au-dessus de la cage d'escalier. Je les ai aussitôt remarqués. Deux détecteurs de fumée fixés au plâtre fissuré. L'un était positionné directement au-dessus de l'escalier, au centre, conformément au règlement de copropriété. L'autre était niché dans un coin.

— Le deuxième détecteur est trop près du mur pour fonctionner correctement comme détecteur de fumée, ai-je observé. Mais pour planquer une caméra, y a pas mieux.

— Et je parie que ce n'est pas la seule, a ajouté Kylie.

On a parcouru l'immeuble, du hall d'entrée jusqu'au toit, et on en a trouvé trois autres.

— Toutes sans fil, a dit Kylie. La question, c'est : vers quel appartement va le signal ?

— Il doit y avoir une technologie sophistiquée qui nous permette de le savoir sans réveiller tout l'immeuble, ai-je dit.

Kylie a fait la grimace.

— Mais la sophistication n'a jamais été notre fort. On va secouer un peu tout ce beau monde, a-t-elle dit en tambourinant à la porte de l'appartement 5A.

Les locataires mécontents de nous voir lors de notre première enquête de voisinage étaient encore moins « jouasses » cette fois-ci. Surtout que Kylie, malgré leurs yeux voilés par la fatigue, leur présentait à tous une mine carnassière et quelques mots bien sentis. « On a trouvé vos caméras de surveillance. Montrez-nous le matos. Tout de suite ! »

La réaction standard oscillait entre le regard ahuri et le « mais qu'est-ce que vous racontez, bordel ? » courroucé.

On a emmerdé tous les locataires du cinquième, et deux du quatrième, mais la chance nous a souri avec l'appartement suivant.

## 23

Elliott Moritz, le locataire du 4C, avait la soixantaine, du savoir-vivre, et c'était de loin le moins agressif de tous les locataires qu'on avait rencontrés. Il n'a pas mis longtemps à admettre que les caméras étaient à lui.

— Et qui vous a autorisé à les installer ? lui a demandé Kylie.

— Je n'ai pas vraiment d'*autorisation*, lui a répondu Moritz en faisant un pas en arrière. J'ai plus ou moins l'accord verbal du syndic.

— Un accord verbal, ça ne passera pas en correctionnelle, lui a rétorqué Kylie.

— En correctionnelle ? Attendez voir, madame, ce n'est pas moi, le coupable, a répondu Moritz. C'est la dame du 5B. Elle est hôtesse de l'air. Elle sous-loue son appartement dès qu'elle quitte la ville : ses locataires sont bruyants et sales au possible, ça sent la marijuana par les trous d'aération. Je me suis plaint au syndic. Ils m'ont dit qu'ils ne pouvaient pas l'expulser sans preuve. Alors je leur ai répondu que j'allais leur en fournir, et ils m'ont dit banco.

— Vous avez raison, Elliott, lui a répondu Kylie. Ce qu'elle fait est illégal. Mais espionner ses voisins aussi. En temps normal, je vous aurais arrêté, mais j'ai un homicide à gérer et vous pouvez peut-être m'aider, alors je vais vous laisser choisir la stratégie. Option un : je réveille un juge, j'obtiens un mandat pour saisir votre matériel et je vous colle une amende pour délit de voyeurisme. Option deux : vous nous montrez vos enregistrements vidéo, et je vous donne le nom et le numéro de portable d'un contrôleur qui bosse à l'office de régulation des bâtiments new-yorkais et qui déteste encore plus que vous les sous-locataires irréguliers.

Moritz, dans sa grande sagesse, a choisi l'option deux.

Il disposait de quatre écrans. Une caméra filmait l'appartement de l'hôtesse de l'air au cinquième. Les trois autres moniteurs ne montraient que les escaliers. À 9 h 37, un homme les avait grimpés jusqu'au troisième.

— C'est le type qu'on cherche, a déclaré Kylie en constatant qu'il ne reparaissait pas sur les images fournies par la caméra du quatrième étage.

Comme il n'y avait pas de piste audio, on n'a pas pu entendre les coups de feu, mais à 9 h 44, Teddy Ryder avait dégringolé l'escalier en pissant le sang. Une minute plus tard, l'homme qui avait gravi l'escalier l'avait redescendu quatre à quatre. L'image, bien que de mauvaise qualité, nous a permis de remarquer que notre suspect était blanc, mesurait pas loin d'un mètre quatre-vingt et n'avait pas plus de trente-cinq ans. Ce n'était pas grand-chose, mais c'était un début.

Kylie a transféré la vidéo vers son téléphone portable. On l'a rapportée au commissariat, et on a trouvé un technicien pour nous faire quelques captures d'écran, qu'on a transmises à tous les flics de la ville.

Il était près de 2 heures du matin quand Kylie m'a déposé devant mon appartement. Angel, mon concierge préféré, était de service.

— Vous avez l'air exténué, inspecteur, m'a-t-il dit.

— Jouer au justicier, c'est mauvais pour le teint, lui ai-je répondu.

Il a ri et m'a souhaité une bonne nuit. J'ai pris l'ascenseur. Ça faisait des heures que j'avais fait faux bond à Cheryl sans explication, et je me demandais si elle serait toujours là à mon retour.

Angel devait le savoir. Mais j'étais trop gêné pour lui demander si ma petite amie, qui vivait depuis peu avec moi, avait plié bagage pendant mon absence.

## 24

Annie Ryder était une couche-tard. Comme son mari Buddy aimait à le rappeler, « Annie ne se réveille et ne se couche jamais dans la même journée ». Aussi, lorsque son portable a sonné à 0 h 10, elle n'a pas paniqué. Elle s'est simplement dit qu'une voisine insomniaque voulait passer prendre le thé et écouter ses commérages.

« Numéro masqué » s'était affiché sur l'écran de son iPhone, mais ça non plus, ça n'inquiétait pas Annie. Puisqu'elle-même empêchait son nom et son numéro d'apparaître, elle ne pouvait pas en vouloir aux autres de lui rendre la pareille. Elle a coupé le son de la télévision et elle a décroché, parlant bien distinctement :

— Allô. Qui est-ce ?

— M'man, a dit une voix affaiblie à l'autre bout du fil.

Elle s'est levée et a pressé le téléphone contre son oreille.

— Teddy, tu vas bien ? Qu'est-ce qu'il y a ?

— Je me suis fait tirer dessus.

— Oh mon Dieu. Où ça ?

— À mon appartement, mais je n'y suis plus. J'ai détalé comme un lapin.

— Teddy, non… Je ne te demande pas où tu étais quand tu t'es fait tirer dessus. Où est-ce que la balle t'a touché ?

— Oh. Il a tiré dans mon ventre.

Annie était efficace dans les situations d'urgence, mais cette fois il s'agissait d'une crise. D'instinct, elle s'est déplacée jusqu'au buffet et a posé sa main libre sur l'urne de Buddy pour se donner du courage.

— Écoute-moi, a-t-elle dit. Il faut que tu ailles à l'hôpital. Tout de suite.

— M'man, t'es pas folle ? Si je vais à l'hosto avec une blessure par balle, ils appellent les flics direct.

— Teddy, je préfère te rendre visite en prison plutôt qu'identifier ton corps à la morgue. Une balle dans l'abdomen, ça peut être fatal. Dieu sait combien d'organes elle t'a déchirés. File aux urgences avant de mourir d'une hémorragie interne.

— Ils vont bien, mes organes, lui a dit Teddy. Tu réfléchis comme si je m'étais fait trouer le nombril. C'est pas ça qui s'est passé. En fait, la balle m'a traversé le lard qui pend sur le côté.

— Les poignées d'amour ? lui a répondu Annie.

— Oui. C'est pas si grave, hein ?

— Bien sûr que si. Tu veux que ça s'infecte et mourir d'un sepsis ? Il faut qu'on soigne ça tout de suite. Où est-ce que tu es ?

— Je viens de sortir du métro. Je suis devant la station.

Annie a serré les dents. *Le* métro. *La* station. Teddy n'avait jamais maîtrisé l'art du détail.

— *Quelle* station ? l'a-t-elle pressé.

— La tienne, m'man. J'ai pris la N jusqu'à Astoria Boulevard. Je suis là, sur la 31e, juste à côté du Pizza Palace. J'ai les rails du métro au-dessus de moi.

— Mon Dieu. Tu es à côté de chez moi ?

— Ouais, mais je n'ai pas voulu monter à ton appartement au cas où les flics surveilleraient.

— C'est finaud, fiston.

La réplique était un vestige de l'époque où Teddy était à l'école primaire, abonné à l'échec et au retard scolaires.

Très tôt, Buddy avait élaboré un plan. « Ce gamin n'est peut-être pas très futé, mais ce n'est pas à nous de le conforter dans cette idée. Notre boulot, c'est de nous débrouiller pour lui faire croire qu'il est plus intelligent qu'il ne l'est. »

À partir de ce jour, chaque fois que Teddy faisait ou disait quelque chose de normal pour un enfant ordinaire, Annie et Buddy l'avaient récompensé, tantôt d'une friandise, tantôt d'un petit cadeau. Mais ce qui réjouissait le plus Teddy, c'étaient ces quatre mots anodins : « C'est finaud, fiston. »

Ça marchait encore.

— Merci, m'man, a dit Teddy. Je fais quoi maintenant, alors ?

— Je vais venir te chercher, lui a-t-elle répondu en soulevant le couvercle de la malle où Buddy rangeait autrefois sa panoplie du parfait magouilleur. D'abord, il faut que je te trouve quelque chose à te mettre pour que personne ne te reconnaisse. Promets-moi de rester caché jusqu'à ce que j'arrive.

— Je meurs de faim.
— Promets-le-moi, nom de Dieu.
— D'accord, d'accord, c'est promis.
Elle a raccroché.
— Le gamin est dedans jusqu'au cou, cette fois, Buddy, a-t-elle lancé en direction de l'urne qui contenait les cendres de son défunt mari tandis qu'elle farfouillait parmi les perruques, les accessoires et les déguisements qui avaient permis à cette vieille canaille de passer un jour pour un releveur de compteurs de gaz, le lendemain pour un pilote de ligne.

Deux minutes plus tard, elle avait trouvé ce qu'il lui fallait. Elle est sortie fissa de l'appartement puis a inspecté chacune des voitures garées sur Hoyt Avenue. Au terme de vingt-quatre minutes, Teddy Ryder a pénétré dans l'immeuble de sa mère par la porte principale, à la vue de tous.

Annie était convaincue qu'aucun flic ne surveillait, et quand bien même, elle doutait que la police s'aperçoive que l'homme aux cheveux blonds mi-longs et au gilet orange fluo avec un sac rouge isotherme de livraison de pizzas était le type que tous les flics de la ville recherchaient.

## 25

Teddy a posé le carton à pizza sur le plan de travail de la cuisine, s'est coupé une part puis a pris une cannette de Bud dans le réfrigérateur.

— L'alcool, ça déshydrate, lui a dit Annie en lui arrachant sa bière des mains.

Elle l'a flanquée sur l'évier, puis elle a ouvert une des bouteilles de Fanta qu'elle avait rapportées du Pizza Palace, et la lui a tendue.

Teddy a englouti la moitié de sa part et bu une rasade de la boisson fluorescente.

— Tu as déjà recousu une blessure par balle quand tu étais infirmière ? a-t-il demandé.

— *Infirmière ?* J'étais une blouse rose, rien de plus. J'ai appris deux ou trois trucs en observant les infirmières, mais surtout je chapardais des ampoules de morphine pour les vendre aux camés de mon quartier. Veux-tu bien m'enlever cette perruque idiote et te mettre en short. Je vais aller emprunter quelques médicaments aux voisins.

Elle a pris un cabas dans le placard de l'entrée et elle est sorti. À son retour, Teddy avait déjà bien entamé la pizza. Son jean et sa chemise traînaient par terre.

— C'est ça qui est beau quand on vit dans un immeuble plein de vieux, s'est réjoui Annie en posant son cabas. C'est comme une pharmacie de garde. Ils ont tout ce qu'il faut pour se constituer une trousse de secours quand on a besoin de raccommoder une blessure.

Elle lui a tendu une boîte de pilules.

— Amoxicilline, a-t-elle annoncé. Prends-en quatre maintenant, et ensuite on espacera les prises, quatre par jour.

Teddy n'a pas discuté. Il a gobé quatre antibiotiques et a bu un peu de Fanta pour les faire descendre. Annie a recouvert le canapé d'un drap et a sorti de son cabas une bouteille de vodka Smirnoff.

— J'ai pas pris la plus chère, a-t-elle dit, mais ça fera l'affaire.

— Je croyais que t'avais dit « pas d'alcool », a observé Teddy.

— Ce n'est pas pour boire. Allonge-toi, que je voie où tu es blessé.

Teddy s'est étendu sur le canapé, et Annie a inspecté son flanc gauche ensanglanté.

— Tu as de la chance, lui a-t-elle dit. C'est propre. La balle est entrée par-devant et ressortie par-derrière, mais je suis sûre qu'elle a entraîné des morceaux de tissu de ta chemise sale. Il faut tuer les bactéries avant qu'elles se multiplient. Mords dans ce coussin.

— Pour quoi faire ?

— Parce que ça va te faire un mal de chien, et je ne veux pas que tes cris réveillent les voisins.

— M'man, je vais pas cri…

Elle a versé sur la plaie le désinfectant à base de Smirnoff à trente-sept cinq, et Teddy a laissé échapper un cri perçant, qu'il est parvenu à étouffer dans le coussin.

— La prochaine fois, peut-être que tu écouteras ta mère, lui a dit Annie en tamponnant sa peau avec un gant de toilette. Quand je te dis que ça va faire mal, c'est que ça va faire mal. Et quand je t'ai dit que Raymond Davis allait t'attirer des ennuis, j'avais raison. Mais non, il a fallu que tu attendes qu'il te tire dessus pour me croire.

— Dis pas de mal de Raymond, m'man. C'est pas lui qui m'a tiré dessus. Il est mort. Le gars qui m'a tiré dessus lui a tiré dessus en premier.

— Mon Dieu. Teddy. Dans quelle affaire sordide est-ce que vous trempez tous les deux pour qu'on cherche à vous tuer ?

— Y a un gars qui s'appelle Jeremy qui nous a engagés pour voler un truc, alors c'est ce qu'on a fait, et au moment de nous payer il a décidé de nous tuer à la place.

Annie a plongé le bras à l'intérieur de son cabas et en a exhumé un paquet de couches pour adultes. Elle en a ouvert une, et elle a placé le tissu absorbant de sorte qu'il recouvre les deux côtés de la plaie.

— Lève-toi et tiens-moi ça, que je puisse te la passer autour du corps, lui a-t-elle dit.

Teddy a suivi ses instructions.

— Qu'est-ce que vous avez volé ? lui a demandé Annie en commençant à enrouler une bande Velpeau autour de la taille de Teddy.

— Une rivière de diamants.

— Ça alors. Vous avez cambriolé une bijouterie ?

— Non, lui a répondu Teddy, tête baissée. Une limousine. Il y avait une actrice sur la banquette arrière, et Jeremy savait qu'elle porterait un collier de luxe, et…

— Oh là là. Elena Travers ?

Teddy n'a pas répondu. C'était inutile.

— Vous avez tué Elena Travers ? lui a demandé Annie.

— C'est pas moi, m'man. Juré. C'est Raymond.

— Mais tu avais une arme.

— Ouais.

— Et quelle règle d'or t'a inculquée ton père ?

— Pas d'arme.

— Et maintenant cette pauvre actrice est morte, et tu risques perpète. Qui c'est, ce Jeremy, d'abord ? C'est quoi, son nom de famille ?

— Je sais pas. C'est Raymond qui s'est chargé de tous les préparatifs. Je l'avais jamais vu avant ce soir. Il était censé nous filer 90 000 en échange du collier, mais Raymond ne lui faisait pas confiance. Alors Jeremy se pointe, et là Raymond lui dit qu'on lui donnera pas le collier tant qu'il ne nous aura pas passé son flingue.

— Et, bien sûr, il a obtempéré, a dit Annie. Sans discuter.

— Voilà. Donc là je vais chercher le collier et je le pose sur la table basse.

— Et là, comme ça, a poursuivi Annie, Jeremy sort un deuxième pistolet qu'il avait coincé dans la ceinture de son pantalon.

— Dans un étui au niveau de sa cheville. Il a plombé Raymond juste entre les deux yeux. Il s'est tourné vers moi, et je lui ai mis un coup de boule pile au moment où il pressait la détente. Il s'est écroulé, et je me suis sauvé.

— Les flics vont se mettre à ta recherche. Tôt ou tard, ils vont toquer à ma porte. Tu ne peux pas rester ici.

— M'man, j'ai nulle part où aller.

— Je garde le chat des voisins, qui sont partis en croisière. Tu peux rester ici les dix prochains jours.

Elle a fixé les extrémités du bandage avec du sparadrap. Puis elle a ramassé la chemise de son fils et l'a aidé à la passer.

— Tu peux mettre ton pantalon tout seul, lui a-t-elle dit.

Teddy a enfilé son jean, boutonné la braguette et bouclé la ceinture.

— Hé, m'man, a-t-il dit en fourrant une main dans sa poche. Je t'ai apporté un cadeau.

Il a sorti le collier, tout de diamants et d'émeraudes, et le lui a tendu.

— Oh mon Dieu, s'est-elle exclamée. Teddy, c'est… c'est sublime. Je pensais que Jeremy vous l'avait pris.

— Oui, mais quand je l'ai assommé, il s'est cogné la tête. Il était un peu sonné, alors j'ai eu l'idée d'en profiter pour récupérer le collier. Peut-être qu'un jour, toi et moi, on pourra trouver tout seuls un acheteur.

Annie Ryder est restée plantée là à regarder le bijou volé, d'une valeur de 8 millions de dollars, réfracter la lumière dans le creux de sa main. D'abord muette et interdite, elle a fini par trouver les mots qui ensoleillaient toujours le visage de son fils, certes lent à la détente, mais doué d'un bon fond :

— C'est finaud, fiston.

# 26

J'ai ouvert la porte de mon appartement. Il faisait nuit noire. Cheryl et moi avions pour principe de laisser une lumière allumée à la fenêtre quand l'un attendait l'autre, alors ce n'était pas bon signe. J'ai actionné l'interrupteur mural et poussé un soupir de soulagement. Le sac à main, les clefs et la carte d'identification du NYPD de Cheryl étaient posés sur la table de l'entrée.

Je me suis rendu dans la salle à manger, j'ai éclairé la pièce. Il attendait là : notre dîner entre amoureux, exactement au même endroit que quand j'étais parti. Toujours sur la table, inentamé, mais il n'avait plus rien de romantique.

Je n'ai pas eu besoin de me demander de quelle humeur était Cheryl. Des lasagnes froides solidifiées et du pain dur comme du bois, c'est le combo gagnant pour faire comprendre à quelqu'un : « Tu ne vas pas tirer ton coup ce soir. »

Mais au cas où j'aurais nourri un espoir, la porte de la chambre était fermée, et ma couverture et mon oreiller avaient atterri sur le canapé.

J'ai ramassé notre dîner presque parfait et je suis sorti le déposer dans le composteur collectif. J'ai nettoyé la cuisine puis je me suis retourné cent fois sur le canapé jusqu'à 5 h 45. La porte de la chambre était toujours fermée, et je me suis dit qu'il valait mieux que je m'en aille et prenne ma douche au commissariat.

Mais d'abord, j'ai fait un arrêt au restau pour parler à ma thérapeute.

— Ta psy va te recevoir, m'a dit Gerri en m'apportant du café et un bagel, après quoi elle s'est glissée sur la banquette en face de moi. Où est-ce que tu as encore merdé ?

— C'est bien ça le problème, lui ai-je confié. Je ne suis même pas certain d'avoir merdé.

Je l'ai mise au parfum des événements de la veille au soir. Elle n'a pas dit un mot jusqu'à ce que j'aie terminé.

— Je vais commencer par te poser une question, m'a-t-elle dit. Tu veux vraiment que ton couple avec Cheryl fonctionne ?

Je n'ai pas hésité.

— Bien sûr.

— Alors qu'est-ce qui te prend de la planter et d'aller à Harlem retrouver Kylie ?

— Attends une minute… Je ne l'ai pas plantée pour « aller retrouver Kylie ». Kylie avait besoin d'aide. Je suis comme ça, c'est ma nature. Quand une demoiselle en détresse me…

Gerri s'est mis en pétard.

— Une *demoiselle en détresse* ? Allô, allô, Zach. Kylie MacDonald est une tigresse qui flanque des déculottées et qui dégaine plus vite que son ombre. Le jour où ce sera une demoiselle en détresse, je serai en couverture d'*Elle*, édition spéciale maillots de bain.

— Bon, bon, t'as raison. « Demoiselle en détresse » n'était pas l'expression adéquate.

— Elle était parfaitement idiote, oui.

— Ce que j'aurais dû dire, c'est que Kylie est une franc-tireuse. Elle est allée à Harlem, toute seule, sans renforts, en dehors de son service, en se fixant une mission abracadabrante. Trouver le dealer de son mari et l'obliger par la manière forte à lui dire comment retrouver Spence.

— Donc, pour résumer, tu as fait un choix. Kylie plutôt que Cheryl.

— C'est disproportionné, comme analyse.

— Alors je m'en vais te la reproportionner. Mettons que j'aie des pouvoirs magiques et que d'un coup de baguette je puisse t'offrir une vie heureuse avec la femme de ton choix. Qui tu choisis ?

— Cheryl.

— Tu en es sûr ?

— Oui.

— Et elle, elle en est sûre ?

— Cheryl sait que je l'aime, et j'ose espérer qu'elle comprend pourquoi j'ai fait une croix sur notre dîner hier soir.

— Zach, je ne suis pas sûre que toi-même tu comprennes pourquoi tu as fait ce que tu as fait hier soir.

— Qu'est-ce que tu insinues ?

— Rien…

Elle s'est levée.

— ... Je suis cuistot dans un petit restau, pas psy. Désolée d'avoir dit ça.

— C'est trop tard pour te rétracter. Comment ça, je ne comprends pas ce que j'ai fait hier soir ?

Elle s'est rassise.

— Quand ma fille Rachel avait dix-neuf ans, elle a eu une aventure avec un homme marié de trente-six ans. Un an après, il a divorcé, et quelques mois plus tard, il a demandé Rachel en mariage. J'ai dit à ma fille que j'étais contre.

— À cause de leur différence d'âge ?

— Non. Parce que le type avait trompé sa femme. J'ai dit à Rachel : « S'il a fait ça à sa femme pour être avec toi, il te fera subir le même sort pour être avec une autre. » Elle l'a quand même épousé. Cinq ans plus tard, elle l'a surpris au lit avec une autre nana. Ça l'a brisée. Elle l'a quitté et elle est revenue s'installer chez moi. J'étais mal pour elle, mais quelque part je me suis sentie confortée dans mon analyse... j'avais eu raison. Je lui avais assuré qu'il lui ferait du tort, et ça n'a pas raté. Alors voici ma dernière question du jour, Zach. Est-ce que tu es allé à Harlem pour éviter des ennuis à Kylie, ou est-ce que tu y es allé pour l'aider à recoller les morceaux de sa vie de couple, que tu espères depuis longtemps voir se casser la gueule ?

Je n'ai pas répondu parce que je ne connaissais pas la réponse.

De nouveau, Gerri s'est levée.

— Est-ce que ça va ? m'a-t-elle demandé.

— Ça va, mais il me faudrait peut-être un deuxième avis.

— Bonne idée. Essaie le Metro Diner, sur Broadway. Même si tu n'es pas convaincu par leurs conseils, tu vas adorer leurs macaronis au fromage.

# 27

J'ai tourné au coin de la rue pour rejoindre le commissariat du 19e district et j'ai foncé vers le vestiaire. J'avais l'air d'un homme qui n'a pas passé la nuit dans son propre lit, alors la dernière chose dont j'avais besoin, c'était que Kylie me voie dans cet état et me réclame une explication.

Je me suis douché, me suis rasé, et j'ai enfilé des vêtements propres. En entrant dans le bureau, j'étais aussi frais qu'un mafieux en costard neuf à son rencard avec madame la juge.

— Ça fait un quart d'heure que j'essaie de t'avoir au téléphone, m'a dit Kylie sans s'intéresser une seconde à mon apparence. On y va.

— Faisons semblant que mon avis compte autant que le tien et que j'ai voix au chapitre, lui ai-je dit en la coursant dans l'escalier. Où est-ce qu'on est si pressés d'aller ?

— Au Murray Hill Medical Center. Il a été pris pour cible hier soir.

— Qu'est-ce qu'ils ont volé cette fois-ci ? Des poches urinaires ? Kylie, on a un double homicide sur les bras. Pourquoi on n'envoie pas Betancourt et Torres prendre les dépositions pour pouvoir se concentrer sur le dossier Travers ?

— Parce que notre nouveau meilleur ami, Howard Sykes, nous a appelés pour nous informer que ce qui était une situation délicate vient de se transformer en situation ultra-délicate. Il est à Murray Hill, où il attend que ses deux flics stars se pointent et gèrent cette situation avec des trésors de diplomatie.

Je l'ai suivi et nous sommes sortis.

— Je ne pige pas. On n'a pas ébruité cette affaire depuis qu'on est dessus. Qu'est-ce qu'ils ont volé pour qu'elle devienne encore plus délicate ?

— Le point délicat, ce n'est pas ce qu'ils ont volé, mais qui a été témoin de l'infraction.

— On a un témoin ?

— Deux. Mais je doute qu'ils se montrent coopératifs. Monte. Je vais te donner tous les détails sordides en chemin.

Je suis monté dans la voiture.

— La pièce où le matériel était entreposé était fermée grâce à un système de serrure à code mécanique, mais les auteurs connaissaient le code, m'a-t-elle expliqué pendant qu'on descendait Lexington. Devine ce qu'ils ont trouvé à l'intérieur quand ils ont ouvert la porte.

J'ai haussé les épaules.

— À moins que ce ne soit Teddy Ryder, je ne sais pas si ça m'intéresse, ai-je dit.

— Un toubib en train de s'envoyer en l'air avec quelqu'un du personnel soignant.

— D'accord, ça m'intéresse.

— Et pas juste un interne avec le feu aux fesses. Ce médecin-là a rapporté plus de 2 millions à Murray Hill l'année dernière.

J'étais affilié au Red depuis suffisamment longtemps pour comprendre pourquoi Howard tenait à ce qu'on se déplace.

— Donc la politique passe avant l'investigation, ai-je dit. Howard veut qu'on s'arrange pour que le nom du toubib n'apparaisse pas au cours de l'enquête.

— Comme l'a dit Howard, c'est un témoin, pas un criminel, a-t-elle dit.

Cinq minutes plus tard, on s'est garés devant l'entrée de la clinique sur la 33e Rue Est. Un assistant nous a escortés jusqu'à un bureau dans la section réservée aux affaires administratives, où Howard Sykes nous attendait aux côtés de notre témoin frileux.

— Je vous présente le docteur Richard, nous a dit Sykes.

— Madame l'inspectrice, monsieur l'inspecteur, il semblerait que je me trouve dans une situation fâcheuse, mais Howard m'assure que je peux compter sur votre discrétion, nous a-t-il dit avec un accent typiquement britannique, qui lui a immédiatement conféré une aura d'érudition et de culture.

Il avait la cinquantaine ; il était grand, soigné, avec des cheveux tirant sur l'argenté, et il possédait ce que les Britanniques appelleraient *de la prestance*. Ayant passé une bonne partie de mon temps auprès d'hommes fortunés, j'étais en mesure de calculer que son costume Armani en laine peignée et ses mocassins Gucci en cuir d'autruche auraient pu me payer au moins un mois de salaire. Une alliance en or habillait son annulaire gauche.

— Oui, monsieur, lui ai-je dit. Racontez-nous ce qui s'est passé.

— Une bande de malfaiteurs sans vergogne dérobe du matériel hospitalier à mon insu, a-t-il déclaré. Si j'avais eu vent de cette vague de délinquance, j'aurais réfléchi à deux fois avant de choisir la pièce qui abrite le nouveau matériel de spirométrie. Je suis forcé de reconnaître, et vous m'en voyez contrit, que je me trouvais là pour une polissonnerie nocturne avec une personne du corps médical, dont je tairai le nom à moins qu'une cour de justice ne me somme de le divulguer.

— Je vous certifie que ce ne sera pas le cas, lui a dit Howard, s'exprimant au nom de la totalité du système judiciaire. Dites simplement à ces inspecteurs ce que vous pouvez.

— Il était peu après minuit. Ils ont ouvert la porte, et je dois dire qu'ils étaient aussi surpris de nous voir tous les deux que nous étions surpris de les voir tous les quatre. Tous étaient vêtus de blouses, si bien que je les ai pris pour des soignants, mais l'un d'eux a sorti une arme.

— Avez-vous vu leur visage ? lui a demandé Kylie.

— Oui, et j'ai d'abord pensé : *Maintenant que je peux les identifier, ils vont me tuer.* Mais en y regardant de plus près, j'ai remarqué qu'ils portaient des masques. Pas un banal accoutrement d'Halloween, mais plutôt du matériel en silicone, digne de l'industrie hollywoodienne, qui épousait parfaitement leur visage. Un ingénieux déguisement, en vérité.

— Et ensuite ? lui ai-je demandé.

— L'homme armé a pris la parole. Il était fort calme, fort poli – il possédait un léger accent texan, à la Tommy Lee Jones. Il nous a assuré qu'ils ne nous feraient aucun mal si on obtempérait. C'est alors que deux d'entre eux nous ont ligotés et collé du chatterton sur la bouche pendant que les deux autres posaient le matériel sur un chariot-brancard et le recouvraient d'un drap. Ils ont accompli leur besogne en moins de deux minutes, mais il était 6 heures du matin lorsque mon flirt et moi-même avons été retrouvés.

Encore heureux pour nous que quelqu'un l'ait retrouvé. S'il avait réussi à s'en tirer tout seul, nous n'aurions pas eu de témoin. Nous l'avons remercié, et il s'est empressé de partir.

— Même s'ils étaient masqués, ai-je dit à Howard, on aimerait visionner les images de vidéosurveillance pour savoir quels véhicules ils ont utilisés.

— Il n'y a aucune image, a-t-il répondu. Ils ont effacé le contenu du disque dur.

— Ces types sont des ninjas, s'est étonné Kylie. Savez-vous si la clinique conserve une sauvegarde de ses vidéos de surveillance sur le cloud ?

— Hélas non. Si j'ai bien compris, elle a prévu de mettre à niveau son équipement au cours de la prochaine année fiscale, mais je ne siège pas au conseil d'administration de cet établissement. Si je suis intervenu, c'est seulement parce que la maire et moi-même sommes des amis intimes du docteur Richard et de sa femme.

— Vous voulez bien nous révéler le vrai nom du docteur Richard ? lui a demandé Kylie.

Howard a souri.

— Non. Comme ils disaient dans *Dragnet*, les noms ont été changés pour protéger les innocents.

— À tout hasard, pourrait-on interroger son « flirt », cette personne du corps médical ? a demandé Kylie.

— Je ne peux absolument pas vous aider, inspectrice, lui a répondu Howard. J'ignore moi-même comme s'appelle cette demoiselle.

— Vu les mots que le toubib a choisis, qui pouvaient convenir aussi bien à un homme qu'à une femme, a observé Kylie, je ne suis même pas sûre que ce soit une *demoiselle*.

# 28

— Alors, à ton avis, qui a empoché le collier ? m'a demandé Kylie aussitôt après avoir mis le contact. Teddy ou notre acheteur fantôme ?

La question était anodine, mais elle l'avait posée avec une désinvolture qui m'a fait démarrer au quart de tour.

— Attends une minute, lui ai-je dit. On est revenus sur notre premier dossier, là ? Parce que mon esprit est toujours accaparé par cette mission à la clinique pour laquelle il fallait tout planter et que tu avais décrétée de la plus haute importance – j'ai du mal à suivre chaque fois que tu changes de disque. Ça m'aiderait beaucoup que tu me remettes un planning chaque matin dès que je prends mon service pour que je sache comment tu comptes orchestrer ma journée.

Elle a coupé le moteur et pivoté pour me faire face.

— Je t'ai fait quelque chose, Zach ?

Je lui rentrais rarement dans le lard et, avec son mari dans la nature, ce n'était vraiment pas le moment de me défouler sur elle. Mais c'était trop tard. J'avais disjoncté.

— Ouais. Tu n'es pas ma patronne. Tu es ma coéquipière. Je comprends que tu ne puisses pas toujours envoyer bouler les services de madame la maire, mais la prochaine fois, consulte-moi avant de leur répondre « J'arrive tout de suite » si c'est pour me traîner avec toi comme un mulet.

— J'ai essayé de te joindre, cher *coéquipier*, mais tu étais tellement occupé à rapiécer ton petit cœur meurtri que j'ai décidé pour deux.

— Rapiécer mon petit cœur meurtri ?

— Oh, je t'en prie. Je suis passée devant le restau de Gerri ce matin, et tu étais là, avec les mêmes vêtements tout froissés qu'hier soir, en train de lui déverser tes malheurs. J'en ai déduit que tu t'étais engueulé, et pas qu'un peu, avec Cheryl en rentrant chez toi. Et puis, une demi-heure plus tard, tu entres dans le bureau, frais comme un gardon. Tu pensais que je n'allais rien remarquer ? On s'est pas mal castagnés toi et moi à une certaine époque, alors je reconnais ton odeur quand tu viens de te raser et de prendre une douche, je connais la chemise de rechange que tu gardes dans ton casier, et je sais quand tu es d'une humeur de chiotte parce que ta vie amoureuse t'échappe. Et puis je fais partie des fins limiers du NYPD. Un peu de considération, d'accord ?

— Très bien, lui ai-je répondu en m'efforçant de prêter à ma réplique des accents de « je t'emmerde ».

Elle s'est retranchée derrière le volant et a redémarré.

— Tu veux me dire où on va ? lui ai-je demandé.

— Chez les frères Bassett, pour voir s'ils reconnaissent Raymond Davis ou Teddy Ryder sur leur photo d'IJ, m'a-t-elle répondu. Et si on a beaucoup de chance, peut-être qu'ils pourront identifier le type qui a poursuivi Ryder dans l'escalier. Est-ce que j'ai ton approbation, inspect…

— Teddy ! me suis-je exclamé.

— Quoi, « Teddy » ?

— C'est Teddy qui a le collier.

— Tu as une chance sur deux d'avoir raison, mais pourquoi tu en es si sûr ?

— Tu viens de le dire. « Le type qui a poursuivi Ryder dans l'escalier. » Je pense que si notre homme mystère avait eu le collier, il serait sorti de l'immeuble l'air de rien pour ne pas attirer l'attention. Mais ce type a descendu les marches à toute allure. Il était à ses trousses, et je te fiche mon billet qu'il ne l'a jamais rattrapé, ou on aurait reçu un coup de fil pour nous informer qu'on était passés d'un double à un triple homicide.

Elle a réfléchi quelques secondes, et elle m'a dit :

— Tu sais, tu es plutôt futé pour un mulet.

— N'empêche qu'on doit les épingler l'un et l'autre, mais on a plus de chances de retrouver Teddy. On a des nouvelles du NCIC au sujet d'Annie Ryder ?

— J'ai demandé il y a une heure : pour l'instant, ils ont fait chou blanc. Elle a un permis délivré il y a trois ans par l'État du Maryland avec une adresse à Baltimore, mais ça fait plus de deux ans qu'elle n'y vit plus. Depuis, elle s'est ramassé un PV pour excès de vitesse à Nashville, et un autre sur l'autoroute dans le New Jersey. Elle n'est pas facile à loger.

— Si ça se trouve, elle s'est fait verbaliser exprès pour brouiller les pistes, ai-je dit. Q avait raison. Elle ne veut pas qu'on la trouve.

— Oh, on la trouvera, m'a assuré Kylie. En attendant, allons voir si Leo Bassett s'est débarrassé de la marinade sur sa veste et de son balai dans le cul.

# 29

En chemin, j'ai reçu un texto de John Dryden.

— Bonne nouvelle, ai-je annoncé à Kylie. La balistique a rendu son verdict sur le Walther de Raymond Davis. Correspondance parfaite avec le flingue qui a descendu Elena. Bien sûr, on n'a aucun moyen de prouver que c'est Raymond qui a tiré.

— Non, mais au moins on n'a pas besoin de l'assigner à comparaître, a dit Kylie.

La 21e Rue Ouest était revenue à la normale. Les camionnettes des chaînes d'infos et les paparazzis avaient quitté les lieux, sûrement pour se mettre en quête d'un autre crime dont ils pourraient faire leurs choux gras.

Leo a appuyé sur le bouton de l'interphone pour nous faire entrer. Il nous attendait avec empressement lorsque les portes de l'ascenseur se sont ouvertes.

— Inspecteur, inspectrice, nous a-t-il dit. Je suis ravi que vous soyez revenus. Veuillez m'excuser pour ma petite crise de colère de l'autre soir, mais j'étais bouleversé par la mort d'Elena.

— Nous comprenons parfaitement, lui a répondu Kylie. Il y a du nouveau dans cette affaire, et nous souhaiterions vous montrer quelques photos.

— Du nouveau ? C'est-à-dire ?

— Dans un premier temps, nous aimerions que vous et votre frère jetiez un œil à quelques photos.

— Des suspects ? a-t-il dit en tamponnant ses deux mains du bout des doigts comme s'il applaudissait.

— Des individus auxquels nous nous intéressons de près, lui ai-je répondu.

— Oh, j'adore quand la police pratique l'euphémisme, a-t-il répliqué. Mettons-nous-y. Je vais chercher Max.

Nous nous sommes assis avec eux à la table de la salle à manger et avons étalé six photos d'identité judiciaire, dont deux de Teddy et Raymond.

— Je n'ai jamais vu ces hommes de ma vie, a aussitôt déclaré Max.

Leo a pris son temps. Il a ramassé une des photos et l'a regardé fixement.

— Oh, bien sûr, a-t-il dit.

— Vous le reconnaissez ? lui ai-je demandé.

— Son visage me parlait, et puis j'ai fini par percuter. Il ressemble à Richard Widmark quand il était jeune.

— L'acteur ?

— Oui, mais dans ses jeunes années. À l'époque où il jouait Tommy Udo dans *Le Carrefour de la mort*. Je suis sûr que ça ne vous avance à rien du tout, mais *moi* au moins, je prends quelques minutes pour mettre un nom sur un visage.

— Je n'ai pas eu besoin de quelques minutes, a rétorqué Max en me regardant, bien que sa pique soit clairement destinée à son frère. Je n'ai jamais vu l'un ou l'autre de ces types. Leo m'a dit que vous aviez du nouveau dans cette affaire. Quelles nouvelles ?

— Deux coups de feu ont été tirés dans le Lower East Side hier soir. Cet homme est mort, et celui-ci est blessé – il est en cavale, ai-je dit en désignant la photo de Raymond puis celle de Teddy. Nous avons de bonnes raisons de croire que ce sont eux qui ont arrêté la limousine et tué Elena Travers.

— Qui sont-ils ? a demandé Max.

— Raymond Davis et Teddy Ryder. Est-ce qu'un de ces deux noms vous dit quelque chose ?

Ils ont hoché tous les deux la tête pour dire non.

— Ils ont un passé de délinquants, mais cette fois ils ont commis un crime qui les dépasse, ai-je expliqué. Il est possible qu'au moment où les balles sont parties ils aient été sur le point de remettre le collier à la personne qui les avait engagés.

— Vous avez récupéré le collier ? a demandé Max.

— Non, mais on espérait que vous pourriez identifier le tueur présumé.

J'ai tendu à Max une capture d'écran floue qu'on avait tirée de la vidéosurveillance d'Elliott Moritz. Il l'a examiné.

— La lumière est très mauvaise. Ça pourrait être n'importe qui. En tout cas, c'est une personne que je suis incapable de reconnaître… Pas une connaissance, ni *un acteur de cinéma*, a-t-il ajouté en passant la capture à Leo.

Leo l'a regardé et a secoué la tête.

— Vous pourriez nous fournir une photo de meilleure qualité ? a-t-il demandé. Prise sous un autre angle ? Ou peut-être améliorer la netteté grâce à un étonnant tour de passe-passe informatique, comme dans les séries télé ?

— Je suis désolé, monsieur Bassett, lui ai-je dit. C'est tout ce qu'on a. On savait que ça ne nous mènerait sûrement nulle part, mais il fallait tenter.

— Qu'est-ce qu'on fait, maintenant ? s'est enquis Leo.

— Rien, lui ai-je répondu. On voulait simplement faire le point avec vous et vous informer que l'enquête avançait. On reviendra vers vous prochainement.

Leo nous a escortés jusqu'à l'ascenseur, et Kylie et moi sommes descendus sans échanger le moindre mot. Ce n'est qu'une fois de retour dans la voiture, loin de l'œil de leurs caméras de vidéosurveillance, qu'elle a brisé le silence.

— Ils t'inspirent quoi, ces deux-là ? m'a-t-elle demandé.

— Max est un bel enfoiré qui n'a aucun état d'âme et s'intéresse plus au collier qui a disparu qu'à la morte qui le portait. Et Leo, qui ne fait pas la différence entre le cinéma et la vraie vie, se comporte comme s'il était le héros d'un film de braquage et que nous deux, on était des figurants dans le rôle des deux flics. Ils t'inspirent quoi, à toi ?

— Tu me connais, Zach. Je soupçonne tout le monde de tout. Le problème, c'est que Max m'a l'air trop futé pour engager deux clowns comme Teddy et Raymond, et Leo trop con pour monter un coup pareil. Alors, avec ce qu'on sait sur eux, difficile de les relier au crime.

— Dans ce cas, le fond du problème, c'est peut-être qu'on n'en sait pas assez sur eux, lui ai-je répondu en sortant mon téléphone. Pour l'instant.

## 30

Debout derrière les rideaux, Leo Bassett a jeté un œil par la fenêtre sur la 21e Rue Ouest et regardé les inspecteurs Jordan et MacDonald s'en aller au volant de leur voiture.

— Ils sont partis, a-t-il dit.

— Ils reviendront, lui a répondu son frère.

— Deux ou trois fois, peut-être, a répliqué Leo en chassant l'air d'une main désinvolte. La dernière fois, les flics se sont tout juste donné la peine de venir nous parler. Ne t'en fais pas. Ces deux-là ne vont pas tarder à baisser les bras. C'est toujours comme ça que ça se passe.

*C'est toujours comme ça que ça se passe.* Max a fermé les yeux et songé qu'il n'en revenait pas que son frère puisse être aussi naïf.

Au cours des vingt-deux dernières années, les Bassett avaient été victimes de trois vols différents. Chacun avait été soigneusement préparé par Max et perpétré par des professionnels. Pas une affaire n'avait été élucidée, et toutes les déclarations de sinistre (dont chacune avait été déposée auprès d'une compagnie d'assurances différente) s'étaient soldées par une indemnisation à cent pour cent : 19 millions de dollars au total. Par la suite, Max avait retaillé les pierres précieuses volées et les avait revendues en vrac.

— Leo, a dit Max avec patience, ces deux flics ne vont pas laisser tomber. Ils ne vont pas nous lâcher. Tu veux savoir pourquoi ?

Leo a haussé les épaules. Max a explosé :

— Parce qu'ils ont une star de cinéma morte sur les bras. Je t'avais prévenu dès le départ que c'était une mauvaise idée. Banta et Burkhardt sont en prison pour les trente prochaines années, et qu'est-ce que je t'avais dit ? Qu'il ne fallait pas être trop ambitieux. Qu'il ne fallait pas tenter le coup avec quelqu'un de nouveau. Mais non, tu m'as certifié que Jeremy pouvait se débrouiller, et qu'il allait mettre deux remplaçants hors pair sur le coup. Hors pair ? Le premier est mort, le deuxième en cavale, et les flics ont une photo de ton protégé issue d'un enregistrement de vidéosurveillance. T'as intérêt à retrouver *et* Jeremy *et* notre collier avant eux, ou on est dans la mouise jusqu'au cou. Je ne sais pas pourquoi je me suis laissé convaincre.

— Convaincre ? Ne me fais pas porter le chapeau. Quels choix on avait ? On dilapide notre argent. Tu sais combien tu as dépensé dans tes safaris en Afrique complètement démesurés et dans tes expéditions sous-marines parfaitement délirantes ? lui a objecté Leo. Et Dieu sait combien de millions tu as claqués dans ta résidence au bord du lac.

— Alors que toi, contrairement à moi, tu comptes tes deniers comme un smicard à la retraite, c'est bien connu.

— J'ai travaillé dur toute ma vie, Max. Je mérite bien de me la couler douce de temps en temps.

Max a émis un rire nasal.

— De temps en temps ? Tu es la personne la plus narcissique et la plus hédoniste au monde. En septembre, tu as payé à trente personnes un vol pour Paris assorti de quatre nuits dans un hôtel cinq étoiles, plus les repas, le vin, les…

— La ferme ! a crié Leo. C'était pour mes soixante ans. Oui, j'ai déboursé beaucoup d'argent et, non, je ne regrette rien. Rien de rien, mon frère. Je dépense mon argent maintenant, tant que je suis en vie, et si je n'en ai pas assez, je me donne les moyens d'en obtenir davantage.

— Tu veux plus de fric, Leo ? Tout ce que tu as à faire, c'est signer ce putain de contrat avec Precio Mundo, et tu auras une réserve inépuisable de fric pour vivre comme un roi jusqu'à la fin de tes jours.

— Jamais ! Leo Bassett est le bijoutier des stars, pas le laquais d'une bande de Mexicains racoleurs qui font dans le bas de gamme et le maxi-discount.

— Le *laquais* ? Tu serais l'associé d'une des entreprises les plus riches du monde. Et ils ne sont pas bas de gamme. Ils sont grand public. Un demi-million de femmes pourraient porter tes bijoux, et pas juste une actrice morte.

Leo a fait un pas en arrière.

— Qu'est-ce que tu insinues, Max ?

— Je n'*insinue* rien. Je te dis cash qu'elle est morte par ta faute. Tu étais censé être assis à côté d'elle à l'arrière de la limousine. Tu étais censé la calmer et t'assurer qu'elle leur file le collier sans discuter. C'était peut-être la mission la plus importante que tu aies jamais eue à accomplir de toute ta vie, Leo, et tu as tout foutu en l'air sous prétexte que tu ne voulais pas fouler le tapis rouge parce que tu puais le poisson.

— Je suis désolé pour Elena, mais voler ce collier était la meilleure stratégie.

— Pourquoi tu n'écris pas un petit mot aux parents d'Elena pour le leur dire? «Chers papa et maman d'Elena. Désolé pour votre fille, mais j'avais besoin de cet argent. Signé : Leo Bassett, bijoutier des stars.»

Maxwell Bassett savait où appuyer pour faire réagir son frère, et il savait que Leo sortirait de ses gonds en entendant cela.

Ce dernier lui a fait un doigt d'honneur, s'est retourné et a quitté la pièce comme une furie.

*Pauvre Leo*, a pensé Max. *Tu croyais vraiment que je ferais confiance à Jeremy et toi pour voler un collier à 8 millions de dollars?*

Il a souri. Les choses se passaient mieux qu'il l'avait prévu.

— Je suis comme toi, Leo, a-t-il murmuré. Je ne regrette rien. Rien de rien, mon frère.

# 31

— Un criminel retrouvé mort sur les deux, c'est un bon début, a déclaré la capitaine Cates après notre rapport oral sur le dossier Travers, mais ça fait presque quarante-huit heures. Elena était une star internationale. La moitié de la planète attend des réponses.

— Dans ce cas, vous gagneriez peut-être à dire à la moitié de la planète qu'on aurait davantage de réponses si on n'était pas obligés de mettre l'enquête entre parenthèses chaque fois que du matos hospitalier disparaît.

— Je compatis, Jordan, m'a répondu Cates, mais vous bossez pour le Red, et l'élite de cette ville est votre priorité. Sykes est l'élite. Par conséquent, ce qui tracasse la maire et/ou son mari est votre priorité. J'ai mis une autre équipe sur le coup en renfort, mais vous restez en première ligne jusqu'à ce que ces vols en milieu hospitalier aient été élucidés.

— Même si c'est du temps en moins à consacrer à notre affaire principale ? lui ai-je demandé.

— Vous avez *deux* affaires principales, inspecteur. Ce que vous n'avez pas, c'est une vie privée. Est-il besoin de vous dire « C'est un ordre » ? Si oui, considérez que c'est dit. Bien. Y a-t-il autre chose que je dois savoir ?

— On a déterré les archives pour voir ce qu'on avait sur les frères Bassett, a expliqué Kylie. C'est la quatrième fois qu'ils sont victimes d'un vol au cours des vingt-deux dernières années.

— L'épicerie de mon quartier a été cambriolée quatre fois depuis le mois de juillet, a répliqué Cates. Tout est relatif.

— Les chiffres de la JSA indiquent que près de mille cinq cents vols de bijoux ont eu lieu l'année dernière – environ quatre par jour, a précisé Kylie. Donc, puisque les Bassett n'ont été visés que quatre fois en vingt-deux ans, il n'y a pas de quoi tirer la sonnette d'alarme. Mais cette fois, le vol sent le coup préparé de l'intérieur. Et comme Leo et Max sont au cœur du réacteur, on a voulu en savoir plus sur eux.

— Je les ai déjà rencontrés, a dit Cates. Leo est un vieux chevalier de la jaquette. Aussi concon qu'il est cucul. Il s'est fait gauler dans une position compromettante dans les toilettes des hommes d'un cinéma il y a quelques années, mais son palmarès s'arrête là. Si vous voulez mon avis, c'est Max, le véritable truand.

— Son nom n'apparaît pas dans le fichier, lui ai-je dit.

— C'est parce que notre code pénal ferme les yeux sur ses combines. Max Bassett dépense des millions pour chasser dans des réserves privées où on élève des animaux exotiques pour les abattre légalement. Des éléphants d'Afrique, des lions, des rhinocéros, des ours polaires… Ce type a une salle des trophées remplie de têtes et de carcasses d'espèces animales parmi les plus menacées au monde.

— Écœurant, m'a répondu Katie.

— Et coûteux, a observé Cates. Max est riche, d'accord, mais ses ressources ne sont pas infinies. Si son péché mignon c'est de tuer des animaux rares, il devrait pouvoir se payer pas mal de safaris en volant un collier à 1 million de dollars.

— C'est un mobile plausible, patronne, mais aujourd'hui Zach et moi avons interrogé quelqu'un qui nous a appris que les frères Bassett étaient sur le point de devenir très, très riches, très, très bientôt.

— Qui vous a dit ça ?

— Lavinia Begbie.

— La chroniqueuse mondaine ?

Le téléphone de Kylie a sonné. Elle a regardé le nom affiché sur son écran.

— Je crois que c'est le coup de fil qu'on attendait. Je vais répondre dans mon bureau. Zach, raconte à la capitaine ce que Lavinia nous a dit.

Elle a quitté la pièce.

— On a parlé à Lavinia Begbie parce qu'elle était au cocktail que les frères Bassett ont donné le soir du meurtre, ai-je expliqué. Leo était censé se trouver dans la limousine avec Elena, mais il lui a fait faux bond à la dernière minute, ce qui nous a paru un peu cousu de fil blanc. Mais d'après Begbie, Leo s'est pris les pieds dans son chien et s'est mangé la table du buffet ; ça a salopé son costume, et il n'était pas en état de faire une apparition publique.

— Donc ça confirme l'alibi qu'il nous a donné pour justifier qu'il n'ait pas été à bord de la limousine, m'a dit Cates, mais cette histoire à propos des Bassett qui vont s'en mettre plein les poches m'intéresse beaucoup plus.

— Begbie nous a dit qu'ils s'apprêtaient à signer un contrat avec un tas de zéros avec Precio Mundo pour distribuer les produits de leur marque au grand public.

— J'ai pas fait d'école de commerce, a répondu Cates, mais on dirait qu'ils ont gagné le cocotier.

— Exactement. Donc pourquoi tout risquer pour voler un collier ?

Kylie a fait irruption dans la pièce :

— Bonnes nouvelles, capitaine. Le NCIC tient une piste qui peut nous mener à Annie Ryder. On doit filer, Zach et moi.

— Filez, a répondu Cates. Tenez-moi au courant.

Pour la seconde fois de la journée, j'ai coursé Kylie dans les escaliers jusque dans la rue, mais cette fois nous n'étions pas en route pour la clinique. J'étais convaincu qu'Annie Ryder était le sésame qui devait nous permettre d'élucider le dossier Travers, et j'étais gonflé à bloc.

— Où est-ce qu'elle se terre, la mère Ryder ? ai-je demandé à Kylie en entrant dans la voiture.

Elle a passé les vitesses et démarré.

— Je n'en ai aucune idée.

— Qu'est-ce que tu racontes ?

— Ce n'était pas le NCIC au téléphone. C'était Shelley Trager. Sa femme de ménage s'est pointée à l'appart que sa boîte de production prête à Spence. Elle l'a trouvé en train de fumer du crack avec deux autres types.

— C'était à propos de Spence, ton coup de fil ? Tu as dit à Cates qu'on avait fait un bond en avant dans notre enquête principale. Tu as perdu la boule ?

— Oh oui, absolument, j'ai perdu la boule, m'a-t-elle répondu en manquant de renverser un passant, au cas où j'aurais encore eu des doutes.

— Qu'est-ce qui t'a pris de mentir comme ça à la patronne, franchement ?

— Zach, elle vient de nous sucrer notre temps libre. Tu crois que j'aurais pu lui dire la vérité, franchement ?

— Et à moi, tu n'as pas pensé à dire la vérité avant de m'embarquer dans ton plan casse-gueule ?

— Je n'ai pas vraiment eu le temps d'élaborer un stratagème, Zach, m'a-t-elle rétorqué en grillant un nouveau feu rouge. En plus, tu aurais essayé de me décourager, et je n'ai pas non plus le temps de t'écouter. Je n'ai pas le choix, et j'ai besoin de toi à mes côtés.

— Pour quoi faire ?

— Tu es le seul en qui j'aie confiance pour m'aider à faire entendre raison à mon toxico de mari.

— Le thérapeute de Spence t'a expressément dit que tu devais le laisser toucher le fond. Tu ne peux pas le sauver, Kylie.

Kylie versait rarement des larmes, mais je voyais bien qu'elle luttait pour ne pas pleurer et entamer la détermination farouche qui lui servait de rempart. Elle versait rarement dans l'invective, aussi. Mais elle s'est braquée, et les injures ont fusé comme des projectiles.

— Je l'emmerde, le thérapeute de Spence, putain ! Je suis sa femme. Je suis aussi une inspectrice de premier rang qui bosse pour la brigade la plus cotée de la ville, et il peut toujours courir s'il pense que je vais rester les bras croisés pendant que mon mari se prend dix ans pour possession de stups.

# 32

L'appartement de Shelley n'était qu'à cinq minutes en voiture du commissariat. Comme c'était Kylie qui conduisait, j'ai estimé que j'avais moitié moins de temps pour la faire passer d'un état de folle de guerre à celui, plus gérable, d'une exaltée en pleine crise de nerfs.

— Tu as un plan ? lui ai-je demandé.

— Tu me connais, Zach. Il n'y a pas plus méthodique que moi. C'est pour ça qu'on me surnomme la reine des procédures policières.

— Écoute-moi, lui ai-je dit. Tu es flic. Tu ne peux pas débouler dans l'appartement comme ça…

— Je ne déboule pas. Shelley m'a laissé une clef. Il aurait dû changer la serrure après avoir décrété que l'appart était interdit d'accès, mais il faisait confiance à Spence pour respecter les règles. Énorme erreur de faire confiance à un junkie. Spence avait une clef, tous les concierges le connaissaient, alors apparemment il est entré peinard avec Marco et Seth.

— Tu les connais, ses potes drogués ?

— Je les ai vus à Silvercup. Marco travaille pour le traiteur qui approvisionne la boîte de prod de Spence. C'est un type bien – marié, il va aux réunions quand il est net – mais il a rechuté il y a un an environ et il ne s'en est jamais remis. Seth est un con fini. C'est un gamin, il doit avoir vingt-quatre ans, diplômé de la NYU en études cinématographiques, il bosse en dilettante comme assistant de production, il se prend pour un crack, et quand il est shooté, il s'y croit encore plus. Aucun des deux n'a assez de fric pour se ravitailler, c'est pour ça qu'ils ne lâchent plus Spence d'une semelle.

— Je te repose la question, lui ai-je dit tandis qu'elle se garait devant l'immeuble, sur East End Avenue. Est-ce que tu as un plan ?

— Non. Et toi ?

Je n'ai pas répondu. Mon seul plan consistait à empêcher ma collègue de péter un câble.

Derrière son bureau, le concierge nous a tout juste regardés. Il a tendu à Kylie un trousseau de clefs puis s'est attelé à sa paperasse. Manifestement, il avait parlé à Shelley.

J'étais déjà allé chez des crackeurs, mais jamais au dixième étage d'un immeuble cossu avec une vue magnifique sur l'East River. L'odeur nous a assaillis dès que Kylie a ouvert la porte, et même si l'endroit n'était pas le champ de ruines qu'avaient été les studios, il avait des airs de lendemain de rave party. Pas étonnant que la femme de ménage se soit défilée. Spence avait transformé cet appartement que Shelley avait payé plusieurs millions de dollars en un repaire de «chlagues» de luxe, avec trois chambres et salles de bains.

Deux hommes se trouvaient dans le salon, l'un affalé sur le canapé, l'autre à même le sol, et aucun des deux n'était Spence. Kylie et moi l'avons cherché partout. Il était parti.

On est revenus dans le salon. L'homme étalé par terre avait réussi à se redresser en position assise en s'adossant à une table basse encombrée de tout un attirail de drogués, et en allongeant ses jambes sur le tapis.

— T'as un mandat, inspectrice Harrington? a-t-il dit. Ou peut-être que t'as jamais entendu parler du quatrième amendement?

— Inspectrice *MacDonald*, Seth. Et je suis ici parce que le proprio nous a signalé une effraction.

— Et moi je suis ici parce que ton mari qui fume le caillou donnait une petite soirée entre potes, et il m'a invité.

— Je vais être indulgente, Seth, lui a dit Kylie en se dressant derrière lui de toute sa hauteur. Dis-moi où trouver Spence et je te laisse tailler la route.

— Tailler la route? Je me taille quand je veux. Tu débarques ici sans motif valable. Mais si tu veux m'embarquer, vas-y. Je dirai au proc que la flic qui m'a arrêté est mariée à mon dealer.

— Je m'efforce d'être gentille avec toi, lui a-t-elle répondu d'une voix calme et posée. Dernière chance, Seth. Où est Spence?

— Tu veux savoir où est Spence? Pas de souci, a-t-il dit à Kylie en levant les yeux vers elle et en écartant un peu plus les jambes. Mais d'abord, suce-moi.

Il n'en a pas fallu plus à la femme qui n'avait pas de plan pour imaginer une stratégie ingénieuse. Elle lui a flanqué un coup de pied en plein dans les couilles.

Seth s'est replié sur lui-même et a crié, en proie à une douleur insoutenable connue de quelques hommes seulement mais redoutée de tous.

J'ai attrapé Kylie par le bras au cas où elle aurait estimé que le message n'était pas bien passé, et pendant les trois minutes suivantes nous avons regardé Seth se contorsionner par terre, le souffle coupé, et souiller de vomi le tapis persan de Shelley, conçu sur mesure et noué à la main.

Enfin soulagé, Seth s'est mis à pleurnicher.

— Marco, a dit Kylie à l'homme sur le canapé, d'une voix un cran au-dessus du chuchotement, tu as vu ce qui vient de se passer ? Ton pote ici présent nous a dit : « Je me taille quand je veux. » Tu trouves qu'il est en état de se tailler ?

Marco a fait non de la tête, les yeux agrandis par la peur. Il s'est redressé, genoux collés l'un contre l'autre, mains en coquille devant ses roustons.

— Sur la tête de ma fille, je jure que je sais pas où Spence est passé. Lui et moi, on est potes. J'ai pas beaucoup de thune, mais je sais toujours où trouver de la bonne came, alors on forme une belle équipe.

Mon téléphone a sonné. J'ai décroché.

— Vous avez trouvé Annie Ryder ? ai-je entendu dans l'appareil.

C'était Q.

— Le NCIC est toujours à sa recherche, lui ai-je répondu.

— Alors t'avais raison. J'ai une meilleure base de données. Annie est revenue à New York. Elle a une piaule à Astoria.

Il m'a donné une adresse sur Hoyt Avenue. J'ai raccroché et fait signe à Kylie :

— On a logé Annie.

— C'est tout pour nous, a-t-elle dit à Marco. Embarque cette raclure avec toi.

Marco a levé Seth à grand-peine. Il l'a quasiment porté jusqu'à la sortie.

Kylie a donné un tour de clef et envoyé un texto à Shelley pour lui dire de faire venir une équipe de nettoyage et un serrurier.

— Merci, m'a-t-elle dit une fois dans la voiture. J'avais perdu le nord quand on a quitté le bureau de Cates. Ta présence sur place m'a aidée à retrouver mon calme.

J'ai souri. Tout bien considéré, elle s'était effectivement montrée plutôt calme. Quoique Seth n'ait sans doute pas été de cet avis.

# 33

— Ed Koch ou Robert F. Kennedy ? m'a demandé Kylie avant de se mêler à la circulation.

J'ai ri tout haut. Annie Ryder vivait dans le Queens, et nous étions à Manhattan, de l'autre côté de l'East River. Deux itinéraires d'égale longueur s'offraient à nous pour traverser le détroit. Mais comme Kylie et moi nous étions pris la tête à cause de son besoin de commander les opérations, voilà qu'elle s'en remettait à moi pour la prochaine décision cruciale : le choix du pont à emprunter.

— Tu as été suffisamment casse-couilles pour la journée, tu crois pas ? lui ai-je dit. Tant que j'arrive vivant à destination…

On a pris le RFK.

Ryder créchait au septième étage d'une tour de quinze, récemment construite afin de proposer aux seniors des logements à prix abordables. Kylie a pressé la sonnette dans le hall d'entrée.

— Madame Ryder, a-t-elle dit. Police de New York. Pourrions-nous vous poser quelques questions ?

— Pas sans pièce d'identité, lui a répondu la voix. Je ne peux pas vous ouvrir à moins que vous ne me prouviez que vous êtes bien de la police.

Kylie m'a regardé en grimaçant. Annie jouait les vieilles dames apeurées à l'idée d'ouvrir la porte à des voyous. La comédie a continué au pied de son appartement jusqu'à ce que nous lui montrions patte blanche, après quoi elle a fini par nous laisser entrer.

Annie avait été mise en examen à deux reprises pour escroquerie et, bien qu'elle s'en soit tirée à chaque fois, elle figurait toujours dans notre fichier. Mais la personne qui nous a ouvert ne ressemblait en rien à la fraudeuse quinquagénaire aux traits durs et hostiles dont j'avais examiné la photo d'identité judiciaire. Cette Annie-là avait vingt ans de plus et, avec ses cheveux gris ramassés en chignon et son sourire chaleureux qui lui fripait le visage, c'était la femme qu'on aurait choisie pour jouer une mamie à bigoudis dans une pub pour des coquilles Saint-Jacques au tapioca.

— Comment puis-je vous aider? nous a-t-elle demandé.

— Nous cherchons votre fils, Teddy, lui ai-je dit.

— Alors vous feriez mieux de contacter son officier d'application des peines. Ce gars-là sait toujours où est Teddy bien mieux que sa propre mère, a-t-elle affirmé en ponctuant sa réponse d'un roulement d'yeux qu'elle semblait avoir piqué à une sitcom des années 1950.

— Quand l'avez-vous vu pour la dernière fois? lui a demandé Kylie.

Annie s'est tapoté le menton et a réfléchi un instant.

— Oh, je me souviens. Je l'ai eu à dîner lundi soir. J'ai fait un rôti. Après on a regardé la télé tous les deux en mangeant le dessert.

— Qu'est-ce qu'il y avait à la télé ce soir-là ? l'a relancé Kylie pour la tester, conformément à la procédure standard pour les entretiens d'enquête.

— Oh, j'adore regarder les célébrités tirées à quatre épingles, alors on a mis une émission retransmise en direct d'une première hollywoodienne. C'était atroce. Imaginez : Teddy et moi, tranquillement installés, en train de manger notre glace Chunky Monkey et d'attendre la prochaine star à fouler le tapis rouge, quand soudain, accident de limousine, et on voit sortir toute secouée cette pauvre actrice qui s'est fait tirer dessus.

On ne lui avait pas demandé l'alibi de Teddy pour lundi soir, mais elle avait décidé de le mentionner à toutes fins utiles. Son histoire bidon comportait juste ce qu'il fallait de détails, et elle l'a conclue en nous gratifiant d'un sourire de grand-mère rassurant, celui-là même, j'en suis sûr, qu'elle servirait aux jurés quand elle se parjurerait pour défendre son fils.

— Vous pouvez me dire ce qui se passe pour que vous vouliez parler à Teddy ? nous a-t-elle demandé. Il a commis des erreurs, mais il a purgé sa peine, et maintenant il est de nouveau dans le droit chemin.

Normalement, on ne répond pas à cette question, mais elle savait déjà pourquoi on était là.

— Nous enquêtons sur un homicide, ai-je dit. Un nommé Raymond Davis a été tué par balle dans son appartement.

Ébranlée par cette vision d'horreur, Annie s'est couvert la bouche avec ses deux mains.

— J'espère que vous ne soupçonnez pas Teddy. Raymond était son meilleur ami. Sans compter que mon fils ne ferait jamais de mal à personne, sous aucun prétexte, nous a-t-elle assuré, les yeux embués. C'est comme ça qu'il a été élevé.

— Teddy vous a déjà parlé de Raymond ? lui ai-je demandé. Vous savez si quelqu'un lui en voulait, par exemple ?

— J'aimerais pouvoir vous aider, mais vous savez comment sont les garçons. Teddy ne me dit jamais rien. Il se confie toujours à son père. Ils ont eu une longue conversation lundi soir pendant que je préparais à dîner.

Bingo. Enfin, on la prenait à mentir. Q nous avait appris que Buddy Ryder était mort, et le NCIC avait confirmé l'info.

— Alors son père pourrait peut-être nous renseigner ? lui ai-je dit. Pouvons-nous lui parler ?

Elle a posé sa main sur mon bras et m'a guidé jusqu'à un buffet.

— Vous pouvez lui parler aussi longtemps que vous voulez, m'a-t-elle dit en désignant une urne funéraire en bronze sur laquelle était gravé le nom de Buddy Ryder. Mais n'espérez pas qu'il vous réponde.

Jeu, set et match.

— Résultat des courses…, m'a dit Kylie sitôt dans l'ascenseur.

— J'ai essayé, lui ai-je répondu. Est-ce que j'ai droit au moins aux honneurs ?

— Non. Elle t'a mené en bateau jusqu'aux rives du Pacifique. La vieille aurait pu faire sa danse de la victoire juste après le coup de la glace Chunky Monkey et de « cette pauvre actrice qui s'est fait tirer dessus ».

— Je sais. Elle avait toutes les réponses avant même qu'on lui ait posé les questions.

— Les mères mentent pour protéger leurs rejetons, Zach. Et Annie Ryder le fait avec plus de talent que la plupart.

## 34

Nous sommes revenus au commissariat trois heures après avoir quitté le bureau de Cates en faisant semblant de nous lancer sur les traces d'Annie Ryder.

— La patronne doit être en train de se demander pourquoi on a été aussi longs, m'a fait remarquer Kylie en m'adressant un sourire mutin.

Notre détour par l'appartement de Shelley et la passe d'armes entre Kylie et les potes défoncés de Spence nous avaient fait perdre un bon bout de temps. Son sourire, c'était pour me dire qu'elle s'en contrefichait.

— J'ai besoin de cinq minutes avant d'aller dans son bureau, lui ai-je dit en montant l'escalier.

— Qu'est-ce qui est plus important que notre débriefing ?

— Sauver mon couple.

— Mauvaise idée. Cates a mis notre vie privée en stand-by, m'a-t-elle rappelé en décochant un autre rictus.

Je lui ai fait un doigt d'honneur et j'ai monté les marches quatre à quatre pour rejoindre le bureau de Cheryl. Elle ne s'y trouvait pas. J'ai alors gravi à grandes enjambées une autre volée de marches, et je suis arrivé dans le bureau de Cates pas loin derrière Kylie.

Cates était en pleine réunion, mais elle a tout planté dès qu'elle nous a aperçus. Je suis sûr qu'elle a dit quelque chose, mais je n'en ai pas retenu un traître mot. Je suis resté posté dans l'encadrement de la porte à regarder les trois autres personnes assises dans la pièce. Nos renforts – Betancourt et Torres – et, juste à côté, Cheryl.

Elle m'a fait un demi-sourire. En y regardant de plus près, c'était plutôt un demi-froncement de sourcils. Je me suis glissé dans le bureau pendant que Kylie donnait à Cates les grandes lignes de notre visite à Annie Ryder.

— Elle sait où est Teddy, c'est clair, a dit Kylie, mais elle est trop intelligente pour nous conduire à lui.

— J'envoie quand même une équipe planquer devant son appartement, a dit Cates. N'importe quel renseignement vaudra toujours mieux que rien du tout.

— Merci, lui a dit Kylie.

— Content que vous soyez revenus, nous a dit Cates. On faisait le point sur les vols dans les cliniques. Torres, séance de rattrapage.

— Lynn Lyon ne s'est pas approchée d'une clinique depuis qu'on a commencé à la filer, a dit Torres. Elle nous a dans son collimateur.

— Elle ne nous a pas dans son collimateur, l'a corrigé Betancourt. Elle sait qu'on l'a démasquée, et celui ou celle pour qui elle bosse le sait aussi. Adieu ses petites missions de reconnaissance.

— Bon, et maintenant quoi ? a dit Kylie. On ne peut pas attendre qu'ils dépouillent une autre clinique en espérant qu'ils gaffent.

— Oh que si, a répondu Cates. On va attendre qu'ils dépouillent une autre clinique. Mais on les attendra à l'intérieur.

— Les cinq arrondissements de New York comptent plus de cent établissements médicaux d'envergure, a observé Kylie. On ne va pas pouvoir être partout à la fois.

— On n'a pas besoin d'être dans plus d'un seul endroit, et Cheryl sait comment s'y prendre pour cibler le bon. Je la laisse vous annoncer la couleur.

Il s'agissait de leur tendre un piège, et le plan était sacrément au point. Cheryl nous l'a exposé en moins d'une minute.

— J'adore, a dit Kylie, mais c'est infaisable à moins de mettre Howard Sykes dans le coup.

— Alors allez lui parler et revenez au rapport, nous a ordonné Cates. Cette réunion est terminée.

Le groupe s'est séparé. Cheryl m'est passé devant et a poursuivi son chemin dans le couloir. Je l'ai suivie.

— Cheryl, on peut discuter ?

Elle a désigné d'un geste ample la vaste salle pleine de flics qui scrutaient et écoutaient.

— L'endroit est mal choisi pour une conversation, Zach.

— Ce que j'ai à te dire tient en neuf mots.

— Bon, d'accord.

Elle m'a fait signe de la suivre. Elle a ouvert la porte et commencé à descendre l'escalier. J'ai cru qu'on allait dans son bureau, mais elle s'est arrêtée au beau milieu de la cage d'escalier et on est restés là, sur place, rien que tous les deux. Tant pis pour la confidentialité.

— Neuf mots, a-t-elle dit.

J'ai pris une profonde inspiration et soutenu son regard.

— J'ai tort. Tu as raison. Je suis désolé.

Mon père m'avait conseillé d'utiliser ces mots quand j'avais dix-sept ans, après une grosse engueulade avec ma copine la veille de notre fête de fin de lycée. S'ils avaient marché du tonnerre sur la fille avec qui je sortais à l'époque, ils venaient clairement de faire un bide avec Cheryl.

— C'est tout ? m'a-t-elle dit.

— Non. Les excuses, c'est juste un début. Je veux qu'on parle de ce qui s'est passé et te prouver que ça ne se reproduira plus.

— On peut difficilement faire ça ici, m'a-t-elle objecté en me montrant l'escalier gris tout crasseux et la lance d'incendie accrochée au mur, imposée par la municipalité.

— On pourrait dîner ensemble.

— J'espère que tu ne t'attends pas à ce que je cuisine, m'a-t-elle dit.

— Non, je me disais que je pourrais nous réchauffer un truc sympa.

Elle a esquissé un sourire.

— Ou alors, on va chez Gerri, ai-je enchaîné.

Le sourire s'est élargi.

— Bon. Ma dernière botte secrète : Paola, ai-je dit en lui sortant le nom de son restaurant préféré. J'appelle Stefano, je lui dis que j'ai manqué de tact avec toi et je lui demande s'ils peuvent nous préparer un *diplomate* pour le dessert.

Le sourire s'est brusquement transformé en éclats de rire, et ses yeux ont fait le tour de leurs orbites comme pour dire : « Ce type est incorrigible. »

— Dix-neuf heures, m'a-t-elle dit. Passe me chercher à mon bureau.

Elle est descendue au deuxième étage, et je suis remonté au troisième. Je ne dormirai pas sur le canapé ce soir.

# 35

Jeremy Nevins n'avait jamais tué personne jusqu'alors, mais buter Raymond Davis ne lui avait fait ni chaud ni froid. Il l'avait bien cherché, ce salaud, arrogant comme il était. D'abord, il avait foutu le bordel dans la plus grosse mission de Jeremy à ce jour, et ensuite il avait eu le cran de lui réclamer plus de fric.

Jeremy était attablé à l'intérieur du Recovery Room, devant une assiette d'ailerons de poulet à moitié grignotés et une pinte de Stella qu'il n'avait pas touchée. Il n'avait pas faim, mais il lui fallait une base pour ses opérations et une connexion Wi-Fi, et il n'y avait pas d'endroit plus mort qu'un bar à footeux à 15 heures. *Correction*, a-t-il pensé en baissant les yeux vers sa montre Audemars Piguet à 80 000 dollars : à 15 h 01.

Cette montre avait été un cadeau, ou plutôt une prime de bienvenue. Mais puisqu'il y avait un chaudron de diamants à 8 millions de dollars au pied de l'arc-en-ciel, Jeremy aurait aussi bien pu signer en échange d'une Casio.

Le plan avait été parfait jusqu'à ce que Leo, son complice nombriliste, refuse d'entrer dans la limousine sous prétexte qu'il n'était pas *présentable*.

Résultat : Elena était morte, le collier s'était fait la malle, et Jeremy était tout seul à tenter d'élaborer un plan B.

Il ignorait où était passé le collier, mais il était presque certain de savoir qui le détenait : la mère de Teddy Ryder. Il n'avait jamais rencontré Teddy avant la veille au soir, mais il savait tout de lui. Ce mec n'avait jamais eu une idée à lui de toute sa vie, et maintenant qu'il était blessé et terrorisé, il allait rentrer chez maman en vitesse.

Et Jeremy savait exactement où la trouver. Quand on monte un coup avec un fumier comme Raymond Davis, on assure ses arrières. Jeremy avait attaché un boîtier GPS sous la Honda Civic de Raymond au cas où il aurait décidé de faucher le collier et de se tirer avec.

Mais le GPS avait prouvé son utilité plus tôt. La semaine du vol, la voiture avait fait deux allers-retours de l'appartement de Teddy à Hoyt Avenue, dans le quartier d'Astoria. Les antennes de Jeremy s'étaient dressées et, le troisième jour, il avait suivi la Honda jusque devant chez Annie Ryder.

Il connaissait le parcours de cette vieille magouilleuse : ce n'était pas en braquant un flingue sur elle qu'il récupérerait le collier, il le savait. La seule façon de l'obtenir, c'était de passer un marché avec elle, puis de faire en sorte que Leo paie le prix qu'elle demandait.

Il a pianoté sur son téléphone portable et interrogé Google News. Rien sur le meurtre de Raymond Davis. Soit les flics avaient décidé qu'il s'ajoutait aux autres et venait gonfler les statistiques sur la criminalité sans mériter de figurer dans les journaux, soit ils avaient fait le rapprochement avec Elena Travers et étouffé l'affaire.

L'appareil a vibré dans sa main et l'a fait tressaillir. C'était Sonia Chen. Il n'avait aucune envie de lui parler, mais elle était liée de trop près aux Bassett pour qu'il se permette d'ignorer son appel.

— Salut, ma douce, a-t-il murmuré dans le téléphone. Comment va la chargée de com la plus sexy au monde ?

— On ne peut plus mal. Il faut que tu passes chez moi.

— Chérie, je suis occupé.

— Juste une heure. S'il te plaît.

— Sonia, moi aussi je suis chaud comme la braise, mais…

— Me cherche pas, Jeremy. Je n'ai pas dit que j'étais chaude. J'ai peur. Je suis seule. Je ne dors plus. Je n'ai jamais trempé dans une histoire pareille. Elena est morte, et je ne n'arrête pas de me dire que si j'avais obligé Leo à monter dans la limousine avec elle, peut-être que…

— Sonia, je suis désolé. Mais ne te fais pas de reproches. Ce qui s'est passé est triste, mais ce n'est pas ta faute. C'est fait, c'est fait.

Il a attendu une réponse. En vain.

— Sonia… Ça te rassure un peu, chérie ?

— Ça me rassurerait beaucoup plus si tu passais ici et que tu me le disais en me regardant droit dans les yeux, l'a-t-elle imploré en ponctuant sa supplique d'un soupir bruyant. Juste un moment. Je n'ai vraiment pas envie d'être seule. S'il te plaît.

Sans Sonia Chen, Jeremy n'aurait jamais fait la connaissance de Leo Bassett. Il n'avait plus besoin d'elle, mais s'il avait appris une chose en chassant ses proies dans la vallée des riches et des crédules, c'était qu'il ne fallait jamais, jamais brûler ses vaisseaux.

Il a regardé sa montre. *Comme c'est pitoyable*, lui disait l'objet. *À l'exception de ton poignet qui vaut une fortune, tout ce que tu es vaut toujours tripette.*

— Bien sûr que je vais passer, chérie, a-t-il dit. J'arrive tout de suite.

Son face-à-face avec Annie Ryder allait devoir attendre.

## 36

*Toute femme qui affirme vouloir un câlin plutôt qu'un coup de bite se raconte des histoires ou ment au mec, ou les deux*, a pensé Jeremy après avoir procuré à Sonia son troisième orgasme foudroyant en l'espace d'une heure et demie.

Elle avait fondu en larmes après le premier, et il l'avait prise dans ses bras pendant qu'elle sanglotait en pensant à la comédienne morte. Le deuxième avait été bien plus gai : le point d'orgue d'une bonne vieille partie de jambes en l'air sans obligation d'achat. Le dernier avait été plus lent, plus tendre au début. Jeremy avait pris son temps, l'avait émoustillée avec sa langue, cajolée à renfort de baisers doux, installée délicatement sur ses cuisses, et il s'était synchronisé avec le rythme des ondulations délicates de son corps.

Juste au moment où elle avait commencé à ralentir la cadence, il l'avait soulevée pendant qu'elle l'enserrait de ses jambes, puis plaquée contre un mur et fourrée profondément, brusquement, infatigablement, jusqu'à l'explosion finale, qui avait vu ses gémissements, poussés sur le thème de « Surtout t'arrête pas », se muer en cris lui réclamant un cessez-le-feu.

*Encore une cliente satisfaite*, avait pensé Jeremy en se douchant. Chaque personne possédait sa spécialité, et la nature l'avait doté de l'outillage et de la technique pour faire prendre à ses partenaires un pied de malade.

À l'arrivée, tout le monde ne gardait pas de lui un souvenir ému. Il y en avait qui le méprisaient. D'autres voulaient sa mort. Mais personne ne l'oubliait jamais.

Hélas, son charme et ses prouesses sexuelles n'allaient lui être d'aucune utilité pour la rencontre qu'il s'apprêtait à faire. Quiconque souhaitait se frotter à Annie Ryder n'avait besoin que de fourberie. Il avait suffisamment entendu parler d'elle pour savoir qu'elle en possédait plus que la plupart des gens.

Pourtant, lorsque la femme à la chevelure grise lui a ouvert la porte de son appartement, les vieilles habitudes de Jeremy ont pris le dessus :

— Vous êtes bien plus jeune que je l'aurais cru, lui a-t-il dit.

— Et toi, tu es aussi pipeauteur que je l'aurais cru, lui a rétorqué la vieille dame en le faisant entrer dans le salon. Assieds-toi.

Il s'est assis sur un canapé rose, et elle a pris place à côté de lui. Leurs genoux se touchaient presque.

— Tu m'as appelée, lui a-t-elle dit. Qu'est-ce qui te turlupine ?

— Votre fils a mon collier.

— *Ton* collier ? s'est étonnée Annie. On ne doit pas être branchés sur la même fréquence, toi et moi, parce que le collier dont parlent tous les journalistes télé appartient à ces deux frères, les Bassett.

— Il leur appartenait, oui. Mais j'ai engagé votre fils et son pote pour qu'ils me le procurent, et ils n'ont pas honoré leur part du marché.

Annie lui a souri.

— Et si je comprends bien, le châtiment prévu quand on manque à sa parole, d'après le Livre de Jeremy, c'est une balle dans la cervelle.

— Ça, c'était un regrettable malentendu.

— Et quand tu as tiré sur mon fils, c'était aussi un regrettable malentendu ?

— Madame Ryder…

Elle a posé les doigts sur le dos de la main de Jeremy.

— Je t'en prie… Appelle-moi Annie.

— On peut arrêter ce cirque, Annie ? lui a-t-il dit en retirant sa main et en se levant. Je ne suis pas l'un de vos pigeons. Je suis le type qui a engagé Raymond et Teddy pour une mission toute bête devenue par leur faute un innommable merdier à la une des journaux. Je vous la fais courte : vous avez en votre possession le bijou volé le plus convoité de la planète. Il n'y a pas un fourgue à cinq mille kilomètres à la ronde qui voudra toucher au collier qui a coûté la vie à Elena Travers. Alors, à moins que vous n'ayez des contacts à Anvers ou à Amsterdam dans la mafia du diamant, soit vous me le vendez, soit vous le portez lors de votre prochain thé dansant et vous regardez les autres petites vieilles pisser dans leur couche en…

— Déguerpis, l'a coupé Annie.

— Quoi ?

— Tu m'as entendue, lui a-t-elle dit en se levant. Ouste ! Malotru, grossier personnage. Déguerpis avant que j'appelle les flics.

— C'est bon, désolé pour les grossièretés. Tout ce que je veux, c'est le collier.

— Je n'ai aucun collier, et même si j'en avais un, je ne le vendrais pas à une crapule sans la moindre éducation.

Elle a plongé la main dans sa poche et en a sorti un petit cylindre.

— C'est du gaz poivre. Je m'en suis déjà servi, et je n'hésiterai pas à m'en resservir. Ouste.

Elle a ouvert la porte et regardé Jeremy quitter l'appartement à reculons. Puis elle a fermé la porte à clef derrière lui.

Teddy est sorti de la chambre.

— M'man, tu as été géniale, mais maintenant on ne pourra jamais vendre le collier.

— Bien sûr que si.

— À qui ?

— À ton pote Jeremy. Il va revenir à la charge, et la prochaine fois qu'il pointera son nez, il me témoignera un peu plus de respect.

— Tu crois vraiment qu'il va revenir ?

— Pas ici, mais il va m'appeler dans l'heure qui vient. Je te le garantis.

— Tu es la maman la plus cool du monde.

— Merci, mon chéri. Comment tu te sens? Tu as toujours mal?

— Oui, mais c'est pas grave.

— Tu veux quelque chose? Une tasse de thé?

— D'accord.

Annie a rempli la bouilloire et l'a posé sur la cuisinière. Puis elle est allée chercher une boîte de biscuits dans une armoire.

— Dis, m'man, je peux te demander un truc? a dit Teddy.

— Tout ce que tu veux.

— Le gaz poivre, c'est une arme, non?

— Je l'utilise pour me défendre, mais techniquement le gaz poivre peut être une arme dangereuse.

— Mais t'arrêtes pas de dire que t'es contre toutes les armes, alors pourquoi t'as du gaz poivre dans ta poche?

Annie a sorti l'aérosol de forme cylindrique.

— C'est de ça que tu parles? lui a-t-elle répondu en le portant à hauteur de ses yeux.

Teddy a fait la grimace.

— Prise la main dans le sac, m'man. Quelle excuse tu vas trouver pour expliquer ça?

Annie a dirigé le cylindre droit sur son propre visage, pressé l'embout et pulvérisé son contenu dans sa bouche.

— Spray buccal pour garder l'haleine fraîche, a-t-elle dit. Menthe forte. D'autres questions?

# 37

— Va faire une sieste dans l'appart d'à côté, a ordonné Annie à son fils une fois le thé pris et les petits gâteaux avalés.

— Oh, m'man, a protesté Teddy. Ça pue le chat, là-bas. Pourquoi je ne peux pas simplement rester ici ?

— Parce qu'ici, ça pue le flic. Deux inspecteurs m'ont rendu visite ce matin. Je fais quoi s'ils reviennent tambouriner à ma porte avec un mandat ? Je leur dis de repasser dans cinq minutes le temps de ranger l'appartement ?

— Bon, d'accord, a dit Teddy, bougon. Qu'est-ce que tu vas faire, toi ?

— J'ai rendez-vous, lui a-t-elle répondu, le regard souriant. Maintenant, va-t'en d'ici, que je me fasse aussi belle que possible, ce qui n'est pas une mince affaire vu la matière première.

Elle a ouvert la porte, a inspecté le couloir, a fait signe à Teddy ; il a détalé et a rejoint l'appartement voisin en quelques secondes.

Elle est allée dans la chambre, a ouvert la penderie et s'est regardée dans le grand miroir à taille humaine. Elle a froncé les sourcils.

— Il y a du boulot, a-t-elle dit.

Alors elle s'y est mise. Maquillage d'abord, coiffure ensuite, puis elle a enfilé une robe de cocktail noire Carolina Herrera, peu portée mais résolument chic. Une paire de chaussures à talons pratique, deux gouttes de parfum et, pour finir, de ses deux mains un peu tremblantes, elle a passé le collier fait d'émeraudes et de diamants.

Elle a jeté un second coup d'œil dans la glace encastrée dans la porte de la penderie.

— Miroir, mon beau miroir, a-t-elle dit. Qui vaut 8 millions de dollars ?

Elle a marché jusqu'au salon et s'est postée devant son défunt mari.

— T'en penses quoi, Buddy ? lui a-t-elle dit en faisant un tour complet sur elle-même. Normalement, elle coûte 3 000 balles, mais tu me connais : jamais la dernière pour les bonnes affaires. Je l'ai eue pour trois fois rien chez Bergdorf… c'était *presque* du vol.

Elle a ri à gorge déployée, et elle a presque entendu Buddy rire avec elle. Elle a pris l'urne sur le buffet, l'a posée sur la table de la cuisine et s'est assise en face.

— Je suis larguée, Buddy. Quelques conseils ne me feraient pas de mal.

Elle a posé une main de chaque côté de l'urne et fermé les yeux.

— D'après le journal, cette breloque vaut 8 millions, mais je ne suis pas fortiche en fourgue de bijoux. Tu penses qu'il peut en tirer combien, le Jeremy ? Quarante pour cent du prix réel ?

Buddy n'a pas répondu.

— Trente pour cent ? Vingt-cinq ?

Arrivée à quinze, elle a senti ses paumes chauffer. À douze, elle a éprouvé comme un fourmillement.

— Donc s'il se fait 1 million, combien je prends dessus ?

De nouveau, elle a égrené plusieurs chiffres jusqu'à ce qu'elle et lui s'arrêtent sur dix-sept et demi pour cent.

Ensuite, ils ont discuté. Principalement de Teddy, parce qu'il avait toujours été leur principale source de tracas, et pour terminer elle s'est excusée de ne pas avoir tenu sa promesse. Buddy lui avait demandé de disperser ses cendres le long du Strip, à Vegas, et Annie y avait consenti. Elle ne lui avait simplement pas précisé quand.

— Teddy aura tout le temps de nous disperser tous les deux. En attendant, j'ai besoin de toi auprès de moi.

Elle est restée assise dix minutes de plus avec l'urne entre les mains, jusqu'à ce que le téléphone sonne. Elle a activé le haut-parleur pour que Buddy puisse entendre.

— Madame Ryder. C'est Jeremy. Écoutez, je suis désolé. On est partis sur de mauvaises bases. On peut parler, tous les deux ?

— Tu peux parler, lui a dit Annie. Je peux t'écouter.

— Au départ, j'avais engagé Teddy et Raymond pour 50 000. Puis je suis monté à 90 000. Je vous offre 125 000.

— 175, a renchéri Annie. À prendre ou à…

— Je prends, a affirmé Jeremy. Mais j'ai besoin de temps pour rassembler l'argent. Je pourrais passer demain vers midi ?

— Bonne idée. Apporte du chloroforme et une malle vide. Tu me prends pour une imbécile ? On fait ça dans un lieu public ou on annule tout.

— OK, OK. Central Park, ça vous va ?

— Jeremy, les vieilles dames *sans* bijoux se font agresser à Central Park. Rendez-vous au 205 East Houston Street à midi.

Il a répété l'adresse.

— Il y a quoi, là-bas ? lui a-t-il demandé.

— Ton collier, lui a-t-elle répondu avant de raccrocher.

Elle l'a détaché de son cou, l'a enveloppé dans un sachet en plastique, a ôté le couvercle de l'urne et y a déposé le sac.

— Surveille-moi ça, Buddy, a-t-elle dit. Tu es le seul à qui je fasse confiance.

# 38

Kylie, au volant de la voiture, se frayait un chemin parmi les habituels bouchons de la 3e Avenue aux heures de pointe. Nous étions en route pour Gracie Mansion afin de parler à Howard Sykes.

— On dirait que tu as réussi à communiquer avec Cheryl après notre réunion avec Cates. Alors, les tourtereaux, vous avez fini par cimenter votre couple ?

— *Communiquer*, le mot est fort, ai-je dit. Ce fut bref mais intense, comme entre deux amants de passage, à part qu'on était deux flics dans un escalier. *Cimenter*, c'est encore plus démesurément optimiste. À l'heure qu'il est, notre couple tient grâce à de l'électricité statique. Quant au terme *tourtereaux*…

— J'ai compris, j'ai compris, m'a coupé Kylie en prenant à droite pour entrer dans la 88e Rue. Désolée d'avoir posé la question.

— Ne t'excuse pas. Je suis content de pouvoir me défouler sur quelqu'un. Tu avais raison ce matin en parlant de rapiécer mon petit cœur meurtri. Quand je suis rentré à l'appart hier soir, j'avais déjà été relégué au canapé, et je n'ai pas croisé Cheryl avant cet après-midi. Et je ne peux pas réparer les dégâts dans une maison pleine de flics qui se mêlent de tout, alors je vais tâcher de le faire ce soir pendant qu'on dînera chez Paola.

— Et tu me racontes tout ça parce que tu penses que je suis accro à ce feuilleton que tu appelles ta vie amoureuse ? Ou est-ce que c'est un moyen pas très subtil de me dissuader de te téléphoner ce soir parce que tu seras occupé à sauver les meubles ?

— À ton avis, inspectrice ? lui ai-je répondu.

— Mon instinct ultradéveloppé d'enquêtrice hors pair me dit que si tu invites Cheryl chez Paola et que tu lui sors le grand jeu, il n'y a aucun risque pour qu'elle te largue *avant* la fin du dîner.

On a traversé East End Avenue, on s'est garés dans l'allée devant chez la maire, on s'est présentés à la loge du gardien et on a décliné notre identité. Un assistant nous a escortés jusque dans le bureau d'Howard. Je n'y suis pas allé par quatre chemins :

— Monsieur, nous avons trente-cinq mille flics à notre disposition. C'est un effectif largement suffisant pour mettre en planque une brigade dans chaque clinique de chacun des cinq arrondissements et attendre que le gang frappe à nouveau. Mais…

J'ai laissé ma phrase en suspens.

— Mais, a-t-il enchaîné pour compléter, on ne peut pas mobiliser autant de monde et espérer continuer à cacher à la population une vague de crimes de cette envergure.

— Exactement.

— Je travaille avec vous depuis suffisamment longtemps pour savoir que vous n'êtes pas venus ici pour me demander de divulguer le secret de cette intervention, a-t-il dit. Vous avez un plan, pas vrai ?

— Pour tout dire, lui a répondu Kylie, c'est la psy de notre service, le docteur Cheryl Robinson, qui en a eu l'idée. Zach et moi, on adhère, mais on ne peut pas le mettre à exécution sans un appui solide de votre part.

— Que puis-je faire ?

— On a besoin que vous nous aidiez à organiser le prochain vol.

— Vous… vous voulez que je vous aide à voler du matériel hospitalier ?

— Non, monsieur. On veut que vous les aidiez eux à voler du matériel hospitalier, mais on les attendra sur place.

— Eh bien, s'est-il exclamé. Je regarde peut-être trop de séries policières à la télé, mais je pensais que je vous exposerais le problème, que vous glaneriez quelques indices et que vous retrouveriez ces salauds.

— Ces salauds ne laissent pas beaucoup d'indices, lui ai-je répondu.

— Et laquelle des remarquables infrastructures médicales de notre ville avez-vous élue pour servir de victime ?

— Si vous parvenez à convaincre le directeur, lui ai-je répondu, le Hudson Hospital.

— Que lui vaut cet honneur ?

— La raison est double. D'abord, le facteur sécurité a joué. Ces voyous sont copieusement armés.

Jusqu'à présent, ils n'ont pas utilisé leurs armes, mais s'ils tombent dans un piège et se retrouvent face à un groupe d'intervention, ils ne se laisseront peut-être pas faire. Le Hudson est en pleine rénovation, et on peut circonscrire l'opération aux deux étages où il n'y a aucun patient ni membre du personnel.

— Et la seconde raison ?

— Nous pensons que le Hudson possède quelque chose qu'ils convoitent, lui a répondu Kylie.

— Ils volent tout et n'importe quoi, a dit Howard. Il me semble que leur philosophie, c'est de prendre tout ce qui n'est pas cloué au sol. Comment pouvez-vous savoir ce qu'ils convoitent ?

— Le docteur Robinson a analysé leur activité, et il s'avère qu'ils sont bien plus sélectifs qu'on le croyait au départ. Ils n'ont jamais volé deux fois le même matériel.

Il a haussé les épaules.

— Et alors ? Un vol, c'est un vol.

— Il y a des nuances, a dit Kylie. Si quelqu'un cambriole un grand magasin et vole cinquante manteaux de fourrure accrochés les uns à côté des autres, il y a des chances pour que ces manteaux se retrouvent sur le marché noir. Mais s'il pique deux manteaux, six robes, quelques tailleurs, cinq paires de chaussures…

— Il donne l'impression de faire du shopping pour sa femme, a observé Howard.

— Exactement. Ces types prennent deux appareils de tel type, trois de tel autre, une machine bien spécifique, et ainsi de suite. La théorie du docteur Robinson, c'est qu'ils se constituent petit à petit un stock de matériel médical pour un seul et même établissement.

— Eh bien. Vous pensez qu'ils approvisionnent leur propre clinique ?

— Oui, mais il leur manque encore certaines choses.

— Et quelle sera leur prochaine emplette, d'après vous ?

— Selon les calculs du docteur Robinson, qui prennent en compte les besoins médicaux d'une large partie de la population et le coût prohibitif du matériel de diagnostic, ils seront probablement tentés de s'équiper d'un mammographe dernier cri, lui a expliqué Kylie.

— Et le Hudson Hospital vient d'en acheter deux, ai-je complété.

— Je connais son directeur, Phil Landsberg, a dit Howard.

— Et nous, nous connaissons le chef de la sécurité, Frank Cavallaro, ai-je ajouté.

Howard Sykes s'est calé dans son fauteuil et s'est massé les tempes avec le bout de ses doigts. Il a fermé les yeux au moins quinze secondes puis a fini par les rouvrir et les lever vers nous.

— Vous pensez vraiment réussir votre coup ?

— Seulement si vous marchez avec nous, lui ai-je répondu. Qu'en pensez-vous, monsieur ? Pouvez-vous nous aider ?

— Ce que j'en pense ? Je pense que c'est du délire. De la folie furieuse à l'état pur, nous a-t-il répondu.

Mais j'appellerai Phil Landsberg demain matin et je tenterai de le convaincre de sombrer avec nous dans la déraison.

## 39

Jeremy Nevins, vêtu d'un simple slip noir échancré, a traversé la chambre au sol moquetté et inspecté le contenu du minibar de l'hôtel.

— Non mais t'as vu le prix de tous ces machins? s'estil écrié. Ce pot de noix de macadamia et cette bouteille d'Heineken coûtent plus cher que ma première voiture.

Nu sous les draps, Leo Bassett a ri et contemplé le corps parfait, nerveux et sculpté de l'homme de trente-deux ans qui se tenait à seulement trois mètres de lui.

Passer la nuit du mercredi au jeudi dans la suite prestige du Morgans était devenu une tradition, leur petite échappée belle à tous les deux. En plus, avec la mort d'Elena, le vol qui avait mal tourné, et cette idée farfelue que Max avait de vouloir vendre leur marque, Leo avait plus de raisons que d'habitude de vouloir échapper à la réalité.

— À quoi tu penses? lui a demandé Jeremy en décapsulant sa bière.

— Je pense que je t'aime à la folie, et que je déteste Max à la folie.

— Je t'aime aussi. Et Max n'est pas si horrible.

— Il est fou. Il veut vendre notre âme au diable. Il va transformer Bassett en McDonald's.

— Ce serait dramatique ! a dit Jeremy en prenant dans le pot une noix de macadamia pour la déposer sensuellement sur sa langue puis l'accueillir à l'intérieur de sa bouche. Sans parler des retombées économiques. Tu deviendrais riche comme Crésus. Même peut-être comme Rothschild. Je sais pas. J'ai pas pris mes fiches.

— Je me fous de devenir ultrariche. Le nom de Bassett incarne le luxe absolu. Quand je me présente, je vois bien comment on me regarde. C'est comme si je disais que je m'appelle Tiffany ou Bulgari. Tu ne te doutes pas une seconde de la sensation que ça me procure !

Jeremy lui a répondu par une moue de petit garçon.

— Je croyais que c'était mon boulot de te procurer des sensations, lui a-t-il dit en posant sa bière et en prenant la pose.

Leo s'est tortillé dans les draps.

— Tu as raison, et tu es en retard au travail.

Jeremy a passé deux doigts sous la ceinture élastique de son slip moulant, s'est léché les lèvres et, lentement, langoureusement, a baissé l'avant de son sous-vêtement.

Leo a écarquillé les yeux, haletant.

*Ils adorent quand le spectacle est de qualité*, a pensé Jeremy, *et Leo est meilleur public que la plupart.*

— Mais d'abord, a dit Jeremy en lâchant la bande élastique, qui a claqué contre sa peau et repris sa place, il faut qu'on parle affaires. J'ai retrouvé le collier.

Leo s'est redressé.

— Tu es sérieux ? Pourquoi tu as attendu maintenant pour me le dire ?

— J'attendais que tu sois réceptif, et de là où je suis, tu m'as l'air carrément réceptif.

— Qui l'a récupéré ?

— Le type qui s'est enfui avec hier soir, Teddy Ryder. Sauf qu'il l'a donné à sa mère. Et, Leo, crois-moi, elle a beau ressembler à la petite vieille qui jouait dans *Les Craquantes*, elle est sacrément dure en affaires, la mémère. Elle négocie comme la patronne d'un syndicat de chauffeurs routiers.

— Combien elle veut en tirer ?

— 175 000.

Leo a haussé les épaules.

— C'est plus que ce qu'on a payé par le passé, mais ça reste une bagatelle. On va palper les 8 millions de la compagnie d'assurances et, même si Max doit retailler les grosses pierres, elles vaudront quand même 5 ou 6 millions.

— Je pensais bien que tu raisonnerais comme ça, alors je lui ai dit tope là. J'ai les 90 000 que tu m'as filés. Il me faut juste 85 000 dollars supplémentaires en liquide d'ici à demain midi.

— Pas de problème, lui a dit Leo. Ne t'enfuis pas avec, c'est tout.

— Ne t'en fais pas, mon ange. Même si tu prétends que tu te moques bien de devenir multimillionnaire, je te promets de ne pas me tirer avec ton fric.

Il était honnête. C'est Annie Ryder qui empocherait les 175 000. Jeremy, lui, voulait simplement le collier. Il n'avait pas besoin que Max retaille les pierres précieuses. Il avait un diamantaire qui l'attendait en Belgique, et un vol KLM pour Bruxelles déjà réservé qui décollait le lendemain soir.

— Bon, assez parlé affaires pour aujourd'hui, tu ne crois pas ? lui a demandé Jeremy.

— Oui, ça suffit comme ça.

Jeremy a saisi la télécommande de la chaîne hi-fi, monté le son, et passé les cinq minutes suivantes à s'effeuiller dans les règles de l'art, ôtant les quelques grammes de Nylon et de Lycra qui l'habillaient. Une fois sa danse terminée, il est resté debout au milieu de la pièce à exhiber son corps nu d'Adonis, outrageusement séduisant.

Leo a soulevé le drap et lui a dit :

— Viens voir papa, mon bébé.

Jeremy s'est glissé dans le lit. L'homme adipeux et pâlichon l'a amené tout contre lui, a fourré sa grosse langue dans sa bouche et plongé un bras entre ses cuisses.

# 40

J'aime le restau de Paola pour trois raisons. Premièrement, pour la cuisine italienne incomparable que Paola Bottero a rapportée de Rome afin d'en faire profiter les États-Unis.

Deuxièmement, pour l'accueil résolument chaleureux que l'on me réserve chaque fois que je passe la porte. Ce soir-là n'a pas dérogé à la règle. Le fils de Paola, Stefano, nous a salués d'un «*Buona sera, dottor Robinson, signor Jordan*» enthousiaste en nous prenant affectueusement dans les bras, et j'ai eu l'impression que nous n'étions pas des clients mais des amis qu'il avait invités à dîner.

Troisièmement, parce que c'est pour moi le lieu de rendez-vous galant incontournable quand je me suis comporté comme un imbécile.

— Une chose est sûre, tu es prévisible, m'a dit Cheryl une fois attablés et le vin servi. Chaque fois qu'on vient ici toi et moi, c'est quand tu m'invites à dîner pour me présenter tes excuses.

— Ça a l'air fou, mais tout est calculé avec méthode, lui ai-je répondu. Si tu me largues, au moins j'ai droit à un repas excellent.

— Je n'ai pas prévu de te larguer. J'adore être avec toi. Je ne suis plus aussi sûre d'être capable de *vivre* avec toi.

— Je suis désolé. J'ai vraiment déconné, hier soir.

— Je ne sais pas si tu as déconné. Je crois que tu étais simplement Zach, fidèle à lui-même.

— Mais tu mérites mieux que ce Zach-là. Tu nous avais préparé une super soirée, et là le téléphone sonne et je te tourne le dos.

— Tu disparais dans la nature.

— Je n'arrêtais pas de penser : *Tu es flic, tu fais juste ton boulot de flic*. Sauf que je n'avais pas été appelé pour le boulot. Mais pour…

Je me suis interrompu. C'était plus difficile que je l'avais imaginé, et j'avais peur d'aggraver mon cas.

— Mais pour *quoi*? a fait Cheryl.

J'ai pris une gorgée de vin.

— Ce matin, je suis passé au restau de Gerri et je lui ai raconté ce que j'avais fait. Elle m'a immédiatement répondu : « Pourquoi tu lui tournes le dos ? » Pardon, « Pourquoi tu disparais dans la nature ? ». Et je lui ai répondu : « Je suis comme ça dès qu'une demoiselle en détresse a besoin de moi. »

Cheryl a ri.

— Au moins, toi, ça te fait rire, ai-je dit. Gerri s'est mise en pétard. Elle m'a dit que Kylie était loin d'être une demoiselle en détresse. Et elle a raison.

Kylie peut se démerder. Elle a donné à un mec un coup de pied dans les couilles aujourd'hui. Pauvre gars, il risque de ne pas marcher droit pendant une semaine.

— J'approuve le diagnostic de Gerri. Kylie peut se débrouiller seule.

— Bref, j'ai réfléchi à tout ça, et cet après-midi, dès que j'ai eu cinq minutes, j'ai tapé « Pourquoi les hommes ont besoin de sauver les femmes » sur Google. J'ai développé ce que vous, les psychologues, vous appelez le syndrome du chevalier blanc.

— Oh là là, Zach. Non, pas du tout.

— Ah bon ?

— Absolument pas. Tu veux mon avis de professionnelle ?

— Allez.

— Au lieu de googler tout ce qui te préoccupe et de prendre pour parole d'évangile ce qu'un imbécile a publié sur son blog, pourquoi tu ne vas pas confier tes problèmes à un ou une psy ?

— J'ai de la chance. J'en ai une juste devant moi.

— Dommage. Tu vas devoir en trouver une avec qui tu n'as pas couché.

— Hmm… Ça risque d'être compliqué.

Elle a trempé deux doigts dans son verre d'eau et m'a éclaboussé.

— Cette conversation est officiellement terminée. Parlons d'un truc marrant… Tiens, dis-moi ce qu'Howard Sykes a pensé de mon idée.

— Il n'est pas rassuré, mais il est partant. Est-ce que je peux ajouter une chose concernant le sujet que tu ne veux plus aborder ?

— Une chose, pas plus.

— Je veux juste que tu saches que je fais des efforts. J'ai dit à Kylie qu'on sortait dîner et je l'ai priée de ne pas m'appeler. Je me suis dit que si j'essayais de perdre du poids, je ne ferais pas des provisions d'Oreo et d'Häagen-Dazs. Même principe. Si je la tiens à distance, je ne pense pas à elle.

Elle n'a pas dit un mot. Cette fois-ci, cette conversation était bel et bien officiellement terminée.

Pendant l'heure qui a suivi, on a mangé, bu, ri et discuté : ce dîner a comblé toutes mes espérances. Ni elle ni moi n'avions de place pour un dessert, mais ça n'a pas empêché Paola de faire porter à notre table une tarte au citron absolument renversante puis de se joindre à nous cinq minutes pour prendre des nouvelles.

Jusqu'à ce moment-là, tout allait bien entre nous.

C'est alors que mon portable a sonné. J'ai regardé le nom qui s'affichait, touché « Refuser », puis rangé en vitesse le téléphone dans ma poche.

— C'était qui ? m'a demandé Cheryl.

— C'était Kylie, mais je ne prends pas les appels des demoiselles en détresse ce soir.

Cheryl a ri.

— Tu es sérieux ? C'était vraiment Kylie ? Alors que tu lui as demandé de ne pas t'appeler ?

— On dirait que je ne suis pas le seul à avoir besoin d'un psy.

Notre serveur nous apportait l'addition lorsque le téléphone de Cheryl a sonné. Elle a jeté un œil à l'écran et l'expression de son visage a changé. Cet appel était sérieux. Elle a décroché.

Je n'ai entendu de la conversion que ses propos à elle. Elle n'a pas dit grand-chose, mais les quelques mots qu'elle a réussi à articuler laissaient présager quelque chose d'inquiétant :

— Oh non. Ils en sont sûrs ? Oh là là, je suis désolée.

Et, pour terminer :

— Zach et moi sommes à l'angle de la 92e Rue et de Madison Avenue. Passe nous prendre. On t'accompagne.

Elle a raccroché. Des larmes ruisselaient sur son visage.

— C'était Kylie, m'a-t-elle dit. Elle vient de recevoir un appel de la capitaine du commissariat du 44e, dans le Bronx.

— Merde. Qu'est-ce qui s'est passé ?

— Ils ont trouvé le corps de Spence sur un terrain vague. Il s'est pris une balle dans la tête.

# PARTIE 3

## Les diamants sont éternels, mais souvent l'éclat est terne

# 41

— Des détails ? ai-je demandé.

— Juste les grandes lignes, m'a répondu Cheryl. Coup de fil anonyme à la police... Le premier flic sur place a pu identifier Spence : son portefeuille traînait par terre. Pas de billets à l'intérieur, mais le nom de la personne à prévenir en cas d'urgence : « Épouse – Inspectrice Kylie MacDonald, NYPD ». Ça a provoqué un branle-bas général. Évidemment : un homme à terre qui fait partie de la grande famille par alliance... Je n'en sais pas plus, si ce n'est que Kylie est en route pour identifier le corps.

— Oh là, j'espère qu'elle ne conduit pas.

— Elle n'est pas folle à ce point et, même si elle essayait, personne n'est assez fou pour la laisser faire.

Nous étions à l'angle de la 92e et de Madison, et je me suis éloigné du trottoir pour mieux voir ce qui se passait dans l'avenue. Des gyrophares repeignaient la nuit en bleu deux mètres plus loin. Pas de sirènes, mais le convoi se déplaçait vite.

— Les voilà, ai-je dit à Cheryl. Je ne sais pas quand je serai à l'appart, mais je t'enverrai un texto, et je te tiens au courant.

— Un *texto*? a-t-elle répliqué, d'une voix soudain cassante. Zach, qu'est-ce que tu imagines? Je viens avec toi.

Sa réponse m'a décontenancé.

— Cheryl, c'est une scène de crime. Depuis quand tu…

— *Depuis quand?* Le mari d'une officière de police a été assassiné. C'est mon *métier* de réaliser une évaluation psychologique de Kylie pour déterminer si elle est apte au travail. Et, pour avoir fait ça bien trop souvent par le passé, je peux te dire qu'il y a toutes les chances qu'elle ne le soit pas.

— Désolé, lui ai-je répondu. On est tous sous le choc. Je n'ai plus les idées claires.

Elle s'est tue, et je me suis demandé si, d'une simple remarque imbécile, je venais de démolir l'excellent travail de réconciliation de ces deux dernières heures.

Le convoi s'est garé : deux voitures de police suivies d'un fourgon Ford, puis deux autres véhicules de police. Le fourgon s'est arrêté juste devant nous, et un uniforme en est aussitôt descendu pour ouvrir la portière coulissante. J'ai grimpé à l'arrière, et Cheryl a pris place sur la banquette centrale à côté de Kylie. Elle était en pleurs, Cheryl a passé un bras autour de ses épaules pour la consoler, si tant est qu'il ait été possible de lui apporter une consolation.

— C'est ma faute, a dit Kylie dès qu'on s'est mis à rouler. Je n'aurais jamais dû le virer de l'appartement.

— Tu ne l'as pas viré, lui a dit Cheryl. Tu l'as fait admettre en cure.

Kylie a secoué la tête.

— Dans un centre de jour. J'aurais pu le laisser vivre à l'appart.

— Tu crois vraiment que ça aurait changé quelque chose? lui a répondu Cheryl, d'une voix réconfortante et dénuée de tout jugement. Les toxicomanes mettent leur vie en danger tous les jours – ils sont comme ça. Personne ne peut les en empêcher, et quand ça se solde par un drame, ce n'est jamais que de leur propre faute. Je sais que tu le sais.

Kylie a acquiescé et chuchoté :

— Merci.

Cheryl a jeté un rapide coup d'œil derrière son épaule et m'a glissé un regard, au cas où je n'aurais toujours pas compris pourquoi elle était de la partie.

La circulation était clairsemée, et la ribambelle de lumières stroboscopiques a eu vite fait de disperser tous les véhicules qui nous bloquaient le passage pour nous laisser filer à travers Spanish Harlem, traverser le pont de Madison Avenue, et rejoindre la pointe sud de l'arrondissement le plus meurtri de notre ville.

Dans les années 1970, le quartier sud du Bronx avait abrité la plus grande concentration de vols, de meurtres, de viols et d'incendies volontaires des États-Unis. Un cri de détresse, « Le Bronx brûle », avait résonné à travers l'Amérique. Aujourd'hui, de nouvelles constructions étaient venues remplacer quantité d'immeubles ravagés par les flammes, mais la moitié de la population vivant sous le seuil de pauvreté, le quartier attirait toujours les gangs, les revendeurs de drogue et les criminels dangereux.

Nous avons pris la 163e Rue Est. J'ai pensé à tous les endroits de la ville qui auraient été « plus sûrs » pour toper, et je me suis demandé ce qui pouvait amener un camé en col blanc dans les rues sombres et peu accueillantes du South Bronx, à l'ombre du Yankee Stadium.

C'est alors que les propos de Cheryl ont trouvé un écho dans mon cerveau. « Les toxicomanes mettent leur vie en danger tous les jours – ils sont comme ça. » Pour Spence Harrington, c'était la fois de trop.

Le fourgon s'est arrêté, la portière s'est ouverte, et un homme de grande taille vêtu d'un blouson du NYPD s'est présenté à Kylie :

— Inspecteur Peter Varhol, lui a-t-il dit. Mes condoléances, inspectrice MacDonald.

Il nous a conduits sur le lieu de l'infraction. Kylie et moi avions assisté maintes fois à ce genre de scène : un bout de terrain pestilentiel dans les entrailles de la ville, une transaction qui a mal tourné, un corps gisant sous un drap. Certains flics disent qu'ils sont vaccinés, mais moi ça me prend à chaque fois aux tripes. Sauf que cette fois, c'était personnel.

Cheryl et moi sommes restés à distance par respect, et nous avons laissé Kylie s'approcher du corps.

Un technicien a retiré le drap, et elle est tombée à genoux. Quelques secondes plus tard, elle s'est effondrée sur lui, secouée de sanglots.

Cheryl s'est avancée, s'est agenouillée à côté d'elle, a fait un signe de croix puis s'est relevée brusquement.

— Zach, m'a-t-elle dit, avec un mouvement de tête vers le corps.

Je me suis approché et agenouillé à côté de Kylie. En plein milieu du front, l'homme au sol avait un trou recouvert d'une croûte de sang séché. Ses yeux étaient écarquillés, son visage figé dans une expression de totale incrédulité.

Il était mort. Tué de sang-froid. Mais ce n'était pas Spence.

## 42

— C'est la première fois que je foire l'identification d'un corps, a dit l'inspecteur Varhol à Kylie. Vous devez me prendre pour un crétin.

— Ce n'est pas votre faute, lui a répondu Kylie. Le premier policier sur place a vu mon nom dans le portefeuille de Spence. Il m'a appelée avant même que vous arriviez.

— Je sais, mais ce flic est un bleu, a expliqué Varhol. La victime ressemble suffisamment à la photo du permis de conduire de votre mari pour qu'on les confonde, mais putain, une fois sur place, j'aurais dû y regarder de plus près.

Son mea culpa était largement disproportionné. J'étais en train de penser que ce Varhol était un chic flic quand il a habilement changé de disque.

— Vous le reconnaissez, j'ai l'impression? lui a-t-il dit.

Kylie n'avait pas spontanément nommé la victime, mais Varhol possédait un instinct de flic qui ne le trompait pas, et il l'avait déstabilisée juste assez pour la prendre au dépourvu.

La rétention d'informations, passe encore. Le mensonge, c'est une autre affaire. Kylie a avoué :

— Il s'appelle Marco. Je ne connais pas son nom de famille. Mon mari est producteur télé, et Marco travaillait pour le traiteur qui livre les repas à l'équipe de prod de Spence.

Varhol a attendu la suite, mais Kylie ne comptait pas lui en apprendre plus.

— Inspectrice MacDonald, lui a-t-il dit, on est sur un trafic de stups qui a tourné au vinaigre. Si votre mari consomme, c'est votre problème. Mon problème à moi, c'est que j'ai un homicide à résoudre, et j'ai besoin de toute l'aide qu'on peut m'offrir.

Kylie l'a mis au courant de ce qu'on avait trouvé à l'appartement de Shelley.

— Et alors, ce gamin, Seth, vous connaissez son nom de famille, à lui ?

— Non.

— Et vous ne sauriez pas où je peux le trouver, par hasard ?

— Il travaille aux studios Silvercup. Vous n'avez qu'à y passer demain aux aurores. Généralement ils commencent à 7 heures.

— Demain, a répété Varhol.

— S'il vous plaît, lui a dit Kylie.

Varhol a consulté sa montre.

— Il est 22 h 30. Je dois pouvoir patienter jusqu'à demain.

Le vulgum pecus qui aurait écouté leur conversation les aurait pris pour deux flics en train de parler logistique, mais je m'y connaissais suffisamment pour lire entre les lignes.

Seth pouvait détenir des renseignements susceptibles de mener au meurtrier, et Varhol voulait l'interroger sans attendre. Kylie elle aussi souhaitait s'entretenir avec Seth, parce qu'il pouvait peut-être la mener à Spence. Mais elle n'avait rien à voir avec cette affaire ni avec l'enquête officielle, alors Varhol lui laissait jusqu'au lendemain 7 heures pour faire ce qu'elle fait systématiquement : une entorse au règlement.

— Merci, lui a-t-elle dit.

— Et quand vous aurez retrouvé votre mari, a-t-il ajouté, appelez-moi. J'ai son portefeuille, et je voudrais bien savoir comment il a atterri dans la poche d'un mort.

Il s'est éloigné vers son technicien de scène de crime pour lui causer, et il nous a laissés, Kylie, Cheryl et moi, discuter en privé.

— Il faut qu'on trouve Seth ce soir pour lui parler, a déclaré Kylie.

— On peut commencer par appeler Shelley Trager, lui ai-je dit.

— Non. Spence lui en a suffisamment fait baver. On n'a qu'à appeler Bob Reitzfeld. Il peut accéder au fichier des employés, et il sait garder un secret.

— Qui est Bob Reitzfeld ? m'a demandé Cheryl.

— Il a fait partie de la famille pendant trente ans, lui ai-je répondu. Un flic en or. La retraite ne lui réussissait pas, alors il s'est trouvé un boulot d'agent de sécurité à Silvercup à 15 balles de l'heure.

Aujourd'hui il est responsable du service. Kylie a raison. Reitzfeld peut nous aider.

Cheryl a regardé Kylie.

— Tu es sûre d'être en état ?

— Je sais pourquoi tu es là, docteur Robinson, lui a répondu Kylie. Si c'était Spence qui gisait par terre, tu m'enchaînerais à un bureau plutôt que de me laisser monter au front, et je ne discuterais pas. Mais ce n'est pas Spence, alors crois-moi quand je t'assure que ça va. Ça va très bien.

Cheryl a opiné du chef.

— Dans ce cas, je ne veux pas te ralentir.

Elle m'a regardé.

— … Vous ralentir.

— Qu'est-ce que tu vas faire ? lui ai-je demandé.

— Moi ? a dit Cheryl en réussissant à prendre un air à la fois innocent et taquin. Ça grouille de flics, ici. Je vais dégoter le plus beau et lui demander de faire le taxi jusqu'à Manhattan.

— Alors je te retrouve plus tard à l'appart, lui ai-je dit.

Demi-haussement d'épaules à mon intention.

— Si tu as de la chance.

# 43

J'ai appelé Bob Reitzfeld chez lui.

— Ça alors, a-t-il dit quand je lui ai parlé de Marco. Je l'aimais bien, mais c'était qu'une question de temps avant qu'il parte les pieds devant, le salaud. Je suis content que ce ne soit pas Spence.

— Et Seth ? Tu le connais, ce gamin ?

— Seth Penzig, m'a-t-il répondu. Lui, je ne l'aime pas.

— Je n'ai pas encore rencontré quelqu'un qui l'apprécie. Pourquoi le studio ne le fout pas à la porte ?

Il a ri.

— Pour un flic futé, Zach, tu poses parfois des questions connes. C'est le show-business. S'ils se débarrassaient de tous les trous du cul et de tous ceux qui se plâtrent les narines, il ne resterait ni show, ni business. Spence a bousillé deux décors, mais combien tu paries qu'il sera réinvité dès qu'il se sera racheté une conduite ?

— Il faut d'abord le retrouver, et pour ça il faut trouver Seth. Tu peux nous aider à lui mettre le grappin dessus ? On n'a pas beaucoup de temps.

— Je t'ai sorti son adresse perso pendant que tu causais, m'a-t-il dit. Il habite à Woodside, sur la 39e Avenue, au 631. C'est suffisamment rapide à ton goût ?

Je l'ai remercié et me suis arrangé pour que le fourgon nous emmène, Kylie et moi. Woodside était un quartier du Queens pas loin de Silvercup avec une population majoritairement ouvrière. L'appartement de Seth se trouvait au deuxième étage, au-dessus d'un bar à ongles.

On a sonné à l'interphone, et la porte de l'immeuble s'est ouverte sans que Seth nous ait posé la moindre question.

— Il n'a même pas demandé qui c'était, a fait remarquer Kylie. Il doit attendre une livraison.

Je ne sais pas ce que Seth attendait, mais sûrement pas nous. Il a ouvert la porte de son appartement, jeté un regard, et tenté de nous la claquer au nez. Mais Kylie l'a poussé, et lui derrière avec, le forçant à reculer à l'intérieur de son appartement en chancelant.

— Vous n'avez aucun motif valable, nous a-t-il dit. J'ai rien fait de mal.

— Ça empeste la marijuana ici, lui a rétorqué Kylie, ce qui nous donne un motif plus que valable et qui, d'après le code pénal de l'État de New York, livre 3, titre M, article 221, se trouve être non seulement quelque chose de « mal » mais aussi de parfaitement illégal. Et ce bang sur la table ne risque pas de plaider en ta faveur.

Elle a fait un pas vers lui, et Seth s'est mis les mains devant les couilles pour faire bouclier.

— Mais ne t'en fais pas, je vais fermer les yeux sur l'usage de stups, lui a-t-elle dit, parce que ton pote Marco s'est fait buter ce soir, et tu viens de monter en grade en passant de simple fumeur de crack à suspect dans une affaire de meurtre.

L'aplomb que Seth avait à revendre s'est fait la belle. Il s'est assis au bord d'une table basse criblée de marques de joints écrasés, et il a eu l'air d'accuser le coup.

— Marco, c'était mon pote. C'est pas moi qui l'ai buté. J'ai même pas de flingue.

— Et un alibi ? T'en as un ? l'a pressé Kylie. Vous êtes allés où, Marco et toi, après qu'il t'a aidé à traîner ta carcasse boiteuse hors de l'appart de Shelley Trager, ce matin ?

— À Starbucks. On buvait un café au moment où Spence m'a appelé. Il nous a filé un rencard dans un hôtel.

— Quel hôtel ?

— Je sais même pas s'il a un nom. C'est un de ces gourbis sur la Bowery qui loue des piaules à l'heure.

— On est assez loin du style de Spence, a affirmé Kylie.

— C'était l'idée. Il voulait pas aller là où on risquait de le reconnaître.

— Qu'est-ce qui s'est passé quand vous êtes arrivés à l'hôtel ?

— Spence avait de la came, mais c'était de la merde, coupée avec du lait en poudre. Marco a dit qu'il avait un plan pour pécho une C de taré dans le Bronx. De la colombienne – pure à quatre-vingt-quinze pour cent. Spence était grave chaud. Il a dit qu'il était OK pour toper à condition que ce soit Marco qui passe la chercher. Marco a dit : « C'est pas donné. T'as combien sur toi ? » Là Spence était déjà bien *chéper*, alors il sort son portefeuille et il lui fait : « Prends tout, et reviens pas les mains vides. » Et Marco lui fait : « Le gars accepte pas le plastique » ; il vire les cartes bleues de Spence, fourre son larfeuille dans sa poche à lui et se tire. C'est la dernière fois que je l'ai vu. Juré.

— Et Spence ?

— Sur ma vie, mademoiselle, ton mari il est fou. Une demi-heure après, il était enragé. Incapable d'attendre le retour de Marco. Il me sort qu'il s'arrache dans le Meatpacking District, comme quoi il peut entrer en boîte avec un accès VIP. Et là il me dit de l'appeler quand Marco rentrera.

— Et ensuite ?

— J'attends deux heures. Pas de Marco. Je me dis qu'il a dû ramasser la dope et qu'elle est déjà au fond de ses naseaux. Pas de Spence non plus parce que, putain, le mec il a une carte Amex Platinum, alors il doit être en train de tiser du Grey Goose à 500 dollars la bouteille. Du coup je me casse, normal, je prends le métro jusqu'au Queens et je chope un pack de bières à l'épicerie vers 21 heures, là j'ai un témoin qui peut confirmer que j'étais pas avec Marco.

— Bouge pas, lui a ordonné Kylie.

On a marché jusqu'à un coin de sa kitchenette, d'où on pouvait discuter en privé tout en gardant un œil sur lui.

— On n'ira nulle part avec lui, m'a-t-elle dit. Je ne pense pas qu'il soit d'une grande aide à Varhol non plus, mais tu devrais l'appeler et le faire venir. Peut-être que Seth pourra se souvenir du nom du dealer avec qui Marco avait rendez-vous.

— Qu'est-ce que tu comptes faire ?

— Je vais appeler Jan Hogle et lui dire de surveiller les paiements effectués avec les cartes bleues de Spence. D'autres idées ?

— J'en ai une. Mais tu ne vas pas aimer.

— Vas-y toujours.

— Arrête de chercher Spence et mets-toi sur la piste des meurtriers et des voleurs que la Ville de New York te paie pour rechercher.

— T'avais vu juste pour le « Tu ne vas pas aimer », m'a-t-elle dit. Mais tu as raison. C'est mon boulot. Sans compter que j'ai plus de chances de retrouver la trace d'un meurtrier, d'une bande de voleurs de matériel médical et d'un collier à 8 millions que celle de mon mari.

# 44

Annie Ryder pouvait s'endormir n'importe où, même sur un rocher. Mais pas ce soir-là. Elle était couchée depuis plus d'une heure et son cerveau continuait à tourner à plein régime tel Dale Earnhardt Jr en pleine course à Talladega.

Elle n'était pas inquiète pour Jeremy. Il voulait le collier, elle voulait l'argent : ce serait facile. Annie était aux prises avec la partie la moins évidente. *Et après ? On va où, Teddy et moi ? On fait quoi ?*

Elle a quitté le lit et s'est fait du thé, qu'elle a arrosé de whisky. Mais les réponses ne lui sont pas davantage apparues, et les questions ont continué à la tarauder. Elle est allée jusqu'au buffet du salon et a soulevé Buddy.

— Voilà pourquoi je ne t'ai pas dispersé aux quatre coins de Vegas, lui a-t-elle dit en l'emportant dans la chambre.

Elle l'a posé sur la table de nuit et a collé ses mains de part et d'autre de l'urne en bronze.

— Pardon de troubler ton repos éternel, mais il faut bien que l'un de nous deux s'inquiète pour notre fils. C'est toi qui es de garde, cette nuit, que je puisse dormir un peu.

Un fourmillement chaud lui a indiqué que Buddy était prêt à remplir sa mission. Elle lui a donné un baiser pour lui souhaiter une bonne nuit, a éteint la lumière et s'est endormie en quelques minutes.

Le lendemain matin, elle a remis à Teddy une courte liste de choses à faire et une longue liste de choses à ne pas faire.

— Pourquoi je ne peux pas t'accompagner ? a-t-il demandé à Annie pendant qu'elle changeait son bandage.

— Mmm, réfléchissons. Parce que tu dois rester là pour t'occuper du chat, parce que tu dois te reposer, et… j'essaie de me souvenir… il y avait une troisième raison. Ah oui…

Elle lui a flanqué une grande tape maternelle derrière la tête.

— … Et parce que tu es recherché pour vol à l'arraché et pour le meurtre d'Elena Travers.

— Je peux me déguiser. Autrement, qui va te protéger dans le métro ?

— Ne t'en fais pas. Je ne vais pas prendre le risque d'emporter un collier à 8 millions sur la ligne N, que quelqu'un soit là ou pas pour me protéger. J'ai demandé à Bob le Déménageur de me conduire à Manhattan, de m'attendre et de me ramener.

— Bob le Déménageur ? a dit Teddy en fronçant les sourcils. Je sais pas trop, m'man. Tu es sûre que c'est une bonne idée ?

— Détends-toi, gamin. Bob fait partie de ces types qui ne posent jamais de questions. Pour ce qui le concerne, il m'emmène chercher un truc en ville. Il n'en sait pas plus, et crois-moi, il n'a aucune envie de connaître les détails. Je lui fais confiance.

— Moi aussi je lui fais confiance, mais c'est pas un peu de la folie d'y aller en camion de déménagement ? Vous allez avoir du mal à passer incognito.

Annie a soupiré. Voilà pourquoi Teddy avait besoin d'elle. Comme Buddy ne cessait de le répéter : « Ce pauvre gosse ne saurait pas par où sortir d'une pièce avec quatre portes si trois étaient grandes ouvertes. »

— Non, mon chéri, lui a-t-elle répondu. C'est juste son surnom. Il n'est plus déménageur, il a pris sa retraite il y a quelques années.

— Pigé, a répondu Teddy. Qu'est-ce qu'il conduit, maintenant ?

— Une Jeep Cherokee.

Le regard de Teddy s'est illuminé, et Annie a vu venir la suite :

— À partir de maintenant, on devrait l'appeler Bob le Cherokee.

— C'est finaud, fiston, a-t-elle répliqué en achevant de fixer son bandage. Je vais le lui dire.

Annie s'est laissée aller en arrière dans son fauteuil et a fermé les yeux. Elle n'avait toujours pas trouvé où Teddy et elle s'enfuiraient une fois en possession de l'argent, mais elle était sûre d'une chose : il n'était pas assez intelligent pour survivre seul à New York.

Elle l'a pressé de regagner l'autre appartement et a passé en revue une dernière fois avec lui sa liste des choses à ne pas faire.

— Tu reviens à quelle heure ? lui a demandé Teddy.

— J'ai rendez-vous avec Jeremy à midi. Si tout se passe comme prévu, tout ça devrait prendre dix minutes. Ensuite on reprendra l'autoroute, et comme ça roule bien à cette heure, je devrais être rentrée pour 13 heures.

— Cool, a dit Teddy. Tu pourras me rapporter à déjeuner ?

— Bien sûr. Qu'est-ce qui te ferait plaisir ?

— Mmm, réfléchissons. Un sandwich au pastrami, un soda à la vanille, et… j'essaie de me souvenir… il y avait une troisième chose. Ah oui…

Il s'est tapé le front.

— … 175 000 dollars.

Annie a éclaté de rire. Parfois ce gosse était moins idiot qu'elle le pensait.

# 45

Quand je suis arrivé au travail le lendemain matin, Kylie était à son ordinateur.

— Ta copine m'a balancé à la patronne, m'a-t-elle dit sans lever les yeux de son écran.

— Si tu veux dire que le docteur Robinson a envoyé un rapport à la capitaine Cates sur notre excursion nocturne dans le Bronx, je suis déjà au courant, lui ai-je répondu.

— Cheryl t'en a parlé ? m'a-t-elle demandé, considérant qu'après tout j'avais droit à son regard.

— Seulement après les faits. Elle m'a mis au courant sur le chemin du travail ce matin pour me donner une longueur d'avance.

— Pourquoi tu avais besoin d'une *longueur d'avance* ?

— Je ne sais pas. Peut-être au cas où tu aurais été d'une humeur de chien à mon arrivée au boulot. Mais je suis content de constater qu'y a d'la joie, bonjour bonjour les hirondelles.

Elle a écarté une main de son clavier et m'a fait un doigt d'honneur.

— C'est quoi, le problème ? lui ai-je demandé. Cheryl t'a déclarée apte au travail. Fin de l'histoire.

— L'histoire n'est pas finie pour Cates. Elle veut nous voir tous les deux dans son bureau. Maintenant.

— Tous les deux ? C'est entre toi et la patronne. Pourquoi elle veut me voir, moi ?

— Je ne sais pas, Zach. Peut-être que l'avis de Cheryl ne lui a pas suffi. Peut-être que toi aussi tu as ton mot à dire. Tu me trouves apte au travail, docteur Jordan ?

— Oh là, si notre binôme c'est bon flic et mauvais flic, tu es apte à tenir le rôle de la flic la plus ripou de tous les temps, sans hésitation. Mais sinon, tu vas devoir être mise en service restreint.

Elle a levé l'autre main de sorte à pouvoir dresser ses deux majeurs en mon honneur.

— Tu dramatises, lui ai-je dit. Et pour ta gouverne, madame Harrington, ce n'est pas Cheryl qui a mis la patronne au courant pour Spence. La petite carte dans son portefeuille où il y avait marqué « Je suis marié à une inspectrice du NYPD » a fait l'effet d'un Bat-Signal projeté aux quatre coins de Gotham City. Tous les récepteursradio des cinq arrondissements ont crépité. C'est le *système* qui t'a « balancée », pas Cheryl.

— Merci. Je me sens beaucoup mieux en sachant ça.

Elle s'est levée, le mental à l'épreuve des balles, prête à combattre la prochaine perfidie que lui réservait le système. Je l'ai suivie jusqu'au bureau de Cates.

— Je suis désolée d'apprendre ce qui arrive à Spence, a dit Cates alors que nous passions la porte. Je sais ce que c'est que d'être mariée à un toxicomane.

Kylie est restée figée sur place.

— Je… je n'étais pas au courant, a-t-elle balbutié, retrouvant un comportement un peu plus affable.

— Peu de gens le sont. C'est de l'histoire ancienne. Si je vous le dis, c'est juste pour que vous sachiez que Delia Cates comprend ce que vous traversez…

— Merci, lui a dit Kylie.

— … Mais *la capitaine* Cates, elle, s'apprête à vous tomber sur le coin de la gueule comme le marteau de Thor ! a-t-elle ajouté en tapant du poing sur son bureau pour illustrer son propos. Hier soir, on vous a demandé de vous rendre sur une scène de crime. En tant que témoin, *pas en tant que représentante de l'ordre public*, exact ?

— Oui, patronne.

— Une fois que vous vous êtes aperçue que la victime n'était pas votre mari, l'enquêteur principal chargé du dossier a-t-il sollicité votre aide ?

— L'inspecteur Varhol m'a demandé si je reconnaissais la victime. Je lui ai…

Cates l'a interrompu.

— Vous a-t-il demandé de l'*assister* dans son enquête ?

— Non, patronne.

— Donc si Varhol vous a clairement indiqué que vous étiez tricarde, pourquoi je dois me farcir une plainte de Seth Penzig, un civil, qui prétend que vous et Jordan avez fait irruption dans son appartement pour lui dire qu'il était suspecté du meurtre de son ami ?

— *Fait irruption?* C'est du flan. Zach et moi avions un motif. Ça sentait la beuh depuis chez lui jusqu'au bout de la rue.

— Et jusqu'au Bronx, aussi ? Parce que c'est là que vous étiez quand vous avez dit à l'inspecteur Varhol que vous n'aviez pas la moindre idée d'où Penzig habitait.

— On a un peu approfondi les recherches après avoir quitté le Bronx.

— *Approfondi?* Dans quel monde vous vivez pour trouver ça normal de détourner une enquête et d'interroger un potentiel suspect dans une affaire d'homicide confiée à un autre flic ?

— Je cherchais mon mari.

— Et l'inspecteur Varhol cherchait Penzig, mais vous avez décidé que vos besoins personnels passaient avant la mission des forces de police.

Il existe une catégorie de gens qui cherchent à s'extraire de la vase dans laquelle ils sont en train de s'enfoncer. Kylie n'était pas de ces gens-là. Elle prend une pelle et elle creuse. J'ai mis mon grain de sel avant qu'elle s'enlise encore plus.

— Capitaine, lui ai-je dit. Je suis tout aussi fautif.

— Un peu, mon neveu ! lui a rétorqué Cates aussi sec. Qu'est-ce que vous faites ici, d'après vous ?

— C'était une grave erreur, et je suis désolé que ça vous soit retombé dessus. Ce que nous avons fait, Kylie et moi, ne souffre aucune justification.

— Et pourtant je n'entends que ça, des justifications, de la part de votre coéquipière.

— Elle n'avait pas les idées claires. On lui avait dit que Spence était mort, et elle a disjoncté. Ça ne se reproduira plus.

Cates a rouspété.

— Voulez-vous prendre un congé spécial pour raison familiale ? a-t-elle demandé à Kylie.

— Non, patronne.

— Alors si vous tenez à chercher votre mari, faites-le sur votre temps libre, qui risque de devenir rare vu le nombre d'affaires que vous avez à traiter, a déclaré Cates. Mais si vous sortez une nouvelle fois votre insigne du NYPD pour résoudre vos problèmes personnels, vous allez vous retrouver avec plus de temps libre que vous n'en avez jamais rêvé. Circulez, maintenant.

— Tu te rends compte que tu ne lui as même pas présenté tes excuses ? ai-je dit à Kylie sitôt de retour à notre bureau.

— Tu t'es suffisamment repenti pour deux, j'ai l'impression.

— Tu n'as pas bien saisi le concept. Tu es censée assumer tes propres…

Le téléphone de Kylie a tinté pour l'alerter qu'elle avait reçu un texto, et elle m'a aussitôt zappé pour lire le message.

— Eh bah ça ! s'est-elle exclamée.

— Qu'est-ce qu'il y a ?

Elle ne m'a pas répondu. Elle s'est contentée de me passer son portable. Le texto provenait de Q.

*Une de mes poulettes vient de m'envoyer ça. Q.*

C'était une photo d'une jeune femme noire sublime avec un décolleté à paillettes. À côté d'elle, un homme aux yeux vitreux tenait un verre dans une main et avait l'autre main posée sur l'épaule nue de la femme. Autour d'eux, des taches bleues, violettes et rose pétant : la pyrotechnie de toute boîte de nuit qui se respecte. Sous la photo, un texto :

*C'est lui, le mec blanc que tu cherches ? Il dit qu'il s'appelle Spence.*

# 46

La Mercedes S550 gris métallisé stationnait devant le commissariat. Le chauffeur de Q, Rodrigo, a ouvert la portière arrière, et Kylie et moi sommes montés.

Q, costume bleu marine taillé sur mesure, chemise blanche, cravate à larges rayures bleues et or, avait plus l'air d'un capitaine d'industrie que d'un pourvoyeur de poules de luxe et d'infos précieuses.

— Commençons par le plus important, a-t-il dit à Kylie. Passe-moi ton téléphone.

Elle le lui a tendu, et il a effacé la photo qu'il lui avait envoyée.

— Pour citer l'incomparable John Ridley : « La discrétion est un style qui ne se démode jamais. »

— Où est Spence ? lui a demandé Kylie.

— À Atlantic City. Au Borgata. Chambre 1178.

— Hier il était dans une piaule sordide sur la Bowery. Il est monté en gamme. Comment tu l'as retrouvé ?

— Mon business ressemble beaucoup au tien, lui a répondu Q. Notre clientèle, à toi et moi, c'est les riches et les puissants. Si Spence était allé se terrer au fond d'un entrepôt aux alentours du Holland Tunnel, je ne l'aurais jamais su. Mais cinq minutes après son arrivée à l'hôtel, j'ai reçu deux textos : le premier d'un voiturier, le second d'un groom. J'ai demandé à Tanya, la demoiselle de la photo, de m'obtenir une confirmation visuelle. Pour info, elle n'est pas avec lui. Elle l'a juste travaillé au corps assez longtemps pour le prendre en photo... au cas où tu te serais posé la question.

— Pour info, a répliqué Kylie, évidemment que je me posais la question. Merci. Me voilà rassurée. Je pourrais peut-être me faire faire un T-shirt avec l'inscription : « Mon mari ne me trompe pas. Il est juste parti se défoncer. »

— Apparemment, il joue dans la cour des grands maintenant. Je tiens de source sûre qu'un gavroche lui a arrangé un coup avec la tante Hazel.

Aux États-Unis, le commerce illégal de stupéfiants a recours à un vaste lexique d'expressions urbaines destinées à jeter un voile de mystère sur ses activités. De nouveaux noms de code naissent chaque jour, mais les vieilles tantes célibataires sont là depuis des décennies. La tante Mary, c'est la marijuana, la tante Nora la cocaïne, et la tante Hazel est la plus mortelle de toutes : l'héroïne.

— Je suis désolé d'être le porteur d'une si triste nouvelle, a dit Q, mais au moins vous savez où il est – pour le moment. Si j'étais vous, j'irais sur place fissa.

— *Fissa?* lui a répondu Kylie. Atlantic City, c'est six heures aller-retour.

— Pas si vous avez des gyrophares et des sirènes et que l'aiguille du compteur de vitesse passe la barre des trois chiffres…

— Le NYPD voit rarement ça d'un bon œil quand un flic emprunte une voiture pour résoudre ses problèmes de couple, lui a objecté Kylie. Je te remercie pour ton aide, mais je ne peux pas quitter la ville aussi longtemps.

— Et si je fais en sorte que Rodrigo active les choses pour vous ?

— *Active les choses?* s'est étonnée Kylie. Oh mais oui, quelle jolie déclaration d'amour si je demande à un gars de foutre mon mari dans le coffre d'une Benz et de le trimbaler sur deux cents kilomètres d'autoroute.

Q a ri.

— J'avais oublié que ton cerveau de flic réfléchissait comme ça. Je te proposais juste de vous conduire là-bas en hélicoptère. NYC vers ACY, durée du vol : trente-sept minutes.

— Tu possèdes un…, a dit Kylie en décrivant dans le vide un mouvement hélicoïdal avec l'index.

— Disons simplement que j'y ai *accès*. Mes employées peuvent être requises à tout moment du jour ou de la nuit, alors je ne peux pas trop compter sur les transports publics. Par ailleurs, mes clients ne voient aucun inconvénient à payer un supplément pour cette prestation.

— Tes clients ont 5 000 balles à dépenser dans un voyage express par voie aérienne vers le paradis du stupre. Moi, je n'ai pas les moyens de me payer cette petite folie.

Q s'est efforcé de ne pas avoir l'air vexé.

— S'il te plaît… Depuis quand laisse-t-on des questions d'argent entacher notre relation ? Ce voyage est un cadeau.

— Quand on emmène sa mère faire un tour dans les airs, c'est un cadeau. Quand on emmène un flic, c'est un bakchich. Merci, ça ira.

— Allons bon, Kylie ! Je te fais une fleur, tu me fais une fleur. C'est le fondement de notre relation. Je t'aide à remonter un toxico. Un jour, tu me renverras l'ascenseur. C'est donnant-donnant. Pourquoi changer les règles maintenant ?

Il s'est tourné vers moi.

— … Zach, tu veux bien raisonner la petite ?

— Seulement si tu m'expliques ce qui se passe, lui ai-je dit.

Q m'a lancé un regard ahuri.

— De quoi tu parles ? Il ne se passe rien. J'essaie d'aider ta coéquipière.

— Tu l'as *déjà* aidée. Tu as retrouvé son mari. Normalement, c'est à ce moment-là que tu t'éclipses. Sauf que là, tu continues à nous aider. Alors forcément, je me demande : « Pourquoi Q tient-il à emmener Kylie à Atlantic City au point de lui proposer le transport en hélico à ses frais ? » Je ne vois qu'une seule réponse : tu as quelque chose à y gagner. Est-ce que tu souhaites nous révéler quoi ?

— D'accord, je vous dis tout. Je donne une soirée au Borgata ce week-end. Mes plus gros clients : sept barons du pétrole venus du Texas, tous blancs, tous mariés, tous épris des belles femmes noires. L'argent n'est pas un problème pour eux. Tout ce qui les intéresse, c'est que leur vie privée reste privée. Dimanche matin, c'est jour de paie, ils me versent une grosse somme en liquide et ils reprennent l'avion pour rentrer chez eux, et j'ai peur que Spence foute tout en l'air.

— En faisant quoi ?

— C'est un gros producteur télé, et il est marié à une flic. Si on le retrouve mort au fond d'un lit, l'hôtel va devenir le lieu d'un cirque médiatique, et mes cow-boys, qui n'ont aucune envie de défrayer la chronique, vont tout annuler avant même que la fête ait commencé. Vous voulez bien me filer un coup de main ?

— Peut-être, lui ai-je répondu. Sors de la voiture pour qu'on discute, Kylie et moi.

Il ne s'est pas fait prier.

— Tu veux poser un jour de congé pour raisons perso et y aller maintenant en voiture ? ai-je demandé à Kylie dès qu'on s'est retrouvés seuls.

— Non. J'arrête de faire passer l'addiction de Spence avant ma carrière. Je pointerai à 18 heures, je louerai une voiture et je serai de retour avant demain matin. Toi, tu restes ici et tu me couvres.

— Tu irais beaucoup plus vite en hélico.

— J'ai fait des tas de bêtises, Zach, mais je ne me suis jamais laissé corrompre.

— Tu ne te laisses pas corrompre, lui ai-je répondu. Q est notre meilleur indic. Il vient de nous apporter Raymond Davis et Teddy Ryder sur un plateau. C'est comme il a dit, donnant-donnant. On ne pourrait jamais lui offrir de carte de sortie de prison, mais on peut bien lui enlever une épine du pied si elle gêne ses affaires. On y va tous les deux ce soir, en hélico. Je t'aide à traîner ton légume de mari jusqu'à un centre de désintox, et si ton téléphone sonne, ou le mien, on ne sera qu'à trente-sept minutes de New York. Tout le monde y gagne.

— Mon Dieu, m'a-t-elle répondu. J'ai créé un monstre. Tu commences à penser comme moi.

— J'ai l'impression qu'on s'écharpe alors qu'on est d'accord.

— Carrément, m'a-t-elle dit, un large sourire s'épanouissant sur son visage.

C'était la première fois que je la voyais sourire depuis qu'elle avait mis à Seth Penzig un coup de pied dans les couilles. Le ciel s'éclaircissait.

# 47

Annie Ryder était suffisamment avertie pour éviter de commettre l'erreur de noyer son fils sous un déluge d'informations. Ce qu'elle n'avait pas dit à Teddy, c'était que Bob le Déménageur était également connu sous le nom de Robert Beatty, un lieutenant du corps des Marines des États-Unis. Loup solitaire, cet ancien tireur embusqué avait réglé leur compte à plusieurs personnages influents au Liban, en Somalie, au Nicaragua, et dans d'autres localités top-secret connues d'un petit nombre de généraux et de leur commandeur en chef, Jimmy Carter.

Sous ses airs de bande-mou, Jeremy avait déjà zigouillé Raymond Davis, et il avait manqué Teddy de peu. Annie ne comptait pas prendre le moindre risque. Bob n'était pas au courant de ces menus détails, mais si Jeremy envisageait de s'en prendre à elle, il devrait d'abord se frotter à cent vingt kilos de muscles saillants, vaillants et entraînés au combat.

Bob a garé la Jeep au parking sur Essex Street, et le couple improbable a pris deux fois à gauche jusqu'au 205 East Houston.

Ils avaient déjà passé en revue la logistique. Annie est entrée la première. Elle a aussitôt humé de pénétrants arômes de corned-beef, de bouillon aux boulettes de matza, de foie de volaille haché et d'un pastrami dont l'odeur seule suffisait à boucher les artères. Ces mets pour lesquels Buddy s'était dit prêt à risquer sa vie.

Célèbre pour ses spécialités juives, Katz's Deli était l'une des attractions touristiques new-yorkaises les plus populaires, La Mecque des gourmets de tout poil. Pour Annie, c'était l'endroit parfait pour la transaction. Étant donné sa forte fréquentation, elle était sûre d'être en sécurité. De plus, au milieu de tous les clients qui affluaient à l'heure du midi, elle passerait pour une vieille dame anonyme et n'éveillerait pas l'attention.

Elle s'est approchée du comptoir et a commandé le déjeuner de Teddy, à emporter, ainsi qu'une saucisse de bœuf à l'ail et une bouteille de Dr Brown's Cel-Ray pour sa consommation personnelle. Elle s'est trouvé une table au fond du restaurant d'où elle a regardé Bob entrer, s'acheter un sandwich et s'attabler à cinq ou six mètres d'elle.

Jeremy s'est pointé à midi pétant. Il a contourné le comptoir, a balayé la pièce du regard, repéré Annie, et a pris place à sa table.

— On fait ça en vitesse, lui a-t-il dit en faisant glisser par-dessus son épaule la bandoulière de sa sacoche en toile pour la poser par terre. Tout le fric est là-dedans. Vous pouvez vérifier que ce sont des vrais, mais inutile de me demander si vous pouvez emporter le sac aux toilettes pour les compter.

Annie a ramassé la sacoche et défait la boucle de la poche avant. Les liasses de billets de 100 dollars à l'intérieur avaient l'air, l'odeur et la texture de coupures authentiques. Elle a refermé le sac et l'a soupesé plusieurs fois.

— Qu'est-ce que vous foutez ? lui a demandé Jeremy.

— Je n'ai pas besoin de les compter, lui a-t-elle dit. 1 000 dollars en billets de 100, ça fait le même poids qu'un Big Mac, à peu de chose près. J'ai l'impression que tu as honoré ma commande.

Elle a reposé le sac par terre. Jeremy a grimacé.

— Au départ, je vous prenais pour une vieille bique complètement siphonnée, mais finalement vous êtes aussi roublarde que vicieuse.

— Tiens donc. Quel beau parleur tu fais, lui a répondu Annie. Quand tout sera terminé, on pourra peut-être devenir amis sur Facebook, toi et moi.

Jeremy a sorti de sa poche une loupe de joaillier.

— Je vous ai montré ce que j'avais. À vous de me montrer quelque chose.

Annie a retiré une petite trousse à maquillage noire de son sac à main et l'a fait glisser sur la table. Jeremy a ouvert un menu, a coincé la trousse entre les pages, en a exhumé le collier et l'a examiné à la loupe.

Si un spectateur s'était donné la peine d'observer la scène, il n'aurait rien vu d'autre qu'un client atteint de presbytie en train de loucher sur le menu pour choisir son repas.

Annie a pris une grande inspiration. Pour la première fois depuis que Teddy lui avait téléphoné mardi soir, elle se sentait soulagée. Elle ne savait toujours pas quoi faire de Teddy, mais la sacoche à ses pieds lui ouvrait un tas de possibilités. L'esquisse d'un sourire satisfait a effleuré son visage, et elle a pris une gorgée de soda pour le dissimuler.

Quand soudain – *bang!*

Annie a sursauté. Jeremy venait d'écraser la base de son poing sur la table.

Des têtes se sont tournées. Jeremy s'en fichait. Ses dents étaient serrées, ses mâchoires crispées; ses yeux jetaient des flammes.

— Espèce de salope, vieille manipulatrice, s'est-il exclamé en lui crachant chaque mot au visage.

Il a fourré le collier dans la trousse à maquillage et la lui a balancée. Annie a tenté de comprendre ce qui n'allait pas.

— Je ne pige pas. Quel est le prob…

Jeremy ne s'est pas éternisé pour le lui expliquer. Il a ramassé la sacoche avec les billets de 100, écarté sa chaise de la table et bondi vers la porte. Bob le Déménageur s'est levé. Il s'apprêtait à se lancer à sa poursuite quand Annie lui a fait un signe pour l'en dissuader.

— On met les voiles, lui a-t-elle dit en rangeant brusquement la trousse à maquillage dans son sac à main.

Dix minutes plus tard, ils traversaient le Williamsburg Bridge.

— Ça va? a fini par lui demander Bob.

Annie a baissé les paupières. C'était la première question que lui posait le Marine costaud et taciturne depuis qu'elle l'avait recruté, particulièrement idiote au demeurant vu qu'il avait assisté à la scène. Mais Bob n'était pas idiot. C'était un homme bon qui s'efforçait de ménager les sentiments de la vieille femme, et il ne méritait certainement pas sa repartie piquante :

— Non, ça ne va pas, lui a-t-elle dit en rouvrant les yeux tandis que la Jeep s'engageait sur l'échangeur en direction de l'autoroute. Merci de ta prévenance.

— C'est pas mes affaires, a dit Bob, mais c'était quoi, ce boxon ?

— Je ne sais pas. Je suis toujours sous le choc.

— Désolé, a répondu Bob. C'est le problème avec ces transactions. Parfois, elles partent en vrille.

Les escroqueries, ça pouvait partir en vrille. Ça, Annie le savait. Dieu sait qu'elles pouvaient lui exploser à la figure si le pigeon percutait. Buddy et elle avaient rarement connu cette situation, mais les fois où c'était arrivé, ils n'avaient pas cherché à comprendre. Ils s'étaient contentés de prendre leurs cliques et leurs claques, et leurs jambes à leur cou.

Mais cette transaction-là était réglementaire. Bon, peut-être pas réglementaire, mais en tout cas Jeremy et elle avaient passé un accord. Ils étaient sur le point de le conclure lorsque quelque chose avait effrayé Jeremy. Mais quoi ?

Elle a agrippé le sac en papier de Katz's Deli posé sur ses genoux et fermé les yeux une nouvelle fois. Pour couronner le tout, elle allait devoir expliquer à Teddy pourquoi elle ne revenait qu'avec un sandwich au pastrami et un soda à la vanille. Il lui demanderait pourquoi elle ne rapportait pas l'argent.

Elle n'avait pas la réponse. Peut-être que Buddy saurait, lui.

## 48

Jeremy peinait à déglutir. Il respirait difficilement. Il s'est pris la poitrine pour tenter de calmer la douleur qui lui broyait les côtes. Il avait déjà fait des crises d'angoisse, mais celle-ci était sans précédent.

Il s'est redressé à l'arrière du taxi, a posé ses deux paumes sur ses genoux et pratiqué des respirations longues, lentes et profondes. Cinq minutes plus tard, la vague de panique était passée.

*Tout va bien*, s'est-il convaincu. *Ce n'est qu'un léger contretemps. Détends-toi et réfléchis à ta prochaine manœuvre.*

La première possibilité qui lui a traversé l'esprit consistait à faire exactement ce qu'il avait promis à Leo de ne pas faire : se tailler avec les 175 000 dollars.

Il a chassé cette pensée. Après tout ce qu'il avait traversé, pas question qu'il se satisfasse de clopinettes. Il allait devoir élaborer un nouveau plan. Mais, tout seul, c'était impossible.

— Merde, a-t-il lâché tout haut. On dirait que ma relation avec lui est encore loin de se terminer.

Le taxi l'a déposé devant le Flatiron Building, cet immeuble de bureaux à l'angle de la 5e Avenue et de la 23e Rue. Il était à quelques minutes à pied du palais miniature des frères Bassett sur la 21e, mais il n'aurait jamais commis l'erreur de s'y pointer à l'improviste. Il y avait un espace avec des bancs et des tables sur le large terre-plein qui séparait la 5e de Broadway. Jeremy a acheté à boire à un vendeur avec des bouteilles d'eau dans une brouette, s'est trouvé une table libre, et a bu à petites gorgées. L'eau a coulé dans sa gorge sans problème. Il pouvait déglutir. Il pouvait respirer. *Il pouvait y arriver.*

Il a sorti son portable et envoyé un texto.

*Ça s'est mal déroulé. Je peux passer ?*

La réponse ne s'est pas fait attendre.

*Non!!! Mon frère est là. On se parle + tard.*

Jeremy a vu rouge. *Plus tard?* Il a fini son eau, et il a répondu.

*Choisis MAINTENANT un lieu de RDV ou je tambourine à ta porte.*

Deux minutes se sont écoulées avant que la réponse lui parvienne.

*Le Trailer Park Lounge, sur la 271e Ouest, numéro 23. Dans cinq minutes.*

— Salaud de riche, a dit Jeremy en direction du texto.

Il a mis dix minutes à se rendre au Trailer Park Lounge. Il n'en avait jamais entendu parler, mais sitôt à l'intérieur du restaurant-gril, il a compris ce qui en faisait le lieu de rendez-vous idéal. C'était le genre de boui-boui délibérément beauf que Leo Bassett n'aurait fréquenté pour rien au monde.

Max Bassett, lui, avait l'air parfaitement raccord avec le décor. Il était attablé au fond de l'établissement, vêtu d'un jean et d'une chemise écossaise, et coiffé d'une casquette de baseball miteuse frappée d'un logo qui disait juste « HAT » – autrement dit : « CASQUETTE ». Il avait deux bouteilles de bière devant lui.

— Qu'est-ce que tu entends par « Ça s'est mal déroulé » ? lui a demandé Max en prenant une bière et en poussant l'autre vers Jeremy. Je croyais que Leo t'avait filé le liquide. Qu'est-ce qu'elle a fichu, la vieille ? Elle a essayé de t'en faire cracher encore plus ?

— Non, lui a répondu Jeremy. Elle bavait à la vue du fric. Mais le collier qu'elle voulait me refourguer était un faux. Alors j'ai coupé court et je l'ai plantée.

Max a ouvert des yeux ronds incrédules.

— Tu… tu as eu le collier dans ta main et tu le lui as rendu ?

— Bah tiens, et comment que je le lui ai rendu. Max, il ne valait pas 175 000, et encore moins 8 millions. J'ai pensé…

— Depuis quand je te paie pour penser? La consigne était claire : acheter le collier à la vieille.

— Max, je m'y connais assez en pierres précieuses pour savoir à quoi ressemblent des émeraudes et des diamants. J'ai inspecté le collier à la loupe. Annie Ryder essayait de me vendre un faux – de la camelote, une véritable merde.

— Tu n'y connais *rien* en pierres précieuses. Ce que tu avais sous les yeux était une réplique parfaite à base de cristaux synthétisés en laboratoire plutôt que de véritables pierres précieuses. Et ce collier est loin d'être de la camelote. Il ne coûte peut-être pas aussi cher, mais ce n'en est pas moins un authentique Max Bassett.

Jeremy a tenté de cerner la logique dans la réponse de Max Bassett, mais l'étau commençait à se resserrer autour de sa poitrine, et une grande partie de son cerveau était occupée à repousser la douleur.

— Je ne comprends pas, a-t-il dit. Quel intérêt tu avais à faire porter un faux collier à Elena Travers?

— Tu pensais que je te ferais suffisamment confiance pour te demander de voler le vrai? Si tu avais mis la main dessus, tu aurais pris un aller simple pour Pétaouchnok en première classe.

— Donc c'est toi qui as le vrai collier?

— Je ne le quitte jamais des yeux. Et dès que la compagnie d'assurances m'aura indemnisé, il fera peau neuve, et le bonheur de plusieurs femmes riches. Ce que je n'ai pas, c'est l'imitation. Tu commences à comprendre pourquoi j'en ai besoin, Jeremy?

Jeremy a acquiescé.

— Ouais, je vois. Tu as peur que la vieille l'apporte à son assurance et que la compagnie s'aperçoive que l'original n'a jamais été volé.

— T'es pas très « fute-fute » pour ce genre de truc, hein Jeremy ? La vieille ne peut *pas* l'apporter à l'assurance. Autant leur dire directement : « Voilà ce que mon fils a volé. » Et elle ne peut pas trouver d'acheteur : qui voudrait « de la camelote, une véritable merde » ?

— Je peux rattraper le coup, lui a certifié Jeremy. Je sais où elle habite. Je lui donne les 175 000. Elle sera partante pour l'échange.

— Ils sont dans ce sac ? lui a demandé Max.

— Il ne manque pas un billet.

— Fais voir.

Jeremy a ôté sa sacoche de son épaule et l'a tendue à Max.

— Tu n'auras plus besoin de ça, lui a dit Max. Je m'occupe de la vieille.

— Déconne pas. Rends-moi le fric. Je reviens d'ici à deux heures avec le collier.

Max a ri.

— Même Leo n'est pas suffisamment abruti pour gober un bobard pareil. Au revoir, Jeremy.

— Si tu veux te débarrasser de moi, pas de souci. Mais tu as une dette envers moi. J'ai consacré des mois entiers à ce boulot, et pour l'instant tu ne m'as rien payé.

— C'est parce que pour l'instant tu n'as rien gagné, lui a répondu Max. Tu as fait foirer le boulot dès le départ.

— Arrête un peu, Max. C'est pas ma faute si Elena est morte.

— Peut-être, lui a dit Max. Mais c'est carrément ta faute si Leo est toujours en vie.

# 49

— Si Leo est toujours en vie, c'est uniquement parce qu'il n'est jamais entré dans la limousine, a fait remarquer Jeremy dans un chuchotement courroucé. Comment tu peux me faire porter le chapeau ?

— Je ne te fais pas porter le chapeau, lui a répondu Max en posant une main sur son menton et en caressant doucement sa barbe. Mais tu as eu des tas d'autres occasions depuis.

— Des occasions ? Qu'est-ce que tu racontes ?

— Hier, vous avez fait chambre commune toute la nuit à l'hôtel.

— Et j'étais censé faire quoi ? Le buter dans le lit et déposer le corps sur le chariot du room-service ?

Max a haussé les épaules.

— Je ne suis pas responsable de la logistique, Jeremy. Toi, si. Tout ce que je sais, c'est qu'on avait un accord. Je t'ai promis un paquet de blé – bien plus que tu le mérites – pour que Leo soit la malheureuse victime d'un vol de bijoux qui vire au drame.

— Et c'est exactement ce qui se serait passé. Raymond Davis était une misérable pourriture sans pitié. Pour qu'il accepte de tuer Leo, il m'a suffi de lui promettre 10 000 de plus qu'à Teddy. Le plan était béton.

— Et pourtant, a répliqué Max en levant sa bière et en tamponnant avec une serviette en papier le rond humide laissé par le cul de la bouteille sur la table, Raymond ne s'est pas contenté de ne pas tuer Leo, il a aussi assassiné Elena Travers et fait de ton plan béton une cause célèbre internationale.

— On n'est jamais à l'abri d'une merde, Max.

— Apparemment, tu es moins à l'abri que la plupart des barons du crime. Mais j'étais prêt à passer l'éponge. Tu sais pourquoi ? Parce que j'avais foi en toi pour rebondir et te rattraper suite à ton erreur monumentale. Après tout, tu avais toujours Raymond Davis sous la main, et de ce que j'ai compris, ça n'aurait pas été sorcier de le convaincre de retenter avec Leo. Mais est-ce que tu as fait ça ? Est-ce que tu es allé trouver Raymond ? Est-ce que tu as essayé de motiver ton employé, choisi par tes soins, à finir le boulot ?

Il a reposé sa bouteille de bière en heurtant violemment la table.

— … Non ! Au lieu de ça, tu es allé chez Raymond et tu l'as tué. Et maintenant tu veux que je récompense tout ce dur labeur ?

— OK, a dit Jeremy. Je n'ai pas fini cette partie-là du boulot. Mais je veux quand même être payé pour le vol du collier.

— Le vol et la perte, l'a corrigé Max. Il t'a filé entre les doigts à deux reprises. D'abord tu t'es fait couillonner par un couillon, et ensuite tu l'as eu dans les mains et tu l'as rendu. Ce faisant, tu m'as mis dans une situation où je vais devoir discuter le bout de gras avec une femme qui est aussi rompue à l'art de la négociation qu'un banquier de Wall Street. Résultat des courses : échec sur toute la ligne. Et Max Bassett ne récompense pas l'échec. Au risque de me répéter : au revoir, Jeremy.

L'épaule de Jeremy s'est affaissée.

— Non. S'il te plaît, Max, je sais que j'ai merdé, mais ne me plante pas maintenant. Donne-moi une dernière chance de me rattraper.

Max a croisé les bras devant ton torse et s'est calé contre le dossier de sa chaise. Son langage corporel parlait pour lui. *Je suis impénétrable*.

Jeremy a riposté avec son propre langage corporel. Il a écarté les bras et posé ses deux paumes sur la table. *Je suis sans défense, vulnérable, et je te fais confiance.*

— Je sais ce qu'il te faut, lui a-t-il dit dans un quasi-murmure. Leo te met des bâtons dans les roues depuis toujours. Et maintenant que cette occasion s'offre à toi, les bâtons sont devenus un barrage, une barricade.

La tête de Max a bougé. Un signe de tête involontaire. Jeremy avait touché la corde sensible.

— Je le connais, Max, a dit Jeremy en se penchant vers lui. Je le connais intimement, et il m'a juré qu'il ne lâcherait rien. Ton frère se mettra en travers de tes rêves jusqu'au jour de sa mort. Laisse-moi une dernière chance de faire advenir ce jour plus vite que prévu. Aujourd'hui, si tu en as envie.

— Combien tu veux ? lui a demandé Max.

— Paiement en une seule fois. Quand j'aurai l'argent, tu ne le reverras plus et tu n'entendras plus jamais parler de lui. Et de moi non plus.

— *Combien*, Jeremy ?

— Un million de dollars, a lâché Jeremy avec un sourire. Je sais bien que tu pourrais aller voir ailleurs et trouver moins cher, mais ça fait des mois que tu me mets en condition pour ce boulot. Leo me fait confiance. T'as qu'un mot à dire, et à ton réveil demain matin, le destin de l'entreprise de bijoux des frères Bassett dépendra de toi et de toi seul.

— Fais-le, lui a dit Max. Je vais passer à mon club pour le dîner et je jouerai au poker jusqu'à 23 heures. Leo sera seul à la maison. S'il est mort quand je rentre, je te virerai le million. Sinon, tu seras fauché, chômeur et recherché pour meurtre.

— T'inquiète, lui a dit Jeremy. Je te laisserai pas tomber. Merci.

— Oh, je sais bien, a répliqué Max, ses lèvres formant un sourire satisfait.

Jeremy a pris une inspiration longue, lente et profonde. Ses poumons se sont remplis d'oxygène, et il s'est rendu compte que cette action ne lui avait demandé aucun effort. Il a expiré, lentement. Nouvelle inspiration. Ses douleurs de poitrine avaient disparu, sa faculté de concentration était revenue. À un moment au cours du sermon de Max, l'angoisse et la peur s'étaient transformées en détermination.

Max n'était pas Leo. Max était un adversaire redoutable, et Jeremy était résolu à l'écraser.

*Non*, a-t-il pensé, les yeux rivés sur le sourire sardonique qui le narguait en face de lui. *Plus que l'écraser. Le tuer.*

# 50

J'avais sous-estimé Kylie. Je m'étais imaginé qu'elle passerait toute la journée à reconsidérer sa décision d'attendre ce soir pour porter secours à Spence, mais je m'étais trompé. Elle s'est montrée agréable, productive, et on a accompli notre travail les doigts dans le nez.

On a commencé par aller voir Howard Sykes.

— J'ai longuement discuté avec Phil Landsberg, le PDG du Hudson, nous a-t-il expliqué. Inutile de vous dire qu'il n'est pas emballé par l'idée que sa clinique devienne la cible du prochain vol, mais il a fini par céder. J'aimerais vous dire que je l'ai convaincu grâce à mon incroyable talent de publicitaire, affûté pendant quarante ans, mais ce n'est pas le cas.

— Donc maintenant vous avez une dette envers lui, ai-je dit.

Sykes a froncé les sourcils.

— Pas moi. Muriel. Je vais juste devoir lui annoncer qu'elle sera leur prochaine invitée d'honneur à leur gala de bienfaisance, a-t-il dit. Moi, j'ai rempli ma mission. Quelle est la prochaine étape ?

— À nous de remplir la nôtre, lui a répondu Kylie. Un mammographe capable de dépister les cancers du sein quarante pour cent plus efficacement mérite de faire parler de lui. On va demander à notre dircom de contacter les médias pour diffuser l'info. Ensuite, on réunira une brigade d'intervention d'urgence et le chef de la sécurité du Hudson pour réfléchir à la logistique. Vous voulez qu'on vous tienne au courant au fur et à mesure ?

— Vous n'aurez pas envie de m'avoir constamment sur le dos, nous a répondu Sykes. Inutile de venir au rapport tant que vous n'avez pas mis ces individus sous les verrous. Mais avant de tirer ma révérence, j'ai un message à vous transmettre de la part de Phil Landsberg : « Vous pouvez laisser ces salauds entrer dans ma clinique, mais surtout ne les laissez pas en ressortir. »

À 16 heures, le dispositif était opérationnel. Nous n'avions plus qu'à espérer que le gang morde à l'hameçon et fasse du Hudson sa priorité. À 18 heures, nous avons quitté le bureau.

— Tu as dit à Cheryl où on allait, ce soir ? m'a demandé Kylie tandis que nous avancions péniblement sur la voie rapide, heure de pointe oblige, au milieu des bouchons.

— Pas exactement.

— Comment ça ?

— Je lui ai dit qu'on travaillerait tard tous les deux, mais elle ne m'a pas réclamé de détails, alors je ne lui en ai pas donné. En plus, elle va au restau et au théâtre avec sa mère, alors elle ne sera pas à l'appart avant 23 heures. Si on a de la chance, je serai déjà rentré.

Ça a commencé à mieux circuler une fois sur la 34e, et on est arrivés à l'héliport de Downtown Manhattan à 18 h 35. Rodrigo nous attendait dans le salon VIP.

— Quand on sera à l'hôtel, allez récupérer votre clef à la réception, nous a-t-il dit. Vous n'avez qu'à dire : « Mme Harrington, chambre 1178. » Votre nom est dans leur système informatique.

— Je n'ai pas de pièce d'identité avec mon nom de femme mariée, s'est inquiétée Kylie.

— Ne t'en fais pas. Ils ne t'en réclameront pas, lui a assuré Rodrigo. Une fois dans les airs, il y aura pas mal de bruit. D'autres questions ?

— Juste une, a dit Kylie. Mes informaticiens ont surveillé les cartes bleues de Spence, mais on n'a rien pour l'instant. Comment il a fait, à son arrivée au Borgata ?

— Carte bleue pro. Studios Silvercup.

Rodrigo n'était pas du genre loquace.

— C'est bon ? nous a-t-il demandé, signe que la conversation était terminée.

Kylie a acquiescé, et il nous a fait traverser le tarmac en direction d'un Sikorsky S-76C. D'après la brochure coincée dans la poche derrière notre siège, le Borgata était l'hôtel le plus imposant du New Jersey, avec son casino de 15 000 mètres carrés, son spa de 5 000 mètres carrés et sa salle de spectacle de 2 400 places.

— On ne devrait pas avoir de mal à trouver Spence, m'a dit Kylie. Il sera terré dans sa chambre.

Trente-sept minutes après le décollage, on s'est posés sur le Steel Pier, la jetée d'Atlantic City. Une voiture nous attendait pour nous conduire au Borgata, trois kilomètres plus loin. Q n'avait rien laissé au hasard.

Nous avons emprunté l'entrée principale, et mes sens ont été assaillis par l'opulence de la décoration, mais aussi par les lumières clignotantes et le carillon électronique des machines à sous, qui m'ont aussitôt porté sur les nerfs.

Trois réceptionnistes étaient présents.

— Celui de gauche, nous a indiqué Rodrigo.

Kylie s'est approchée, lui a dit quelques mots et, en guise de réponse, le réceptionniste lui a présenté un large sourire et une carte magnétique en plastique.

— Comme une lettre à la poste, a dit Rodrigo tandis que nous marchions tous les trois vers l'ascenseur.

Une pancarte « Ne pas déranger » était accrochée à la poignée de la porte de la chambre de Spence. Kylie m'a regardé et a articulé un mot en silence : « Merci. » Puis elle a pris la carte magnétique, l'a glissée dans la fente et l'a retirée. Un voyant vert s'est allumé, et elle a poussé la porte avec vigueur.

Spence, vêtu d'un simple boxer et d'une unique chaussette, était étalé sur la moquette, sur le dos, une traînée de vomi au coin des lèvres.

Son matériel était renversé par terre, et une seringue vide se trouvait à quelques centimètres de son corps inerte.

# 51

Le nombre de morts par overdose d'héroïne chez les jeunes hommes blancs est monté en flèche ces dernières années et, vu son état, Spence Harrington était bien parti pour gonfler les statistiques.

Ses lèvres avaient pris une teinte bleutée, ses pupilles n'étaient pas plus grandes qu'un trou d'aiguille, et le raclement sinistre qui émanait des profondeurs de sa gorge était le signe funeste et incontestable que son système respiratoire allait lâcher pour de bon.

Kylie est tombée à genoux et a tenté le bouche-à-bouche, sans effet.

— Du Narcan ! a-t-elle hurlé. Mon sac.

J'ai attrapé son sac à main en cuir noir, je l'ai retourné, et tout s'est déversé : argent, maquillage, tampons, clefs, et une petite pochette bleue avec une inscription en gros caractères blancs :

OVERDOSE PREVENTION RESCUE KIT
PREVENCIÓN DE SOBREDOSIS EQUIPO DE RESCATE
KIT DE PREMIERS SECOURS ANTI-OVERDOSE

Dans la lutte contre la drogue, le Narcan – le chlorhydrate de naloxone – sauve des vies, un junkie à la fois. Normalement, on le distribue aux secouristes qui assistent les appelants du 911, le numéro d'urgence, mais Kylie avait eu la présence d'esprit de prendre un kit au commissariat avant qu'on parte.

J'ai penché la tête de Spence en arrière pendant qu'elle remplissait la seringue ; elle l'a introduit dans l'une des narines de Spence et a pulvérisé la moitié du liquide. Puis elle a passé à l'autre narine, a poussé une nouvelle fois la ventouse, un petit coup vigoureux, afin d'injecter le reste de la naloxone à ses neurorécepteurs.

L'effet a été immédiat, et Spence s'est redressé brutalement, a toussé, a juré et nous a repoussés. Aucune gratitude, juste de la colère : réaction naturelle du drogué qui vient de se faire pourrir son trip.

— Rodrigo, a dit Kylie, ce truc ne fait plus effet au bout d'une heure. Il faut qu'on le conduise à l'hôpital.

— Je suis déjà sur le coup, boss, lui a-t-il répondu, portable contre l'oreille.

Il a balayé la pièce d'un geste ample de la main, et il a ajouté :

— Ça craint de laisser un merdier pareil à la femme de chambre.

Kylie a attrapé le baise-en-ville de Spence dans le placard et s'est mis à rassembler tout son attirail de drogué.

Je me suis baissé pour lui donner un coup de main.

— Non ! m'a-t-elle dit.

Je me suis reculé. Elle détruisait des preuves sur le lieu d'une infraction, et elle ne voulait pas que je l'aide.

— … Mais tu peux ranger mes affaires dans mon sac.

On a cogné à la porte.

— Service de chambre, a annoncé une voix grave masculine.

Rodrigo a ouvert, et trois hommes en costume noir, au visage impavide, sont entrés. L'un poussait un fauteuil roulant. Sans un mot, deux d'entre eux ont soulevé Spence, l'ont fait atterrir dans le fauteuil et l'ont sanglé à l'aide d'une ceinture bien serrée.

J'ai récupéré les affaires de Kylie pendant que l'équipe chargée de l'extraction l'aidait à ramasser les chaussures de Spence, son pantalon et tout ce qui risquait de le relier à cette planque de drogues improvisée. Moins de trente secondes après leur arrivée, les gars nous poussaient déjà vers la porte. Costard Noir Un et Costard Noir Deux ont pris la tête du cortège et arpenté le long couloir, suivis du préposé au fauteuil, de Kylie, et de moi. Rodrigo fermait la marche.

Spence dégoisait un truc à propos de ses droits, mais aucun des costards-cravates ne s'en est suffisamment inquiété pour le faire taire. Un jeune couple nous a croisés et nous a à peine regardés. Apparemment, voir un bataillon de types sortir un azimuté d'un hôtel à Atlantic City était loin d'être inhabituel.

Toute l'intervention avait été parfaitement chorégraphiée : ascenseur de service, parking souterrain, fourgonnette banalisée pour parcourir les trois bornes jusqu'à l'hôpital d'Atlantic County. Dès qu'elle a eu achevé de livrer Spence aux urgentistes, l'équipe de sauvetage, officiellement « de nettoyage », a disparu, et Rodrigo nous a escortés jusqu'à une salle d'attente pour VIP.

Quarante-cinq minutes plus tard, un jeune interne aux yeux hagards est entré et a annoncé :

— Harrington.

Kylie s'est levée.

— Comment il va ?

— Il a de la chance d'être en vie, a répondu le toubib sur un ton qui ne laissait aucun doute quant à son absence de compassion pour les patients qui encombraient son service avec leurs souffrances auto-infligées. Il a une pneumonie bilatérale. Ses poumons ont souffert à cause du vomi qu'il a aspiré, alors on le garde sous perfusion d'antibiotiques pendant soixante-douze heures.

— Mais il va s'en remettre, a dit Kylie, cherchant un réconfort.

Le médecin a haussé les épaules.

— Cette fois, oui.

— Je peux le voir ?

— Il dit qu'il préfère ne pas avoir de visiteurs.

Kylie a dégainé son insigne.

— Je suis de la police. C'est un toxicomane. Conduisez-moi à sa chambre.

# 52

Spence, alité, contemplait le plafond quand Kylie et moi sommes entrés.

— Félicitations. Vous m'avez retrouvé, nous a-t-il dit sans tourner la tête pour nous regarder. Qu'est-ce que vous me voulez ?

— Je sais pas, a répondu Kylie, d'un ton presque badin. Déjà, j'ai pensé que ce ne serait pas une mauvaise idée que je te sauve ta vie.

— Qui te l'a demandé ? J'ai quitté New York pour échapper à tes tentatives de sauvetage. Laisse-moi tranquille, Kylie.

— Chéri, lui a-t-elle dit en faisant de son mieux pour garder son aplomb, j'essaie juste de t'aider à traverser cette mauvaise passe.

Il s'est contorsionné pour pouvoir la regarder.

— *M'aider ?* Tu appelles ça m'aider, quand tu fous à mon pote un coup de pied dans les couilles ? Il va falloir que tu te mettes une chose dans le crâne, madame l'inspectrice superstar têtue comme une mule : tu ne peux pas m'aider. Je suis accro. J'ai tenté la cure, ça n'a pas pris.

— Que dalle! a-t-elle hurlé, renonçant à jouer l'épouse compréhensive et tolérante qu'elle n'avait jamais été. Tu as été clean et sobre pendant onze ans. Tu peux recommencer.

— Tu comprends rien, ou quoi? a-t-il hurlé à son tour en enfonçant son poing dans le matelas. Je n'ai pas *envie* de recommencer. Je suis toxico, et je suis repassé en mode toxico à temps plein. J'ai besoin de triper. J'ai envie de triper. J'ai rien envie d'autre que triper, et toi tu ne fais que prêcher pour tes programmes de désintox à la con. Ça ne m'aide pas du tout, alors si tu n'es pas ici pour m'interpeller, va-t'en et ne cherche plus à me sauver. Si je veux me suicider, ça me regarde.

— Tu veux te suicider, connard? a éructé Kylie d'une voix grave et rauque.

Elle a plongé sa main dans son étui, a sorti son pistolet et le lui a fourré sous le nez, crosse devant.

— Vas-y. Fais-toi sauter la cervelle tout de suite et épargne-moi le supplice d'un deuxième voyage à l'arrière d'un fourgon de police pour identifier ton corps.

Spence a détourné la tête et le regard.

— T'es pas encore prêt? lui a dit Kylie. Appelle-moi quand tu le seras. Je le garde chargé.

Elle a rengainé son flingue et quitté la salle en claquant la porte.

— Pars pas, a lancé Spence.

— Trop tard, ai-je dit.

— Toi, ne pars pas, Zach, je veux dire, a-t-il précisé en se tournant et se redressant dans le lit. C'est quoi cette histoire de voyage en fourgon pour identifier mon corps?

— Ton pote Marco est monté dans le Bronx hier soir avec un portefeuille bourré de fric, lui ai-je dit. Ton portefeuille.

— Ouais, j'ai prêté de l'argent à un ami. Depuis quand c'est un crime ?

— Tu ne lui as rien *prêté*, Spence. Tu l'as envoyé chercher de la drogue dans un quartier chaud et tu lui as filé assez de liquide pour faire de lui une cible. Ça n'a pas loupé. Il s'est fait plomber. Et comme il avait ta pièce d'identité dans sa poche, pendant deux heures ta femme a cru que le mort, c'était toi. Elle n'a pas envie de revivre ça. Et moi non plus.

Spence n'a pas bronché.

— T'as raison sur un point, lui ai-je dit. Kylie ne peut pas t'aider. Je crois même que tu ne veux pas te faire aider. Mais au cas où tu changerais d'avis un jour, ne perds pas ce numéro.

J'ai sorti un morceau de papier de ma poche. Il m'a regardé avec un air de dégoût.

— J'ai déjà ton numéro, Zach. Ne passe pas ta vie à attendre que ton téléphone sonne.

Kylie a ouvert la porte.

— Cates a appelé. Faut qu'on se bouge. Maintenant !

J'ai donné le numéro à Spence.

— Bonne chance, lui ai-je dit avant de sortir en me demandant si je le reverrais vivant.

— Je n'ai pas dit à Cates où on était, m'a informé Kylie pendant que nous courions dans le couloir. Je lui ai juste dit qu'on partait pour le lieu des faits.

— Laisse-moi deviner, ai-je dit. Un autre vol en milieu hospitalier ?

— Si seulement, m'a-t-elle répondu. C'est un double homicide, et Cates est en train de péter une durite.

— Et c'est nous qu'elle met sur le coup ? ai-je dit. Elle sait qu'on est déjà hyper-charrette. Pourquoi elle nous fout deux cadavres supplémentaires sur le dos ?

— Sûrement parce que ces deux-là sont estampillés « Jordan et MacDonald ».

— C'est qui ? lui ai-je demandé.

— Pas d'identification formelle, mais ils sont étendus sur le plancher du loft des frères Bassett.

# 53

— Si ça peut t'aider à te sentir mieux, ai-je dit à Kylie une fois dans la voiture qui nous reconduisait à l'hélicoptère, tu lui as sauvé la vie.

— C'est mon boulot de flic, m'a-t-elle répondu. Mais c'est la première fois que j'ai l'impression de devoir des excuses à quelqu'un à qui j'ai sauvé la vie.

— Tu ne dois rien à Spence. Tu as déjà fait tout ce qui était en ton pouvoir.

— Et toi, alors ? J'ai vu que tu lui avais donné ton numéro de téléphone.

— Pas mon numéro. Celui des Narcotiques Anonymes, une ligne ouverte vingt-quatre heures sur vingt-quatre, ici même à Atlantic City. Il y avait un papelard avec languettes détachables sur le panneau d'affichage de la salle d'attente. Je me suis dit qu'il ne risquait pas d'appeler son thérapeute à New York, mais qu'au cas où la mort de Marco lui aurait donné un coup de fouet, il se tournerait peut-être vers un parfait inconnu.

— Merci.

Elle a tourné la tête et regardé à travers la vitre pour me faire comprendre que la conversation était terminée.

Nous avions presque rejoint la plateforme où nous attendait notre hélicoptère lorsque mon téléphone a sonné.

— Oh merde, ai-je dit en prenant connaissance de l'identité de celle qui appelait.

— Ah ça, soit c'est la patronne, soit c'est ta copine, m'a dit Kylie. Et comme tu viens d'avoir Cates, je suppose que c'est Cheryl.

Elle avait vu juste. J'avais espéré être rentré à New York avant qu'elle s'aperçoive de mon départ, mais comme beaucoup de monde ici à Atlantic City, j'avais joué gros, et j'avais perdu.

— Salut, ai-je dit en répondant au téléphone. Il n'est même pas encore 21 h 30. Je croyais que ta mère et toi vous étiez au théâtre.

— C'était affligeant, m'a-t-elle expliqué. On est parties à l'entracte. Je pensais que tu serais déjà rentré, à cette heure. Tu es où ?

— À Atlantic City.

— À Atlantic...! Qu'est-ce que le Red fabrique là-bas ?

— On n'est pas là en service. Kylie a retrouvé Spence et elle avait besoin d'aide, alors...

— Vous êtes descendus là-bas en voiture ?

— En hélicoptère, en fait.

— Tu blagues ? Le NYPD vous a payé un hélicoptère juste pour que Kylie puisse récupérer son mari ?

— C'est un charter privé. Un gars qu'on connaît cherchait à dépanner Kylie, et… Écoute, c'est une longue histoire.

— Et quand est-ce que tu comptais m'en parler, si tant est que ça ait été dans tes projets ?

— Cheryl, je ne peux vraiment pas me lancer dans ce genre de conversation maintenant.

— Oh, j'imagine, m'a-t-elle dit. Peut-être que tu trouveras le temps de te lancer une fois de retour chez nous. Je peux espérer te revoir quand ?

— Je ne sais pas. Les choses se corsent dans le dossier Travers. On est en route pour une scène de crime, là.

— En hélicoptère.

— Oui.

— Donc subitement vous êtes en service, mais vous utilisez toujours l'hélico privé de Kylie.

— On en parlera à mon retour, lui ai-je assuré.

— J'ai hâte, m'a-t-elle répondu. Bon vol.

Elle a raccroché.

J'ai souri, et j'ai continué à parler :

— Ouais, on dirait que Spence s'apprête à passer quelques nuits de plus à l'hôpital, ai-je dit dans le vide. OK, je lui passe le bonjour. Je t'aime aussi.

La voiture s'est arrêtée, et j'ai rangé le téléphone dans ma poche.

— Cheryl te transmet son bon souvenir, ai-je dit à Kylie.

Je ne sais pas si mon petit numéro l'a convaincue, mais elle a eu un signe de tête pour dire merci.

# 54

Il était presque 22 h 30 lorsque Kylie et moi sommes arrivés sur la 21e Rue Ouest et, une fois de plus, le palace urbain des frères Bassett était sous les feux tournants de la police. Un périmètre avait été établi, et le service d'ordre habituel était en faction pour tenir les curieux à distance.

— Voilà qui est bizarre, a dit Kylie en désignant une silhouette solitaire debout devant la porte d'entrée.

C'était John Dryden. Que John soit un gars bizarre ne faisait plus l'ombre d'un doute depuis longtemps, mais en l'occurrence son attitude ne cadrait pas du tout avec le personnage. Au lieu de s'affairer autour d'un corps ou de cogiter sur une preuve matérielle à l'intérieur de la baraque, il vapotait devant l'entrée. Sa réaction au moment de nous apercevoir a été encore plus incongrue.

— Inspecteur, inspectrice, a-t-il hélé. Je vous attendais.

— Désolé pour le retard, lui a dit Kylie. On n'était pas en ville, Zach et moi, et…

— Non, non, non. Je ne stigmatisais pas votre retard, nous a-t-il dit en planquant sa cigarette électronique dans sa poche. C'est juste que j'ai fait des découvertes intéressantes, et j'étais pour le moins impatient de vous mettre au courant.

— John, on n'est tellement au courant de rien qu'on ne sait même pas qui sont les victimes.

— Encore mieux, a-t-il dit en applaudissant. Montons jeter un œil à l'étage.

Nous avons pris l'ascenseur jusqu'au troisième, où Kylie et moi avions fait la connaissance des frères Bassett quelques jours plus tôt seulement. Le fastueux appartement de Leo ressemblait désormais à un centre de triage dont des techniciens gantés de latex et affublés de couvre-chaussures inspectaient, saupoudraient et photographiaient chaque centimètre carré. Il flottait dans l'air une odeur de vin et de mort.

Nous avons suivi John jusqu'à la cuisine. Deux corps étaient étendus sur le carrelage gris ardoise. Le premier, petit et replet, avait été violemment mutilé. C'était Leo Bassett.

— Vingt-deux lésions, dues à des coups de couteau, nous a annoncé Dryden. Défensives, pour la plupart.

J'ai embrassé la pièce du regard. Elle était remplie d'éclats de bouteilles de vin, de bols en céramique, d'une carafe en cristal. Tout cela avait dû tomber du plan de travail pendant que Leo tentait de repousser son agresseur.

— Il s'est bien défendu, ai-je dit.

— Pas suffisamment bien. Voici le vainqueur, m'a répondu Dryden en nous montrant le second corps.

L'homme avait la moitié de l'âge de Leo. Son profil gauche baignait dans une flaque de vin, et l'avant de sa chemise comportait une tache rouge d'aspect similaire, sauf que celle-là émanait d'un trou au milieu de sa poitrine.

— Vous le reconnaissez ? nous a demandé Dryden.

J'ai hoché la tête de gauche à droite.

— On devrait ? ai-je dit.

Il a sorti un iPad et affiché une photo. C'était la capture d'écran floue issue de la vidéo de surveillance d'Elliott Moritz qu'on avait récupérée le soir du meurtre de Raymond Davis.

— Ça pourrait être le même type, ai-je observé.

— J'ai utilisé un logiciel de reconnaissance faciale. C'est lui. Il s'appelle Jeremy Nevins. L'arme provient d'ici.

Un imposant range-couteaux en bois était posé sur le plan de travail. Sept des huit fentes accueillaient un couteau. La huitième était inoccupée.

John a brandi un sac en plastique réservé aux pièces à conviction. Il contenait un couteau ensanglanté assorti aux sept autres.

— Il a atterri à l'autre bout de la pièce quand Nevins s'est fait tuer à son tour, mais il était couvert de ses empreintes digitales.

— Nevins a buté Leo, a résumé Kylie. Tu nous mâcherais vachement le travail si par hasard tu savais aussi qui a tué Nevins.

Le visage de Dryden s'est éclairé. Il en pinçait pour Kylie, mais ses compétences relationnelles étaient limitées, alors il misait sur son expertise scientifique pour s'attirer ses faveurs. Il a levé un second sac à scellés. Celui-là contenait un .357 Magnum.

— Il appartient à Max Bassett. Il l'a remis au premier policier sur place. Il lui a expliqué qu'il était à l'étage, qu'il a entendu l'empoignade entre Leo et Nevins et qu'il a dégringolé l'escalier pour voir ce qui se passait.

— Il a dégringolé l'escalier avec un .357 chargé ? a demandé Kylie.

Dryden a haussé les épaules.

— Je ne lui ai pas posé la question. Je ne suis pas inspecteur.

— Tu n'es peut-être pas inspecteur, mais tu viens de nous aider à élucider le meurtre de Raymond Davis, lui a-t-il dit. Tu m'étonnes que tu aies été si impatient de te mettre en rapport avec nous. Merci, John.

— Je vous en prie.

— Où peut-on trouver Max Bassett ? lui a-t-elle demandé.

— Il vous attend dans le petit salon. Deux policiers sont avec lui. Mais il y a une dernière chose dont je dois vous faire part avant que vous partiez.

— Vas-y, fais part, l'a-t-elle encouragé. Tu es sur une bonne lancée.

Il a brandi un troisième sac. À l'intérieur, un collier composé de diamants et d'émeraudes. Il l'a tendu à Kylie.

— Oh, John, s'est-elle exclamée en titillant son ego de mâle. Merci. C'est exactement ce dont j'ai toujours rêvé.

# 55

— Putain. Où est-ce que tu as trouvé ça ? ai-je dit.

— Il était enveloppé dans une peau de chamois dans le sac à dos de M. Nevins, m'a répondu John. J'ai déjà vérifié les inscriptions au laser. C'est le collier que vous cherchiez, mais tu n'as pas l'air spécialement heureux que je l'aie retrouvé.

— Je suis désolé, lui ai-je dit. C'est juste que trois personnes sont déjà mortes pour ce sac de cailloux verts et de carbone cristallisé. Elena Travers, Raymond Davis et Leo Bassett. Mon instinct de flic me criait que Teddy Ryder avait le collier et qu'il était juste trop con pour savoir comment s'en défaire. Mais si tu l'as trouvé sur Nevins, c'est que le corps de Teddy doit être en train de pourrir dans une décharge quelque part.

— Avec celui de sa mère, la reine de l'arnaque, a ajouté Kylie.

L'un des flics en uniforme s'est approché de nous.

— Pardon de vous interrompre, mais M. Bassett dit qu'il a besoin de boire quelque chose.

— Dites-lui d'attendre son tour, a jappé Kylie. On a tous besoin de boire quelque chose, là.

Le flic a fait un pas en arrière.

— Désolé, madame, mais il m'a dit de vous dire que son frère a été assassiné, qu'il vient de tuer un homme et qu'il voudrait se prendre une grosse cuite, mais qu'il préfère attendre de s'être entretenu avec les enquêteurs.

— Trop aimable, a répondu Kylie. Ne le faisons pas attendre.

Le flic nous a escortés jusqu'à la pièce que Dryden avait décrite comme le « petit salon » de Leo Bassett. Elle n'avait rien de petit, et rien d'un salon. Selon moi, elle ressemblait davantage au boudoir d'un lupanar du XVIIIe, mais Leo et moi ne partagions pas la même sensibilité en matière d'architecture d'intérieur. Max, son frère, avec son bermuda militaire et son T-shirt Everlast, jurait avec le décor.

Il était debout à côté d'un bureau aux pieds fuselés et tenait une bouteille d'eau dans une main.

— Inspecteurs, a-t-il dit, sourcils froncés tel un client qui aurait été contraint d'attendre trop longtemps le vendeur du magasin.

— Toutes nos condoléances, monsieur Bassett, lui ai-je dit. Racontez-nous ce qui s'est passé, s'il vous plaît.

— Il était aux alentours de 21 heures. J'étais dans mon atelier au quatrième étage, je planchais sur une nouvelle création, quand j'ai entendu la sonnette de Leo retentir, puis l'ascenseur monter et s'arrêter au troisième. Ça ne m'a pas particulièrement interpellé.

Leo a pas mal de visiteurs du soir. Après ça, j'ai été absorbé par mon travail, je ne sais pas trop combien de temps s'est écoulé avant que j'entende le hurlement.

— Qui hurlait ?

— Leo. Je vous ai dit l'autre jour ici même que mon frère était une diva comme on n'en fait plus. Ça fait soixante ans que je subis ses crises d'hystérie, ses caprices et ses pleurnicheries. Je suis immunisé.

— Vous avez compris ce qu'il disait ? lui ai-je demandé.

— Pas au début, mais ensuite le ton est monté, j'ai entendu l'autre type crier « 1 million de dollars », et mes oreilles se sont dressées. Je ne compte plus les fois où Leo a rompu avec un petit ami en ameutant tout le quartier, et ce ne sont pas mes affaires, mais là il était question d'argent – beaucoup d'argent –, et si Leo le dépense, ça devient mes affaires. J'hésitais à descendre voir ce qui se passait quand j'ai entendu un verre se casser. C'est là que Leo a braillé : « Max, au secours ! Il a un couteau ! » Ensuite, ç'a été le chaos. Encore des bruits de verre brisé, et Leo qui pousse des hurlements stridents épouvantables, qui crie mon nom. J'ai pris un pistolet et dévalé les escaliers, mais le temps d'arriver dans la cuisine, Leo gisait déjà par terre dans des torrents de sang. Et là, l'autre forcené s'est jeté sur moi avec le couteau. Je n'ai pas hésité. Je suis tireur de haut niveau, inspecteur. Une pression sur la détente – terminé. J'ai couru auprès de mon frère, mais le couteau avait dû lui sectionner une artère. Je n'avais même pas eu le temps d'appeler les secours qu'il était déjà mort.

— Vous connaissez l'homme qui l'a tué ?

— Je l'ai rencontré deux ou trois fois. Il s'appelle Jeremy Nevins.

— On vous a montré sa photo hier, lui ai-je dit. Comment se fait-il que vous ne l'ayez pas reconnu à ce moment-là ?

Il s'est raidi.

— Peut-être parce que vous m'avez montré une simple image toute floue en noir et blanc qui semblait avoir été prise au siècle dernier par la caméra de surveillance de l'arabe du coin. Normal que je ne l'aie pas reconnu sur cette photo. Putain, Leo était mordu de ce type, et même lui ne l'a pas reconnu.

— Vous savez à propos de quoi Leo et lui se disputaient ?

— Je vous ai dit qu'à part l'expression « 1 million de dollars », je n'ai rien compris de leur conversation.

— Vous les connaissiez tous les deux. À propos de quoi pouvaient-ils se disputer, à votre avis ?

Bassett a ouvert des yeux ronds.

— Je n'ai pas fait déplacer mon avocat parce que j'ai envie de vous aider, et parce que je n'ai rien à cacher. Mais s'il était présent et que vous me demandiez de hasarder une théorie sur le mobile du meurtrier de mon frère, il couperait court à l'entretien. Bien. Avez-vous d'autres *questions* ?

Il a accentué le mot pour nous faire bien comprendre : « d'autres questions idiotes ».

— Juste une, lui a dit Kylie. Comment Nevins s'est-il retrouvé mêlé aux activités de votre entreprise ?

— Il n'y était pas *mêlé*. Il s'est pointé un soir, il y a six mois environ, avec Sonia Chen. C'est la chargée de com de la boîte. Nevins était son petit ami.

— Nous aimerions nous entretenir avec elle. Vous avez son adresse ? lui ai-je demandé.

— Sonia est à l'étage, dans mon appartement. Elle prépare un communiqué.

— Quel genre de communiqué ? lui ai-je demandé.

— Leo adorait être sous les feux de la rampe, et au fil des ans il s'est construit une certaine *notoriété*, m'a-t-il répondu en donnant l'impression qu'il s'agissait plus d'une tare que d'une prouesse. Franchement, je ne suis même pas sûr qu'il ait la notoriété d'une starlette de télé-réalité, mais puisque je fuis toute publicité, c'est lui qui est devenu le visage de notre entreprise, et il y prenait un plaisir fou. Maintenant, c'est à moi qu'il revient de communiquer la nouvelle de la mort de Leo à la presse et à ses nombreux fans. Je sais que beaucoup de monde aura le cœur brisé.

À voir le sourire discret sur le visage de Max Bassett, j'étais persuadé qu'il ne ferait pas partie de ce monde-là.

# 56

Le triplex de Leo s'arrêtait au troisième étage, et celui de Max commençait au quatrième, mais la montée de l'unique volée de marches qui les séparait s'apparentait à la traversée d'un grand fossé culturel. Si l'appartement de Leo paraissait avoir été décoré par Marie-Antoinette, celui de Max ressemblait à la tanière d'Ernest Hemingway.

Une jeune Asiatique était assise par terre, le dos appuyé contre un fauteuil en cuir fatigué, un ordinateur portable calé sur les genoux. Elle a cessé de taper dès que nous sommes entrés.

— Bonjour, je suis Sonia Chen, nous a-t-elle dit en se levant.

Nous nous sommes présentés, et elle nous a adressé un sourire aux forceps par politesse, mais il n'a pas suffi à éclipser ses yeux rouges gonflés par les pleurs.

— Max m'a envoyé un texto pour me prévenir que vous vouliez me poser quelques questions.

— Toutes nos condoléances, lui ai-je dit. Nous savons que vous aviez noué une relation étroite avec chacune des deux victimes.

Elle a acquiescé.

— Leo est mon patron depuis trois ans. Je l'adorais.

— Et Jeremy Nevins ? a dit Kylie.

— Je n'appellerais pas vraiment ça une relation.

— Max nous a dit que c'était votre petit ami.

— « Petit ami », a répété Chen en mimant des guillemets avec les doigts. Vous êtes une femme. Vous savez ce que ça veut dire.

— Je suis une enquêtrice qui enquête sur un homicide, lui a répondu Kylie, et nous ne sommes pas censés aller piocher dans notre propre vécu pour combler un déficit d'informations. Et si vous nous décriviez plutôt la relation que vous entreteniez avec Jeremy Nevins ?

— Une relation entre adultes consentants, a répondu Chen, parfaitement à l'aise, comme si c'était une case à cocher sur un formulaire administratif, à côté de « Célibataire », « Mariée » et « Divorcée ».

— Vous pouvez développer ? lui a demandé Kylie.

Chen a souri – un vrai sourire cette fois-ci – et j'en ai déduit que la question lui évoquait des souvenirs de moments passés avec l'éphèbe dont le corps mort gisait un étage plus bas. Son sourire s'est transformé en sanglots, et elle a croisé les bras contre sa poitrine pour les réprimer.

— Je suis désolée, nous a-t-elle dit en s'asseyant dans le fauteuil en cuir.

Kylie et moi avons pris place en face d'elle sur un canapé assorti.

— On n'entretenait aucune relation, en tout cas pas au sens classique du terme. C'était plus un arrangement. En tant que chargée de communication, je programme beaucoup d'événements haut de gamme. Jeremy aime côtoyer intimement la jet-set, alors je le laissais m'accompagner, être mon « plus un ». En échange, on se côtoyait intimement tous les deux…

— Donc c'était essentiellement physique.

— Oui, et j'assume pleinement, inspectrice. C'est l'histoire classique de la femme débordée qui fait passer sa carrière avant tout le reste. Je lui faisais grimper l'échelle sociale. Il me faisait grimper aux rideaux.

— Vous avez la moindre idée de ce qui l'a poussé à tuer Leo Bassett à coups de couteau ?

— Vous êtes sûrs que c'est ce qui s'est passé ? J'ai du mal à croire que Jeremy ait voulu tuer Leo. Tout allait merveilleusement bien entre eux, et Leo était au septième ciel avec Jeremy. Il aurait fait n'importe quoi pour lui.

— Attendez une minute, a dit Kylie. Leo était homosexuel. Donc vous nous dites que…

— Je vous dis ce que vous pensez que je vous dis. Jeremy Nevins était extraordinaire au lit. Vous passiez une nuit avec lui et elle vous marquait à vie. Vous pouviez bien être une femme de trente-deux ans ou un homme de soixante ans, peu importe. Jeremy avait un don, et si vous aviez la chance d'en bénéficier, vous acceptiez n'importe quelle contrepartie.

— Vous le présentiez à des gens qu'il n'aurait jamais rencontrés sans vous, ai-je dit. Et Leo, qu'est-ce qu'il lui apportait ?

— Je ne connais pas tous les détails, mais Leo raffolait des belles choses de la vie, et Jeremy acceptait volontiers de l'accompagner pour profiter de son argent et d'autres récompenses.

— L'une de ces récompenses, c'était un collier à 8 millions de dollars, ai-je déclaré.

— C'est ce que j'ai entendu dire. Je ne sais même pas comment c'est possible. Jeremy était avec moi quand il a été volé.

Son portable a sonné.

— Excusez-moi. Une urgence, nous a-t-elle dit en prenant l'appel. Salut, Lavinia. J'ai presque terminé le texte. Je peux te l'envoyer par mail dans dix minutes. À plus.

Elle a raccroché.

— Désolé. Le boulot. Max veut que je communique sur la mort de Leo.

— J'ai l'impression que vous parliez à Lavinia Begbie, a observé Kylie.

— Oui. Elle a accepté de publier un article à condition qu'on attende douze heures avant de diffuser un communiqué public, pour lui accorder l'exclusivité.

— Il ne vaudrait pas mieux que la nouvelle de la mort de Leo Bassett fasse les gros titres plutôt qu'elle alimente une chronique mondaine ?

— Vous êtes gentille, mais dans mon monde, les gros titres, ce sont les chroniques mondaines, et toute l'industrie de la mode est suspendue aux lèvres de Lavinia Begbie. Le fait qu'elle a consenti à consacrer un billet à Max est la preuve indiscutable que chaque tragédie a du bon.

— Vous avez dit Max. Vous ne vouliez pas plutôt dire qu'elle consacre un billet à Leo ?

Chen a fait non de la tête.

— Inspectrice, vous ne comprenez vraiment pas notre métier, ou je me trompe ? Notre entreprise a accusé le coup quand Elena a été assassinée avec notre collier autour du cou. Bien sûr que Lavinia va évoquer Leo, mais un article sur Max Bassett qui joue les héros en tentant de sauver la vie de son frère, c'est exactement le genre de message qu'on veut envoyer.

— C'est ça votre travail, madame Chen ? lui a demandé Kylie. Exploiter le meurtre de Leo pour faire de Max un héros et redorer l'image de l'entreprise ?

— C'est exactement ça, lui a répondu Chen. Maintenant, si vous voulez bien m'excuser, j'ai un délai à respecter.

# 57

— Je suis fatigué, j'ai faim, et je ne suis pas sûr que Cheryl et moi soyons toujours en couple, ai-je dit à Kylie sitôt dans la voiture. On peut remettre ça à demain ?

— Moi aussi je suis fatiguée et j'ai faim, et en matière de couple sous ventilation artificielle, mon mari qui se pique bat ta copine qui crise, m'a-t-elle répondu tandis qu'on remontait la 6e Avenue. Mais, non, on ne peut pas remettre ça à demain. Sonia Chen est en train de parler aux journalistes, et à moins qu'on ne se débrouille pour faire abroger dans les heures qui viennent le premier amendement sur la liberté de la presse, tout ce qui s'est passé dans la casbah des Bassett ce soir va être rendu public.

— Pas tout, ai-je dit. Elle va sûrement passer sous silence toute la partie où Max nous a menti comme un arracheur de dents et la remplacer par un joli baratin sur le grand chasseur d'éléphants intrépide qui venge la mort de son frère en tuant l'homme qui, comme par hasard, connaissait les réponses à toutes nos questions.

— Tout à fait. Ce qui veut dire que dans quelques heures son histoire sera à la une de tous les journaux et en tête des tendances sur Internet. Et puisqu'on ne peut pas empêcher Annie Ryder de s'informer, autant lui annoncer la nouvelle nous-mêmes pour observer l'expression de son visage au moment de l'apprendre.

Je ne pouvais pas récuser sa logique, alors j'ai grogné mon approbation.

On a pris à droite sur la 34e Rue et on a mis le cap vers l'est en direction du Queens-Midtown Tunnel.

— Tu crois qu'Annie est toujours vivante? lui ai-je demandé.

— Putain, j'espère, parce que si on la trouve dans une mare de sang, on est bons pour s'éterniser sur une nouvelle scène de crime jusqu'à l'aube.

Annie Ryder était bien vivante, et toujours aussi charmante.

— Vous n'avez rien de mieux à faire que de harceler une honnête contribuable en pleine nuit? a-t-elle piaillé devant sa porte. Je vous ai déjà expliqué que je n'avais pas vu Teddy, et je n'ai aucune idée d'où il se trouve.

— Jeremy Nevins est mort, lui a annoncé Kylie, brûlant d'emblée notre meilleure cartouche.

La vieille arnaqueuse était une pro.

— Jamais entendu parler de lui, a-t-elle répliqué en s'efforçant de ne pas réagir.

Mais Kylie avait vu juste. La nouvelle l'avait suffisamment ébranlée pour provoquer un minuscule spasme involontaire au coin de son œil droit. Elle se l'est frotté et s'est mise à bâiller pour tenter de dissimuler sa réaction, mais dans une partie de poker, elle aurait perdu son avantage. Elle venait d'être trahie par un *tell*.

— Je suis sûre que vous avez entendu parler de lui, a rétorqué Kylie. Nevins a tué Raymond Davis, et il a essayé de tuer Teddy.

— Alors bon débarras, a dit Annie. Merci de vous être déplacés jusqu'ici pour m'en informer. Bonne nuit.

— Nous avons aussi récupéré le collier que Raymond et Teddy ont volé à Elena Travers, a ajouté Kylie.

Le tic a repris de plus belle, et son œil a papillonné.

— Teddy n'a rien volé. Il est innocent.

— Alors dites-lui de se rendre. On passera un marché avec lui.

— Quel genre de marché ?

— On mettra Raymond en examen pour le meurtre et on accusera Jeremy d'avoir orchestré le vol. Si Teddy se rend maintenant, on pense pouvoir convaincre le procureur de revoir à la baisse le chef d'accusation au profit d'un homicide involontaire. Il ne prendra que huit ans, a priori. Si on l'attrape avant, le marché tombe à l'eau, et il est bon pour la perpétuité.

— Vous faites fausse route, ma grande, a répliqué Annie. Je vous ai dit que Teddy était avec moi ici même ce soir-là. Vous ne me croyez peut-être pas, mais le jury, lui, me croira.

— Peut-être, peut-être pas, lui a répondu Kylie. Le jury ne demande qu'à gober le témoignage d'une mère, mais un magistrat du parquet un peu futé veillera à ce qu'il sache qu'en l'occurrence maman est une reine de la magouille, une menteuse professionnelle. Et si ça ne suffit pas, il s'assurera qu'il a visionné la vidéo enregistrée par la caméra de surveillance routière la nuit du vol. Les deux types qui ont détourné la limousine d'Elena portaient des masques sur la 54e, mais l'un des deux a été assez idiot pour retirer le sien une fois sur la 53e. Qui a bien pu être aussi bête, à votre avis ?

— Cette conversation est terminée, a répondu Annie avant de fermer la porte.

— Sacré tableau que tu lui as décrit, inspectrice, ai-je dit à Kylie dans l'ascenseur qui nous redescendait au rez-de-chaussée. J'ai particulièrement apprécié la partie sur la caméra de surveillance routière. Très crédible.

— Si seulement elle était vraie, m'a répondu Kylie. Mais les gens sont obsédés par l'idée que l'État les espionne, et je parie qu'Annie Ryder est plus parano que la plupart.

Notre voyage vers Manhattan s'est achevé dans un parfait silence. Une fois de plus, il était près de 2 heures du matin quand je suis rentré chez moi, mais cette fois je n'ai pas eu besoin d'attendre d'être dans mon appartement pour savoir si Cheryl était là.

Angel, mon concierge, m'a remis un mot.

— Le docteur Robinson a laissé ça pour vous.

C'était un simple morceau de papier arraché au cul d'une feuille de bloc-notes jaune. Le reste de la page et le bloc-notes étaient sur le bureau d'Angel. Cheryl avait griffonné un truc en vitesse en sortant de l'immeuble.

« Je passe la nuit chez moi. Gerri, demain matin, 6 h 30. »

J'ai remercié Angel et pris l'ascenseur jusqu'à mon appartement inoccupé.

# 58

Je me suis désapé, douché, me suis pieuté, et j'ai relu le mot de Cheryl. Pas besoin d'être un fin limier pour saisir ce qu'elle voulait dire par « Je passe la nuit chez moi ». Mais « Gerri, demain matin, 6 h 30 » m'a interpellé. Voulait-elle dire : « J'irai prendre le petit déjeuner chez Gerri et je serais ravie que tu te joignes à moi » ? Ou devais-je comprendre : « T'as intérêt à me rejoindre chez Gerri à 6 h 30 pour que je te passe un savon » ?

J'ai programmé mon alarme histoire d'être réveillé à 5 heures et d'arriver au restau suffisamment en avance pour entendre l'avis éclairé de Gerri sur ma situation.

Elle s'est assise sur une banquette en face de moi, et je lui ai donné la version courte des événements de la veille.

— Tes impressions, docteur Love ?

— Juste une, m'a-t-elle dit. Je me demande bien pourquoi je me décarcasse pour te donner des conseils. Je t'avais prévenu l'autre jour que c'était une mauvaise idée de passer tes soirées avec Kylie, mais je ne crois pas que tu aies retenu un traître mot de ce que je t'ai dit.

— Bien sûr que si. Comment oublier ton spectacle de marionnettes où je tiens la vedette dans le rôle du sachet d'aspartame ?

— Je vais faire une dernière tentative.

Elle a fait glisser mon verre d'eau jusqu'au bord de la table.

— Ça, c'est Kylie, m'a-t-elle dit. Son couple ne tient plus qu'à un fil.

Elle m'a dévisagé avec quelque chose de diabolique dans le regard pendant qu'elle poussait lentement le verre du bout d'un doigt.

— Il est au bord du précipice. Ça sent la fin, Zach.

Juste au moment où le verre s'est mis à basculer, je l'ai rattrapé.

— Tu es folle, lui ai-je dit.

— Et toi, tu es désespérant. Tu n'arrives pas à laisser partir Kylie, et tu veux être systématiquement présent pour la rattraper au cas où elle tomberait dans l'abîme.

— Quel mal y a-t-il à ça ?

Elle s'est levée.

— Bonne question. Pourquoi tu ne la poses pas à la femme qui vient d'entrer dans mon restau ? m'a-t-elle dit en s'empressant de retourner à ses fourneaux.

C'était Cheryl. Elle s'est assise en face de moi et est allée droit au but.

— Qu'est-ce qui s'est passé hier ? Et ne lésine pas sur les détails.

Je lui ai tout raconté, de la visite matinale de Q à notre brève visite nocturne au domicile d'Annie Ryder. Psychologue chevronnée, elle m'a écouté sans m'interrompre.

— Si tu savais que Kylie et toi vous partiez en hélico à Atlantic City, pourquoi tu m'as menti en me racontant que tu travaillais ? m'a-t-elle dit une fois mon récit terminé.

— C'était parfaitement idiot, ai-je répondu. Tu ne peux pas savoir à quel point je suis désolé.

— Le plus blessant, c'est que tu te sois senti obligé de me mentir. Tu croyais que si tu me disais la vérité j'essaierais de te retenir ?

— Cheryl, je t'ai dit la vérité mardi soir quand je t'ai plantée en plein dîner, mais ça ne t'a pas empêchée de me faire la gueule. Et le lendemain soir, chez Paola, tu m'as dit que tu adorais être avec moi mais que tu n'étais plus sûre d'être capable de vivre avec moi.

— Zach, m'a-t-elle répondu en posant sa main sur la mienne, c'est parce que vivre avec toi, ça consiste en grande partie à ne pas vivre avec toi. Quand on sortait ensemble et que tu étais occupé, j'étais chez moi, dans mon propre appartement. Tu me manquais, mais je gérais, parce que je comprends qu'on ait des impératifs quand on est un enquêteur d'élite. Mais c'est différent quand je suis dans ton appart à toi.

J'ai haussé les épaules.

— Pourquoi ?

— Parce que quand tu ne rentres pas, je ne suis pas juste seule, je suis seule dans un lieu où je préférerais ne pas être. Tous les trucs que je vois me font penser à toi, mais tu n'es pas là. C'est comme si je vivais avec un fantôme.

— Donc tu déménages ?

— Je ne te quitte pas, mais oui, effectivement, j'envisage sérieusement de quitter ton appartement.

— Quand ?

— Je ne sais pas. J'avais évoqué une période d'essai d'un mois, et je suis une femme de parole. Ça ne fait que vingt-huit jours, alors on peut refaire un essai ce soir.

J'ai fermé les yeux et les ai frottés avec la base de mes pouces.

— Je ne serai pas à l'appart ce soir, ai-je dit.

Elle a ri.

— Pourquoi ?

— Kylie et moi, on monte un dispo au Hudson Hospital et on va passer toute la nuit à planquer. Ce n'est pas dans mes habitudes, mais je m'y suis engagé auprès de Cates et du mari de la maire. Je suis vraiment désolé.

— Ne t'excuse pas, m'a dit Cheryl. C'est ça qui fait de toi un flic génial.

— Ouais, ai-je dit. C'est tout moi. Génial comme flic, mais nul comme petit ami.

# 59

Annie n'avait trouvé qu'une seule raison permettant d'expliquer pourquoi une fouine comme Jeremy avait détalé en laissant derrière lui un collier à 8 millions de dollars : il ne valait pas 8 millions.

Il existait un moyen d'en avoir le cœur net. Poser la question à Ginsberg.

— Aucun défaut, lui a assuré Ginsberg après avoir inspecté le collier à la loupe pendant moins de vingt secondes. Chaque pierre est parfaite.

Annie a souri pour la première fois depuis son départ de Katz's Deli. Ginsberg avait passé soixante ans dans le commerce de gros d'articles de bijouterie.

— Donc il est authentique, lui a-t-elle dit.

— Non, synthétique. La perfection n'existe pas dans la nature. Dans les sciences, si. Ces pierres ont été produites en laboratoire. L'opération prend quelques mois, alors elles sont plus attrayantes que la plupart des cochonneries dont sont faits les bijoux fantaisie. Mais authentiques ? Non.

Le sourire d'Annie a laissé place au désespoir, et Ginsberg l'a entourée de ses bras. Huit mois par an, ils allaient au restaurant, au cinéma, voir jouer les Mets, quand elle ne passait pas simplement la nuit chez lui, au troisième étage de leur immeuble. Juste avant Thanksgiving, il s'envolait pour la Floride et, au printemps, ils reprenaient là où ils s'étaient arrêtés.

— Désolé pour la mauvaise nouvelle, mais tu sais ce qui va t'aider à te sentir mieux ? lui a-t-il dit en lui faisant un clin d'œil. Un brin de conversation.

Du haut de ses quatre-vingt-deux ans, Ginsberg se vantait de posséder la libido d'un sexagénaire et, si Annie attachait assez peu d'importance au sexe, il y avait des fois où elle éprouvait le besoin de se rassurer en se blottissant contre un homme tout chaud plutôt que contre une urne en bronze.

Des fois comme cette fois-ci.

Une heure plus tard, elle a annoncé la mauvaise nouvelle à Teddy.

— Donc ce collier, c'est de la camelote, a conclu Teddy.

— Pas de la camelote, mais il ne vaut pas assez cher pour qu'on mouille notre chemise en essayant de le vendre.

— Alors qu'est-ce qu'on va faire, m'man ?

Annie n'en savait rien.

— Te fais pas de mouron, gamin. J'ai une idée, lui a-t-elle menti. J'ai juste besoin d'un peu de temps pour y réfléchir.

Elle en était toujours à tenter d'échafauder un plan quand les deux inspecteurs s'étaient pointés, lui avaient appris la mort de Jeremy et avaient proposé à

Teddy que son chef d'accusation soit revu à la baisse. Huit ans, ça faisait long, mais elle ne se le pardonnerait jamais s'il se faisait pincer et devait passer le restant de sa vie derrière les barreaux. Annie a décidé de laisser la nuit lui porter conseil.

La solution lui est apparue au beau milieu de la nuit. Ça tombait tellement sous le sens qu'Annie s'est frappé le front du plat de la main, l'air écœuré de ne pas l'avoir entrevue plus tôt. Elle a pris sa douche et fait du café puis, à 7 h 15, elle est sortie acheter une boîte de donuts et les journaux du matin sur la 27e et les a rapportés chez elle.

Assis à la table de la cuisine, Teddy buvait son café.

— Qu'est-ce que tu fais debout ? s'est-elle étonnée.

— C'est ce crétin de chat qui m'a réveillé, et j'ai plus faim que sommeil. T'as quoi dans les mains ?

Elle lui a lancé les donuts puis a ouvert le *Daily News* à une double page qui parlait des Bassett.

— Ton copain Jeremy est mort, lui a-t-elle dit. Il a zigouillé un des deux frères bijoutiers à coups de couteau, et l'autre frère l'a plombé.

Teddy a eu un rictus.

— Géant.

— Ouais, géant, a-t-elle répété. Je reviens.

Elle est allée dans la chambre, et elle est revenue avec le collier. Elle l'a déposé sur l'article consacré aux Bassett et a sorti son smartphone.

— Qu'est-ce que tu fais, m'man ?

— Je prends une photo, lui a-t-elle répondu en tentant de trouver le bon angle.

— Pourquoi ? Je croyais que le collier ne valait rien.

— C'est un faux, mais il est loin de ne rien valoir.

Elle a pris une photo puis l'a supprimée.

— Tu as déjà entendu parler de Jack Ruby ? a-t-elle demandé à son fils.

Teddy a réfléchi quelques secondes avant de sourire.

— Ouais. C'est le type qui a tiré sur le président Kennedy.

— Presque. Ruby a tiré sur le gars qui a tiré sur Kennedy. Il s'est servi d'un 9 millimètres acheté 62,50 $, a-t-elle expliqué. J'ai trouvé ça sur Internet ce matin.

— Et alors ?

— Et alors, aujourd'hui, combien vaut le revolver qui a servi à tuer Lee Harvey Oswald, à ton avis ?

Teddy a haussé les épaules.

— Aucune idée, a-t-il bredouillé, la bouche pleine de donut.

— Moi non plus. Mais je peux te dire qu'en 2008 le flingue a été vendu 2 millions à un collectionneur.

— C'est dingue, m'man. Qui paierait 2 millions pour un vieux 9 millimètres ?

— Un touriste du crime, gamin. C'est devenu une vraie pièce de musée. Il y a plein de désaxés prêts à sortir un fric fou pour rapporter chez eux un petit souvenir d'un crime majeur.

Le visage de Teddy s'est éclairé.

— Alors tu vas vendre le collier sur eBay ?

— Non, lui a répondu Annie en mitraillant le collier avec son appareil photo. J'ai déjà trouvé un acheteur.

# 60

Je n'avais dormi que trois heures au cours des vingt-quatre dernières, j'étais presque à court de carburant, et le triste petit déjeuner pris avec Cheryl m'avait pompé le peu d'énergie qu'il me restait. Je suis rentré chez moi, j'ai débranché tout ce qui bipait, bourdonnait, sonnait ou grésillait, et j'ai dormi neuf heures d'affilée.

Lorsque Kylie est passée me chercher à 18 heures, j'étais déjà rasé, douché, caféiné, et fin prêt à affronter la partie la plus ennuyeuse du boulot d'enquêteur, qui consistait à poireauter, bignoler, planquer, dans l'espoir qu'une bande de délinquants se pointe et donne un sens à mon existence.

— Spence m'a appelée cet après-midi, m'a dit Kylie tandis qu'elle zigzaguait dans les bouchons du vendredi soir sur la voie rapide.

— Et ?

— Il n'y a pas de « et », Zach. Qu'il m'ait appelée est déjà une victoire morale en soi. Tu étais là, hier soir. Il ne supportait pas que je me trouve dans la même pièce que lui, et il avait encore moins envie de m'adresser la parole.

— Mais c'était avant que tu lui offres ton flingue et l'encourages à se faire sauter la cervelle sans délai.

— Ah oui, c'est vrai que j'ai fait ça ! a-t-elle dit en riant. C'était peut-être un chouïa inconsidéré.

— Pourquoi il t'a appelée ?

— Pour me remercier de lui avoir sauvé la vie.

— J'espère que tu as conscience de l'ironie de la situation, lui ai-je dit.

— Arrête de tout analyser. L'important, c'est qu'il ait ouvert la porte au dialogue. Tiens, à propos, comment ça s'est passé avec Cheryl quand tu es rentré hier soir ?

— Hyper-bien. Elle m'a accueilli comme si j'étais Richard Cœur de Lion de retour de croisade.

— Tu déconnes.

— Concentre-toi sur ta conduite, ou tu vas rater la sortie, lui ai-je répondu.

Elle est sortie au niveau de Grand Street, et on a pris vers l'ouest jusqu'au Hudson Hospital, un imposant complexe hospitalier tout de verre et d'acier, à la limite de Chinatown et de Little Italy.

On a sauté dans un ascenseur dans le hall d'accueil et on s'est rendus deux étages plus bas, dans la salle des opérations de sûreté, où on a retrouvé Jenny Betancourt, Wanda Torres et Frank Cavallaro, le chef de la sécurité de l'hôtel.

Ils étaient assis devant une rangée de moniteurs bien plus perfectionnés que ceux dont disposait Greg Hutchings au Mercy Hospital.

— Ils ont ouvert le bal ce matin, a commencé Torres.

— On vous a isolé la séquence, a dit Cavallaro. Regardez cet écran.

La vidéo montrait une section du troisième étage dont la rénovation était sur le point de s'achever. Conformément au plan d'Howard Sykes, les mammographes 3D y étaient « temporairement » entreposés, leur accès étant interdit au personnel et aux patients.

— Ne quittez pas des yeux ce type-là, avec la chemise verte, nous a dit Torres en pointant l'index vers un plan large montrant un homme en train d'enduire du Placo en préparation de l'arrivée des peintres. Le moins que l'on puisse dire, c'est qu'il a l'air féru de mammographie.

L'homme a posé ses outils, s'est baladé l'air de rien jusqu'au matériel de pointe, et a sorti son téléphone portable.

— Il n'est pas en train de commander une pizza, hein ? a commenté Kylie. C'est possible d'avoir un gros plan sur son portable ?

— Vous rigolez ? lui a répondu Torres. Avec la puissance du zoom de cet appareil, on peut voir un tatouage sur le cul d'une mouche et corriger les fautes d'orthographe.

— Bon Dieu, Wanda, s'est agacé sa coéquipière.

Elle nous a regardés, a hoché la tête de dépit, et a ajouté :

— Je vous ai dit qu'elle s'était fait virer de l'école des bonnes manières ?

Le technicien devant sa console a réprimé un rictus, resserré le plan et figé l'image sur la main droite du plaquiste. Tout en bas, l'écran de son téléphone affichait un minuscule carré rouge.

— Il n'est même pas en train de téléphoner, a indiqué Torres. Il filme, et il commente en direct.

Moins d'une minute plus tard, il avait terminé. Il a touché l'écran, attendu, puis rangé le téléphone dans sa poche.

— Il vient de leur envoyer une vidéo de la cible, a expliqué Betancourt, et on imagine qu'il a aussi filmé chaque centimètre carré qu'il va devoir parcourir avec sa clique pour entrer dans la clinique et en sortir.

— Ces types ne traînent pas, a dit Kylie. On sort un communiqué, et vingt-quatre heures plus tard ils ont déjà réussi à introduire un de leurs gars.

— On croirait, mais en fait non, a expliqué Cavallaro. L'équipe de plaquistes a commencé le boulot il y a deux semaines. Depuis, cet homme est là chaque jour.

— À ce moment-là, ils ne pouvaient pas savoir qu'il y aurait quelque chose à voler, ai-je observé. Peut-être qu'ils l'ont recruté une fois qu'on avait tendu notre piège. Vous savez quelque chose de lui ?

Cavallaro a acquiescé.

— Aucun de ces ouvriers n'a accès à ce bâtiment tant que l'entreprise de BTP ne nous a pas communiqué leur profil et qu'on n'a pas vérifié les infos. Ce type s'appelle Dave Magby. trente ans, entré dans l'armée au sortir du lycée, deux missions en Irak, marié, un gosse, casier judiciaire vierge.

— Un autre citoyen respectueux des lois, a dit Kylie. Comme Lynn Lyon.

— La brigade d'intervention d'urgence vient de passer le relai, nous a informés Betancourt. Vous avez une équipe fraîche et pimpante pour vous tenir compagnie toute la nuit. Nous, on vous dit à demain matin.

Elles sont parties, et Kylie et moi nous sommes assis devant les moniteurs.

— La bonne nouvelle, c'est qu'ils ont mordu à l'hameçon, a-t-elle dit. Ils vont venir. On n'a plus qu'à attendre.

## 61

On a attendu. À 23 heures, Cheryl m'a passé un coup de fil pour prendre des nouvelles.

— Tu me manques, lui ai-je dit.

— Toi aussi tu me manques. Ça se passe bien, votre planque ?

— On s'emmerde. T'as déjà organisé une fête à laquelle personne n'est venu ?

— Détends-toi. La nuit ne fait que commencer. Ils ont encore huit heures pour se pointer.

Ce n'est jamais arrivé. À 6 heures du matin, j'ai reçu un texto de John Dryden m'informant d'un rebondissement dans l'affaire du meurtre de Leo Bassett. Une heure plus tard, Betancourt et Torres ont pris la relève, et Kylie et moi avons mis le cap sur le laboratoire de police scientifique.

Nous sommes entrés dans le labo, et le visage de John s'est aussitôt illuminé. D'expérience, je savais que je n'y étais pour rien.

— Veuillez m'excuser de troubler votre samedi, nous a-t-il dit, mais je sais que ce dossier est crucial pour vous.

— On est déjà samedi ? a répliqué Kylie. Le temps file quand on passe douze heures les yeux rivés à un mur d'écrans. Qu'est-ce que tu as à nous apprendre, John ?

Il nous a invités à nous déplacer jusqu'à une table couverte de photos prises sur le lieu des faits.

— Tout d'abord, je suis en mesure de vous confirmer que Jeremy Nevins a tué Leo Bassett à coups de couteau, nous a-t-il dit en nous montrant le corps balafré du magnat du bijou. Toutes les preuves sont réunies. Les empreintes digitales de Nevins sur l'arme du crime, l'angle des lésions et les éclaboussures sanglantes émanant de la victime ne laissent pas de place au doute.

— C'est à peu de chose près ce que tu nous as affirmé jeudi soir, lui ai-je fait remarquer.

Il a levé un index pour me corriger :

— C'est ce que je *supputais* jeudi soir, inspecteur. À présent, je suis prêt à l'attester.

— Bah dis donc, j'ai gagné mon samedi. *What else ?*

— La mort de M. Nevins est due à une unique balle tirée par le.357 Magnum que Max Bassett nous a remis sur place. Là encore, aucun doute.

« Aucun doute. » Du John le Carré tout craché.

— Donc, carton plein pour toi, lui ai-je dit.

— Et, pour finir, le collier que j'ai trouvé dans le sac à dos de M. Nevins correspond à celui qui fait l'objet d'une déclaration de vol, arraché au cou d'Elena Travers.

— Il porte les empreintes de Nevins ? lui ai-je demandé.

— Excellente question. J'y viens, justement. Ce qui est intéressant, c'est qu'il ne porte aucune empreinte.

— Aucune ?

Il n'a pas répondu. John ne répond pas aux questions idiotes en répétant des éléments qu'il a déjà exposés.

— Désolé. Je sais que tu as dit « Aucune », mais est-ce que le collier ne devrait pas au moins porter les empreintes d'Elena ? l'ai-je questionné.

— Pas si Nevins a nettoyé le collier, ce que ferait logiquement n'importe quel criminel doué d'une intelligence moyenne.

Je n'étais pas d'accord. Pourquoi Nevins aurait-il fait disparaître ses empreintes s'il cherchait à vendre le collier à Bassett ? Ça n'avait aucun sens, mais ça ne valait pas le coup d'en débattre avec John.

La graine d'une idée a germé dans mon cerveau, et j'ai fermé les yeux pour tâcher de rassembler mes pensées. Kylie et Dryden me connaissaient tous deux suffisamment bien pour savoir qu'il valait mieux se taire.

— John, ai-je dit lentement, les paupières toujours closes. Quand tu dis que le collier a été nettoyé, tu parles du genre de nettoyage que te fait un bijoutier quand tu lui apportes une bague de diamant – un polissage et un passage à la vapeur ?

— Oh non, m'a répondu Dryden. De ce point de vue-là, le collier est plein de saletés. Les pierres précieuses sont des aimants à graisse, c'est pour ça qu'on conseille aux femmes de ne pas mettre leurs bijoux avant de s'être maquillées et parfumées. Plusieurs des émeraudes qui composent cette création ont perdu leur éclat. Ce collier a été terni par des sécrétions lipidiques cutanées. Toujours est-il qu'aucune empreinte ne s'y trouve.

Mes yeux se sont brusquement rouverts.

— Fais voir les photos du meurtre d'Elena Travers.

Il a brassé les photos empilées sur la table jusqu'à en trouver plusieurs de la comédienne décédée gisant sur un trottoir new-yorkais, sa robe blanche maculée de sang, la peau de sa poitrine marquée par de profondes crevasses à l'endroit où le collier avait été arraché.

— Regarde-moi ça, ai-je dit en posant l'index sur l'une des photos.

J'en ai touché deux autres.

— ... Et ça, et ça. Je crois que tu peux ressortir ton microscope et réexaminer ce collier à 8 millions de dollars.

— Oh là là, a dit Dryden en comprenant.

— Le salaud, s'est exclamée Kylie, juste derrière lui. John, si Zach a raison, on peut se faire Max Bassett.

— Oh là là, a répété Dryden. Je sais ce que vous cherchez, et je peux vous donner immédiatement la réponse. Vous ne trouverez rien.

— Aucune preuve, rien du tout ? lui ai-je demandé.

— Pas un cheveu, m'a-t-il répondu. Et ça aussi, je l'attesterai.

— Merci, mais je ne sais pas quel poids cette absence de preuves aura au tribunal.

— Quand bien même, inspecteur Jordan, je te tire mon chapeau. Excellent raisonnement. J'aurais aimé déduire ça moi-même. Bravo l'artiste.

Son visage s'est de nouveau éclairé. Seulement, cette fois, c'est à moi qu'il souriait.

# 62

— Sinatra avait raison, a dit Kylie. Le samedi soir, c'est le soir le plus triste de la semaine.

— Alors tu as de la chance, ai-je répliqué. Plus qu'une heure et vingt-sept minutes et on sera dimanche matin.

Nous étions de nouveau dans les entrailles du Hudson Hospital, les yeux fixés sur les écrans, à chercher un truc pas net – et avec, les emmerdes. C'était la deuxième nuit de planque. Surtout, c'était la vingt-neuvième nuit de notre tentative de vie commune, à Cheryl et à moi, et cette nuit-là encore, nous vivions séparés.

— Hé, levez le museau.

C'était Frank Cavallaro. Le gigantesque complexe hospitalier était si animé que nous avions besoin d'un habitué des lieux pour nous signaler toute activité qui sortait de l'ordinaire. Frank faisait équipe avec nous pendant que son adjoint était de service.

— Poste quatorze, caméra trente-trois, nous a-t-il dit en désignant l'écran.

Un fourgon caisse de cinq mètres de long venait d'entrer en marche arrière sur le quai de chargement. Il était d'un blanc immaculé, à l'exception des mots « Collecte médicale » peints en rouge sur les côtés.

— Quel est le problème ? lui ai-je demandé. Tu ne les reconnais pas ?

— C'est notre service habituel d'enlèvement des déchets médicaux à risques, a expliqué Cavallaro, sauf qu'il n'est que 22 h 30. Ils ne sont pas censés se pointer avant 3 heures du matin, moment où un nombre restreint de patients se promènent sur le site. Ça rebute les gens de voir un gros conteneur avec l'inscription « Déchets infectieux » rouler dans les couloirs.

J'ai activé mon émetteur radio.

— À toutes les unités, ici le poste de contrôle. Code Orange sur le site numéro quatorze. Quatorze, on n'attend pas cette camionnette avant 3 heures du matin. Renseignez-vous.

On a monté le son du moniteur et regardé le guetteur qui planquait sur le quai de chargement (un médaillé de la brigade d'intervention d'urgence) s'approcher du fourgon côté conducteur, un calepin à la main.

— Vous êtes pressés de rentrer chez vous ? a-t-il demandé. Vous avez quatre heures d'avance.

— Une de nos camionnettes est hors service, lui a répondu le conducteur, alors on nous a mis sur deux trajets. Donc, je vous rassure, on n'est pas couchés. Dans quatre heures on sera en train de bosser à Brooklyn.

— Faites-leur signe de passer, quatorze, ai-je dit.

Notre guetteur a haussé les épaules.

— Ça vous regarde, leur a-t-il dit. Faites ce que vous avez à faire.

Il a regagné sa guérite sur le quai de chargement, et il a pris un journal. Le conducteur et trois autres hommes sont sortis de la camionnette. Tous portaient une combinaison blanche à capuche en polyéthylène Tyvek, des gants en nitrile et un masque à gaz. Ils ont baissé le hayon élévateur hydraulique, ouvert les portes arrière et grimpé à l'intérieur du véhicule, dont ils ont sorti une énorme poubelle en métal estampillée « DASRI » : Déchets d'activités de soins à risque infectieux.

— Ils sont bidon, a affirmé Cavallaro. Primo, cet accoutrement, c'est excessif. Ici c'est une clinique, pas Tchernobyl. Deuxio, tout ce dont ils ont besoin, c'est deux ou trois fûts en plastique de cinq cents litres. Je me demande bien à qui ils sont allés piquer ce caisson de transport. Il est assez gros pour contenir quatre frigos… ou un mammographe 3D.

Les quatre hommes ont arpenté prestement les couloirs, passant devant plusieurs rangées d'ascenseurs jusqu'à trouver celui dont ils savaient qu'il les mènerait exactement là où ils souhaitaient se rendre.

En raison de la réglementation sur le respect de la vie privée, aucune des caméras de vidéosurveillance au-delà du quai de chargement n'enregistrait le moindre son, mais nous pouvions suivre visuellement chaque étape de leur progression. Au troisième étage, le seul obstacle entre eux et les mammographes était une gigantesque porte métallique à double battant fermée à l'aide d'un cadenas accroché à un moraillon.

— Je pourrais ouvrir ce cadenas avec une pince à cheveux, a dit Cavallaro. Il n'est là que pour barrer la route au personnel indiscret qui voudrait voir comment avancent les rénovations.

Le quatuor d'experts ès déchets infectieux n'avait pas besoin de pince à cheveux : il possédait un coupe-boulons. En quelques secondes, les gars étaient entrés sur le chantier de rénovation, avaient fait rouler leur conteneur jusqu'à l'un des mammographes, et l'avaient ouvert. Le conducteur a sorti un talkie-walkie, retiré son masque à gaz et pris la parole.

— Il communique avec qui? a demandé Kylie. Est-ce que c'est possible qu'ils aient quelqu'un sur pl…

Chacune des images affichées sur le mur d'écrans s'est mise à trembler, s'est couverte de neige électronique gris et blanc, puis a disparu.

— Merde, a braillé Cavallaro. Comment ils ont fait ça, nom de Dieu?

J'ai empoigné mon émetteur radio.

— À toutes les unités. Code rouge. On a perdu le contact visuel. On a quatre suspects en combinaison blanche. Verrouillez tout. Je répète : verrouillez toutes les issues.

Je suis sorti de la salle de contrôle à toute vitesse, Kylie sur mes talons. Finalement, la fièvre du samedi soir nous avait gagnés.

# 63

Dans un monde idéal, nous aurions suivi le déroulement du vol sur les écrans vidéo assez longtemps pour obtenir une preuve d'intention concluante qui tienne la route devant un juge. Nous n'avions pas encore de quoi faire, mais après la coupure de courant, nous avions perdu le contrôle de la situation. Alors fini de jouer au chat et à la souris : la chasse à l'homme avait commencé.

J'avais des gars aux quatrième, cinquième et sixième étages. En même temps que Kylie et moi grimpions les escaliers au pas de course, je leur ai donné l'ordre de se rassembler au troisième.

Les premiers coups de feu ont retenti au moment où nous sommes arrivés dans le hall d'accueil. Quelques secondes plus tard, un rapport me parvenait par radio interposée :

— Coups de feu au troisième. Les suspects se sont séparés et ont pris la fuite. J'en course un qui monte. Les autres sont redescendus.

On avait assez de gars qui couvraient le hall. Kylie et moi avons couru jusqu'au deuxième étage et sommes arrivés juste à temps pour apercevoir un homme en combinaison blanche dévaler le couloir. On a dégainé, et Kylie a hurlé :

— Police ! Ne bougez plus ! Lâchez votre arme !

Il ne s'est pas arrêté de courir, ni de bouger, mais il a bien lâché quelque chose. Ce n'était pas son arme. Kylie et moi avons plongé de côté pour nous mettre à l'abri tandis que le projectile roulait vers nous. Il a explosé dans un flash de lumière aveuglante, et la détonation, amplifiée par l'acoustique du couloir de la clinique, nous a déchiré les tympans.

Les grenades assourdissantes ne sont pas conçues pour causer des dommages corporels permanents, mais leur pouvoir de destruction limité est compensé par leur capacité à paralyser quiconque en fait les frais. J'ai perdu la vue pendant au moins cinq secondes, mes jambes se sont mises à trembler lorsque j'ai tenté de me relever, et mes oreilles à bourdonner. J'ai aidé Kylie à se remettre debout, et lorsqu'on a tous retrouvé nos repères, notre cible était tout au bout du couloir.

Une fois là-bas, on a eu tout juste le temps de voir le type sauter par-dessus le poste des infirmières, décrocher du mur un extincteur et se précipiter dans une salle.

On a interrompu notre course-poursuite et on s'est postés de part et d'autre de la porte.

— Vous n'avez nulle part où aller, lui a hurlé Kylie, à bout de souffle. Sortez et montrez-moi vos mains.

Pour seule réponse, il a tiré un coup de feu. Un tir dans le vide, mais il clarifiait ses intentions. Il ne comptait pas se rendre sans nous opposer de résistance. Le tir a été suivi d'un bruit de verre volant en éclats. Puis, plus rien.

Au terme de dix secondes de silence, Kylie s'est accroupie, a passé la tête à l'intérieur de la pièce et l'a aussitôt retiré.

— Il est sorti par la fenêtre, m'a-t-elle dit.

— Il a sauté du deuxième étage, me suis-je étonné en entrant.

— Non, m'a-t-elle contredit en regardant vers le bas. Le toit de l'entrée des urgences est directement au-dessous de nous. C'est pour ça qu'il est venu ici.

Il avait brisé la fenêtre avec l'extincteur mais négligé de retirer les morceaux de verre pointus qui dépassaient du rebord inférieur, et ils étaient tachés de sang.

— On dirait qu'il s'est coupé, et pas qu'un peu, a observé Kylie en ramassant l'extincteur. Ça va peut-être le ralentir.

Elle a défait les stalagmites de verre qui s'élevaient depuis la traverse basse, a grimpé, puis sauté.

Je l'ai imitée. L'auvent du service des urgences se trouvait deux mètres et demi plus bas seulement. C'était un poste d'observation idéal, et j'ai repéré l'inratable combinaison blanche de notre fuyard une rue plus loin : il dévalait les escaliers de la bouche de métro Grand Street.

On est descendus de notre perchoir pour atterrir sur le toit d'une camionnette du SAMU garée au-dessous, on a crapahuté sur le capot de l'ambulance, et on s'est mis à courir en direction du métro.

En arrivant devant l'entrée, on a entendu le métro s'arrêter. On a dégringolé l'escalier et enjambé le tourniquet. Une douzaine de personnes étaient sorties du train, et on les a passées en revue au cas où il aurait cherché à revenir sur ses pas en se mêlant aux usagers qui descendaient.

On ne l'a pas vu, et désormais tous les gens qui avaient attendu la rame de métro étaient montés. Le quai était désert à l'exception d'un tas de Tyvek blanc jeté en boule.

La voix de la conductrice a résonné contre les parois caverneuses :

— Attention à la fermeture des portes.

J'en ai bloqué une avec mon corps juste avant qu'elle ne se referme et, au prix de quelques contorsions, on s'est introduit à l'intérieur de la dernière voiture de la rame.

Une femme a vu nos pistolets et poussé un cri.

— Police, ai-je braillé pendant qu'on sortait nos insignes. Tout le monde reste où il est.

On était samedi soir, alors il y avait surtout des jeunes, ainsi que l'habituel melting-pot de New-Yorkais présent à toute heure dans n'importe quel métro. Personne n'a pipé.

— Il faut qu'on le trouve avant la prochaine station ou il va nous semer, a déclaré Kylie.

— Il a bazardé sa combinaison, ai-je dit, mais on n'est même pas sûrs qu'il soit monté dans le train.

— Si, on en est sûrs, a répliqué Kylie en me montrant le sol.

Je me suis penché pour regarder de plus près. C'était petit. Pas plus grand qu'une pièce de dix cents. Mais c'était frais, et c'était rouge.

Du sang.

## 64

On a fait coulisser la porte donnant sur la voiture attenante et on a parcouru l'allée jusqu'à trouver une autre petite tache. On a continué de marcher vers l'avant du train. « Prochain arrêt : Broadway-Lafayette », a annoncé la voix de synthèse.

— On n'a pas le temps de fouiller tout le train avant la prochaine station, ai-je dit.

— Alors on va gagner du temps, m'a répondu Kylie en appuyant sur le bouton rouge de l'interphone d'urgence.

Une voix féminine a glapi :

— C'est la conductrice. Quelle est votre urgence ?

— Inspectrice MacDonald, NYPD. J'ai besoin que vous arrêtiez ce train tout de suite.

— Madame, on arrive à la prochaine station dans moins de trente secondes. Ça ne peut pas atten…

Kylie a explosé :

— Non ! Il y a un fugitif armé à bord. Arrêtez ce train maintenant, bordel.

En quelques secondes, le train s'est immobilisé dans un grincement de ferraille strident.

Pistolets dégainés et insignes bien en vue, Kylie et moi avons entrepris de remonter la piste sanglante. Nous venions d'entrer dans la voiture suivante quand la voix de la conductrice a tonitrué à travers les haut-parleurs :

— Mesdames et messieurs, nous vous prions de nous excuser pour notre retard, mais ce train est actuellement à l'arrêt en raison d'une enquête policière. Veuillez garder votre calme, nous vous tiendrons informés de la situation dans les plus brefs délais.

— Connasse, a dit Kylie. S'il n'était pas au courant qu'on arrivait, maintenant il l'est.

On a ouvert la porte menant à la quatrième voiture. Personne n'a prononcé le moindre mot, mais une grappe de New-Yorkais stupéfaits ont alors pointé l'index vers une fenêtre à ouvrir en cas d'urgence, et qui avait été poussée.

J'ai sauté sur le siège, escaladé la fenêtre, et laissé mon corps s'affaler sur la plateforme parallèle à la voie. Kylie s'est laissée tomber après moi.

C'était le moment de demander du renfort, mais les émetteurs radio du commissariat ne fonctionnent pas sous terre. Nous étions seuls.

L'éclairage était rudimentaire, alors nous avons remonté le tunnel mollo et piano sans ignorer qu'un homme armé pouvait ouvrir le feu sur nous de n'importe quel recoin du tunnel enténébré.

J'ai entendu un bruit derrière moi. J'ai fait volte-face et braqué mon pistolet sur une silhouette qui sortait de l'ombre pour se jeter sur moi.

— Police ! ai-je crié. À terre. Maintenant !

— Ne tirez pas, ne tirez pas. C'est moi, c'est tout. C'est moi.

« Moi » était une jeune Hispanique en tenue de conductrice.

— Retournez à l'intérieur du train, lui ai-je ordonné.

— L'ingénieur vient de me contacter par radio, m'a-t-elle dit en haletant. Ne tirez pas. Votre gars… il est au-devant du train. Il est presque arrivé à la station. Il est en train de s'enfuir.

Kylie et moi avons remonté la plateforme en courant. Une fois la voiture-pilote dépassée, on a sauté pour continuer notre chemin sur le ballast, au centre de la voie. Une silhouette solitaire, distante d'une cinquantaine de mètres, boitillait en direction de la station. Elle a attrapé le bord du quai, s'est hissée, a vacillé puis est tombée à la renverse pour s'échouer sur les rails.

Elle a tenté de se relever, mais désormais nous étions au-dessus d'elle.

— Vous avez gagné, nous a dit l'homme en jetant son flingue par terre.

Il avait la trentaine, les cheveux blonds coupés ras, la peau blanche, un agréable visage passe-partout qui devait être très beau lorsqu'il n'était pas déformé par une grimace.

— Quel est votre nom ? lui ai-je demandé.

— Rick Hawk, m'a-t-il répondu. Je peux vous réclamer une faveur avant que vous commenciez à me poser des tas de questions ? Je suis en train de perdre pas mal de sang.

Son jean était gorgé de rouge au niveau de sa jambe gauche.

— Vous avez dû vous couper une veine, lui ai-je dit. Si c'était une artère, vous seriez déjà mort.

— Vous pouvez me conduire à l'hôpital ?

— Bien sûr, monsieur Hawk, lui ai-je répondu. Il faut juste qu'on regarde s'il en reste un dans cette ville qui accepte de vous soigner.

# 65

Pendant que Kylie et moi escortions Rick Hawk jusqu'au Hudson Hospital, ses complices, eux aussi sous bonne escorte, quittaient les lieux : les trois hommes arrivés avec lui à bord de la camionnette de collecte médicale, et la femme qui avait désactivé les caméras de vidéosurveillance.

— Soirée réussie pour la police de New York, s'est réjoui Frank Cavallaro lorsqu'on s'est regroupés dans son bureau. Aucune victime et, cerise sur le gâteau, quand je me réveillerai demain matin, je serai toujours le chef de la sécurité du Hudson Hospital.

Puisque l'un de nos cinq beaux voyous avait besoin d'une transfusion et que les quatre autres étaient en route pour le dépôt, Kylie et moi avons décidé d'aller nous coucher et d'attendre le lendemain pour les interroger un par un.

Je suis rentré chez moi peu avant minuit.

— L'inspecteur a pris sa soirée? m'a dit Angel quand j'ai passé la porte.

J'ai grimacé et résisté à la tentation de lui demander si ma petite amie était dans mon appartement.

Elle n'y était pas. Et elle n'avait pas laissé de mot.

Mes fringues semblaient avoir été portées par l'un de ces soldats nettoyeurs de tunnels pendant la guerre du Vietnam. Je me suis déshabillé, j'ai pris une douche, passé un boxer et un T-shirt propres, dégoupillé un Flanby, squatté mollement le canapé et allumé la télé.

On était dimanche matin, 0 h 15, jour 30 de ma tentative malheureuse de cohabitation avec mon amoureuse. La période d'essai était révolue, et j'avais à peu près tout foutu en l'air. J'étais sur le point de me faire rembarrer.

*C'est ça, ta vie, maintenant, Zachary*, ai-je pensé. *Glander en calbut à l'appart, jouer avec la zapette et engloutir cuillerée sur cuillerée de lait gélifié au caramel. Pathétique.*

J'étais confortablement installé et prêt à faire mon Caliméro quand la porte d'entrée s'est ouverte.

— Salut.

C'était Cheryl.

Je me suis redressé.

— Où est-ce que t'étais fourrée ? lui ai-je demandé, implacable. Je me suis tourné les pouces à t'attendre toute la soirée.

J'ai tenté de garder mon sérieux, mais c'était impossible. On a tous les deux éclaté de rire. Ça n'allait rien changer, mais au moins ça a eu le mérite de briser la glace.

— Ma mère avait une place en plus pour aller voir *Pagliacci* et, n'ayant rien de mieux à faire, je l'ai accompagnée, m'a-t-elle expliqué.

— Pagliacci, c'est la nouvelle recrue des Knicks de New York, c'est ça ?

Elle a ri et s'est assise à côté de moi sur le canapé.

— Tu es rentré tôt d'une planque qui devait durer toute la nuit. Vous avez attrapé vos lascars ?

— Cinq.

— Félicitations. Donc je suppose que tu as eu trop à faire pour réfléchir à la suite des événements nous concernant.

— Au contraire. Je n'ai pensé qu'à ça.

— Et ?

— Tu veux me dire ce que toi tu as décidé, d'abord ?

— Non. La balle est dans ton camp. Ne te défile pas. Sois adulte.

— Je t'aime, lui ai-je dit. Et je ne veux pas te perdre.

— Je t'aime aussi, m'a-t-elle répondu en posant une main sur mon genou. Et je n'ai aucune intention de te perdre.

— J'ai entendu ce que tu m'as dit vendredi matin chez Gerri. Je pensais que vivre ensemble nous rapprocherait, mais en l'occurrence ça ne fait que nous rappeler qu'on passe plein de temps à ne pas vivre ensemble. Tu as toujours l'air hyper-heureuse de me voir quand je rentre ; je n'avais jamais réfléchi à ce que tu dois éprouver quand tu rentres et que je ne suis pas là.

— J'éprouve de la solitude, m'a-t-elle répondu. Je sais que je suis chez moi, chez nous, mais il n'empêche que je trouve l'appartement vide.

— Bon. Allez, je me lance, ai-je dit. Adulte. Je me rends compte que ne pas vivre ensemble nous réussit bien mieux que vivre ensemble. Je suis prêt à recommencer comme avant.

Ses yeux se sont fermés une seconde, puis elle les a rouverts et m'a souri.

— Choix judicieux. Je crois que ça nous rendra tous les deux plus heureux.

J'ai fait de mon mieux pour lui sourire à mon tour.

— Et en plus, je vais récupérer l'usage des tiroirs de ma commode, ai-je ajouté.

Elle m'a enlacé.

— Pas tous. Ce n'est pas parce que j'aime me réveiller dans mon propre lit que je veux le faire tous les matins.

# 66

Il arrive qu'un flic élucide une affaire importante et surfe sur son exploit pendant le reste de sa carrière. Ayant récemment résolu une affaire de vols à la chaîne politiquement délicate, j'aurais volontiers fait durer l'euphorie quelques jours, mais cinq heures après m'être mis au plumard, mon train de la gloire a déraillé.

Mon portable a sonné. C'était Kylie.

— Quoi ? ai-je grommelé dans le téléphone.

— Cates vient d'appeler. Elle nous veut dans son bureau dans vingt minutes.

— Pourquoi ?

— Elle ne s'est pas étendue. Tout ce qu'elle a dit, c'est : « Ne soyez pas en retard. Howard Sykes n'aime pas qu'on le fasse attendre. »

J'ai sauté du lit et commencé à enfiler des vêtements.

— Qu'est-ce qui se passe ? m'a demandé Cheryl, dans le coaltar.

— Je ne sais pas trop. À part qu'Howard Sykes a rendez-vous avec Kylie et moi dans le bureau de Cates.

— Il veut sûrement te remettre les clefs de la ville après ta prouesse d'hier soir.

J'ai consulté ma montre. J'étais à peu près certain que la ville ne procédait à aucune remise de clefs à 6 h 26 du matin.

J'ai sauté dans un taxi direction le commissariat. Kylie m'attendait devant le bâtiment. On a gravi les escaliers dare-dare, et on était dans le bureau de Cates à 6 h 44. Sykes était déjà là.

Cates nous a épargné les préliminaires d'usage.

— Avez-vous interrogé Rick Hawk hier soir ? nous a-t-elle demandé.

— Il n'était pas en état de parler, lui ai-je répondu. Le gars avait perdu un bon litre de sang.

— Avez-vous cherché son nom dans le fichier ?

— Notre priorité était de l'emmener aux urgences, a expliqué Kylie. La brigade a serré quatre autres délinquants, alors on a livré tout ce beau monde au dépôt. Pourquoi ? Hawk avait des antécédents ?

Cates a adressé un signe de tête à Howard Sykes pour lui passer les rênes.

— Il avait *un* antécédent, et pas des moindres, a déclaré Sykes. Il y a trois ans, le sergent-chef Richard Hawk a sauvé des centaines de soldats, d'alliés et de civils en repoussant une demi-douzaine de kamikazes afghans qui avaient infiltré une base de l'OTAN. On lui a décerné la Silver Star.

Sykes nous a remis une photo d'un général quatre étoiles accrochant la récompense sur la poitrine d'Hawk.

— Hawk a quitté les forces armées il y a deux ans. Depuis, il milite pour les droits des anciens combattants. Je vous passe les détails : l'homme que vous avez arrêté hier soir est un héros national.

Mon estomac s'est retourné. Kylie, cependant, a pris la nouvelle à bras-le-corps.

— Sauf votre respect, monsieur, a-t-elle dit, les héros nationaux ne volent pas pour plusieurs millions de dollars de matériel médical.

— Compris. Mais vous réfléchissez comme une flic.

— Je pensais que c'était mon boulot, monsieur.

— Certes, mais mon boulot à moi c'est de penser au retour de bâton qu'on va recevoir quand le public apprendra que la brigade d'élite de ma femme a mis sous les verrous le symbole de l'Amérique.

— Monsieur, je suis patriote jusqu'au bout des ongles, a rétorqué sèchement Kylie, mais une décoration ne constitue pas une carte de sortie de prison. Qu'est-ce qu'on est censés faire, le relaxer ?

— Jugulez l'hémorragie, inspectrice, lui a ordonné Cates. Hier soir, on avait un problème connu de la seule institution policière. Vous l'avez résolu. À présent, on se retrouve avec une emmerde qui est sur le point d'éclabousser toute la sphère politique, et si vous pensez que ce n'est pas vos oignons, c'est que vous êtes dans la mauvaise unité. Votre brigade a été fondée pour servir la maire et se plier à son bon vouloir. Quand elle a un problème, cela devient notre problème à tous.

— Oui, capitaine.

C'est alors que, fait exceptionnel, Kylie s'est excusée :

— Howard, je suis désolée. Que pouvons-nous faire pour vous aider?

Il a secoué la tête.

— Je ne sais pas. Moi, je suis dans la pub. Muriel n'est maire que depuis trois mois. Avant ça, elle était procureure des États-Unis. On a tous les deux nagé avec des requins, mais ils avaient les dents bien moins acérées que ceux qu'on doit affronter aujourd'hui. Surtout Woloch.

J'ai cillé en entendant ce nom.

— Dennis Woloch ? ai-je demandé.

Sykes a acquiescé.

Woloch était le cauchemar de tout substitut du procureur. C'était l'avocat de la défense le plus redoutable de la ville – un mélange entre Clarence Darrow et Lord Voldemort. Sa remarquable faculté à hypnotiser les douze personnes assises sur le banc des jurés était tellement légendaire que la presse l'avait surnommé le Sorcier, un nom qui ne faisait que renforcer son aura.

— Le club des cinq du Hudson Hospital l'a engagé, nous a expliqué Cates. Il a appelé le procureur ce matin. Il veut que le parquet abandonne les poursuites.

Kylie a explosé.

— *Abandonner les poursuites?* Capitaine, on les a cramés en plein vol de matériel. Ils nous ont tiré dessus.

— Il s'avère qu'ils ont utilisé des armes non létales et des balles en caoutchouc, a dit Cates.

— Rien n'est cent pour cent non létal.

— Le Sorcier avancera que ces hommes étaient tous des tireurs confirmés. Qu'ils n'ont utilisé leur arme que pour dissuader la police d'entrer.

— Et les dix cliniques qu'ils ont pillées ?

— Il a fait savoir au procureur qu'il comptait plaider une cause à la Robin des Bois.

— Corrigez-moi si je me trompe, a répondu Kylie avec juste ce qu'il fallait de sarcasme, mais est-ce que Robin des Bois ne volait pas aux riches pour donner aux pauvres ?

— Oui, MacDonald. J'ai lu le bouquin et j'ai vu le film, lui a dit Cates. Mais d'après Woloch, le Congrès est resté insensible à la campagne que mène le sergent-chef pour offrir une meilleure couverture d'assurance maladie aux anciens combattants, alors Hawk et sa bande de joyeux compagnons ont décidé de se financer eux-mêmes. Ils ne vendent pas le matos volé au marché noir. Tout se retrouve dans une clinique souterraine qu'ils construisent pour les vieux briscards. Il y a de quoi embobiner un jury.

— Un jury ? a dit Sykes. Si on a embarqué le Red dans cette affaire, c'est pour qu'elle ne se retrouve pas dans la presse. Si ça vient à se savoir, on aura un cauchemar d'envergure internationale à la une des journaux et ce sera une catastrophe politique pour Muriel.

— J'ai une solution, ai-je déclaré.

Sykes a poussé un soupir de soulagement.

— Dites-moi. Je vous en prie.

— Elle ne va pas vous plaire.

— Peu importe qu'elle me plaise ou non, m'a répondu Sykes, tant qu'elle plaît à ma femme.

— Elle va sûrement la détester, lui ai-je dit. Elle ne requiert aucune virtuosité politique. C'est purement et simplement du pragmatisme de flic qui fait son boulot.

— La virtuosité politique, je m'en tamponne, m'a répondu Sykes. Tout ce que je veux, c'est empêcher Woloch le Sorcier de présenter le sergent-chef Hawk comme un Robin des Bois des temps modernes. Parce que s'il y réussit, ma femme va passer pour le foutu shérif de Nottingham.

# 67

— Cet homme est à l'ouest, nous a dit Cates une fois Howard Sykes sorti de son bureau. Je me fous pas mal de son pedigree de publicitaire. Il a beaucoup à apprendre en matière de sauvetage politique.

— Au moins, il a eu l'intelligence de nous donner son feu vert pour l'idée de Zach, a dit Kylie.

— Bon courage pour la mettre en pratique, a répondu Cates. Un technocrate diplômé de l'Ivy League ne pèse pas lourd face à un bagarreur de rue comme Woloch. Il a mis la maire au pied du mur et il va lui demander la lune. Il est rusé, le salaud.

— En parlant de ruse, ai-je dit, Max Bassett nous a menti sur toute la ligne.

— À propos de quoi ? Il a reconnu le meurtre de Jeremy Nevins.

— Il aurait eu tort de le nier, ai-je dit. Jamais un grand jury ne le mettra en examen parce qu'il a plombé un type qui s'est introduit chez lui pour tuer son frère.

— Alors il nous a menti à quel sujet ?

— Il a identifié le collier que John Dryden a trouvé dans le sac à dos de Jeremy Nevins comme étant celui du vol à l'arraché de l'autre nuit.

— Et la compagnie d'assurances a confirmé ses dires, a ajouté Cates.

— Pas exactement. Elle n'a fait que confirmer qu'elle avait assuré ce collier-là. Une fois le bijou récupéré, plus besoin pour elle de raquer 8 millions, alors pourquoi aurait-elle pris la peine de faire des recherches pour vérifier que le collier assuré et le collier volé étaient bien le même ?

— *Le même ?* Vous êtes en train de me dire qu'il y en avait plus d'un ?

— C'est ce qu'on croit.

— Et votre théorie repose sur… ?

— Sur le fait que quand le frère d'un homme gît dans une mare de sang et que l'homme vient de trouer le corps du type qui a tué son frère, l'homme ne peut pas livrer un récit des événements tellement parfait qu'on croirait qu'il l'a répété pendant des heures. On savait que Max nous cachait quelque chose, mais on ne savait pas quoi, alors on a demandé à John de faire des prélèvements d'ADN sur le collier. Les photos prises sur le lieu du crime montrent que le cou et la poitrine d'Elena ont été lacérés au moment du vol, mais le collier provenant du sac de Nevins ne comporte pas la moindre trace de cheveu, de peau ou de sang de la comédienne.

Cates a haussé les épaules.

— Bah, Nevins a dû le nettoyer à la vapeur, ou faire ce que font les bijoutiers pour décrasser leurs breloques et leur rendre leur éclat.

— Il n'était pas propre. Dryden nous a dit que le collier était altéré par un dépôt de graisses et de sécrétions huileuses, mais que l'ADN prélevé n'était pas celui d'Elena.

— Parce qu'elle ne l'a jamais porté autour du cou, a dit Cates, percutant soudain.

— On pense que les Bassett ont donné un faux collier à Elena puis se sont arrangés pour qu'il soit volé dans le but de toucher l'assurance du véritable collier, a expliqué Kylie. On a donc contacté l'enquêteur d'assurance. Il se trouve que les Bassett ont déposé trois demandes d'indemnisation au cours des vingt-deux dernières années, chaque fois auprès d'une compagnie d'assurances différente. Ils ont systématiquement obtenu un remboursement intégral, pour un total de 19 millions. À tous les coups, ce vol aurait dû se dérouler comme les précédents, mais tout est parti en couille quand Elena s'est fait tuer.

J'ai continué l'histoire :

— Après, ils se sont tous retournés les uns contre les autres. Nevins a tué Davis. Teddy Ryder s'est tiré avec le collier en toc, qu'il a dû prendre pour le vrai. Puis Nevins a tué Leo. Et là, comme par hasard, Max les entend se friter, dézingue Nevins et planque sur lui le véritable collier. Il ne touchera pas l'assurance, mais il s'en fout parce que toutes les pièces ont l'air de s'emboîter parfaitement, alors il peut se détendre.

— Et maintenant que son frère est mort, a complété Kylie, Max devient le seul propriétaire de l'entreprise, ce qui, niveau dédommagement, excède sûrement les 8 millions.

— Vous pouvez prouver quelque chose ? a dit Cates.

— Le seul moyen, ce serait de trouver le faux collier que portait Elena Travers.

— Alors trouvez-le, parce que le procureur va vous rire au nez si vous lui demandez d'ouvrir une information judiciaire au prétexte d'une *absence* d'ADN. Vous savez où chercher, au moins ?

— On va commencer par retourner chez Annie Ryder, a dit Kylie. Si son fils Teddy a le collier, elle acceptera peut-être de nous le donner pour peu qu'on négocie avec lui.

— Allez lui parler et voyez ce qu'elle veut, nous a dit Cates.

— Si tant est qu'on puisse la trouver, ai-je dit. Au rythme où s'accumulent les cadavres, espérons qu'elle soit toujours en vie.

## 68

Max Bassett, au volant de son Land Rover, a pris la sortie au niveau de Shrub Oak pour quitter la nationale et s'est félicité de tomber sur un feu rouge au bout de la bretelle. Cela lui a laissé le temps de jeter un nouveau rapide coup d'œil au *New York Post* posé sur le siège passager.

Il a grimacé un rictus. Sa photo faisait la une. Il a lu la manchette pour la dixième fois :

AFFAIRE TRAVERS :
UN CHASSEUR DE GROS GIBIER
CAPTURE LE VOLEUR DU COLLIER

Il a ouvert le journal à la page 3 et a relu la première phrase de l'article.

« Maxwell Bassett, le bijoutier des stars, également chasseur de gros gibier – dans les traces d'Hemingway –, compte désormais le titre de héros national à son palmarès après avoir tiré sur Jeremy Nevins, tuant ainsi le meurtrier de l'actrice Elena Travers et de son propre frère, Leopold. »

La voiture derrière lui l'a klaxonné, et Max a pris vers l'ouest pour s'engager sur la route 6.

— Je suis un héros, Leo, a-t-il dit. Dommage que tu ne sois plus là pour donner une de tes soirées de gala en mon honneur.

Les cinquante minutes de trajet depuis Manhattan avaient été une promenade de santé, mais la dernière ligne droite exigeait toute son attention. Il a jeté le journal sur le plancher de la voiture pour mieux se concentrer. C'était le début du printemps et, si le givre qui recouvrait naguère le hameau de Mohegan Lake avait fondu, la route cahoteuse qui sinuait sur cinq kilomètres jusqu'à sa résidence à 12 millions de dollars sur le front de mer était toujours marquée par les ravages d'un hiver rigoureux.

Dix minutes plus tard, il a tranquillement garé son Land Rover dans son garage et s'est rendu directement à son hangar à bateaux. Son Skeeter FX-21 y dormait depuis octobre, mais il avait suffi d'un simple coup de fil à Tom Messner, qui en prenait soin depuis des années, pour que le hors-bord de six mètres d'envergure aux lignes racées soit prêt pour la saison. Il a ouvert la glacière que Tom avait installée à bord. Elle contenait les sandwichs au rosbif, la Thermos de café et les cigares qu'il avait demandés, ainsi qu'une chose qui était normalement étrangère à Messner, dont le diplôme le plus élevé était le BEPC : une note manuscrite.

*Cher monsieur Bassett. Mes cons doléances pour vôtre fraire Leo.*
*Signé : Tom.*

Max a ri tout haut.

— Bonne nouvelle, Tom, a-t-il dit. Mon con de « fraire » ne risque plus de m'ennuyer avec ses doléances.

Max a fait faire demi-tour à son Skeeter et l'a piloté lentement jusqu'au centre du lac. Il a réfléchi à ce qui s'était passé depuis sa dernière fois sur le bateau.

Tout avait commencé il y a six mois lors d'un des cocktails hors de prix de Leo destiné à flatter son ego. Dès que Sonia était arrivée avec Jeremy Nevins sur ses talons, Max avait cerné le type : une gueule d'ange dépravée prête à baiser avec n'importe qui pour côtoyer les gros de ce monde. Max l'avait salué froidement et l'avait regardé darder un regard avide sur sa montre Audemars Piguet, en or rose et sertie de diamants. *Gueule d'ange, et cupide avec ça*, s'était avisé Max.

Leo, bien sûr, ne cessait de baver d'envie devant le garçon. Ce soir-là, les deux frères avaient disputé leur habituel concours d'éclats de voix pour savoir s'il fallait ou non franchiser la marque Bassett. Leo y avait mis fin en claquant la porte et en poussant un cri perçant : « Il faudra me passer sur le corps ! »

*Qu'à cela ne tienne*, avait décidé Max. Le lendemain, il avait invité Jeremy à déjeuner.

— Je vais aller à l'essentiel, lui avait dit Max sitôt leurs verres servis. Mon frère en pince pour toi. J'aimerais que tu lui proposes de sortir avec toi.

— Pourquoi il ne me le propose pas, lui ? avait répondu le giton en sirotant son kir royal.

— Il n'est pas stupide. Tu as trente ans de moins, et physiquement tu joues en première division, contrairement à lui.

— C'est vrai. Alors pourquoi je sortirais avec lui sous prétexte que tu me le demandes ?

— Parce que, lui avait répondu Max en ôtant sa montre à 80 000 dollars et en la faisant glisser sur la table, je crois que tu apprécies les belles choses et que tu es disposé à faire ce qu'il faut pour les obtenir.

Maxwell Bassett avait traqué les éléphants en Afrique, les rhinocéros en Namibie et les crocodiles sur les bords du Nil, alors appâter un souriceau était un jeu d'enfant. Jeremy avait soulevé la montre d'une main tremblante.

Après, il avait suffi à Max de faire monter les enchères. Tout s'était déroulé sans accroc jusqu'à ce que Leo fasse son caca nerveux et boude la limousine, et que les deux lourdauds à la solde de Jeremy tirent sur la mauvaise personne. Mais Max s'était adapté et, jeudi soir, dans la cuisine de Leo, tout était rentré dans l'ordre. Il ne lui restait qu'un détail à régler : trouver avant les flics le collier en cristaux synthétisés qu'il avait façonné.

Et puis, soudainement, le bijou l'avait trouvé. Un e-mail lui était parvenu hier soir avec une photo du faux collier, les mots « À vendre » et un numéro de téléphone.

Il avait appelé. La vendeuse n'était nulle autre qu'Annie Ryder. Il n'aurait eu aucun mal à négocier avec son crétin de fils : Max aurait accepté n'importe quel prix, et sitôt le collier récupéré, il aurait récompensé Teddy d'une unique balle dans le crâne. Mais Jeremy l'avait rencardé sur la vieille magouilleuse. Elle était trop intelligente pour concevoir que Max puisse s'aplatir sans négocier. Il allait devoir marchander, lui faire croire qu'il y avait de l'argent à la clef, et finir par la laisser gagner.

Il n'aurait besoin que d'un peu de patience. Et d'une deuxième balle.

Il a coupé le moteur au beau milieu du lac, et le bateau a continué à glisser sur l'eau jusqu'à se stabiliser. Le sondeur de pêche NorCross HawkEye intégré au tableau de bord lui a indiqué que le fond du lac se trouvait à dix-huit mètres de profondeur. Ça ferait l'affaire. Teddy et Annie Ryder arriveraient à la résidence à 14 heures. Avant la tombée de la nuit, ils seraient au fond du lac, lestés aux pieds et éventrés pour que leurs gaz ne les fassent pas remonter à la surface.

Dans quelques jours, les flics lui restitueraient le corps de Leo, et Max poserait pour la presse à ses obsèques, le visage grave et l'air endeuillé. Ensuite, il signerait avec Precio Mundo, et sa toute première création rendrait hommage à son cher frère disparu.

Il a allumé l'un des cigares laissés par Tom, s'est assis confortablement et a laissé le soleil d'avril le baigner de ses rayons. La traque était presque terminée.

## 69

Annie Ryder avait décidé que, dans un univers parallèle, Max Bassett et elle auraient formé un excellent binôme. Il était expert en contrefaçon de bijoux de luxe, et elle… Bah ! Elle, c'était une légende vivante.

Ils auraient pu gagner des millions, mais elle l'aurait laissé en plan au premier coup de feu. Ses histoires de chasse au gros gibier, Annie aurait fait avec. Elles lui servaient juste à prouver qu'il en avait dans le caleçon. Mais l'assassinat d'Elena Travers l'avait instantanément refroidie. Bassett n'avait pas pressé la détente, mais il avait engagé Raymond pour accomplir sa sale besogne, et maintenant Teddy risquait une condamnation pour complicité de meurtre.

L'homme qui aurait pu devenir son complice était désormais son ennemi juré, et Annie Ryder était partie régler ses comptes avec lui.

— Son allée, c'est une vraie patinoire de hockey, a fait remarquer Teddy en manœuvrant le volant de leur vieille camionnette, une Chevrolet toute déglinguée, pour remonter le morceau de terrain verglacé qui conduisait chez Bassett.

— Roule doucement, c'est tout, lui a répondu Annie en apercevant une caméra de surveillance sur un arbre. Et souris : on est filmés.

Teddy, simplet comme il était, a ralenti et fait un sourire.

— N'oublie pas : tu tiens ta langue, lui a rappelé Annie en chemin vers la baraque, une fois la camionnette garée.

Teddy a tiré une fermeture Éclair imaginaire d'un coin de ses lèvres à l'autre, et Annie a sonné à la porte. Max Bassett leur a ouvert et a fouillé Teddy.

— Il a rien, a dit Max en se tournant vers Annie. Et vous ?

— Les flingues ne me servent à rien, lui a-t-elle répondu, et à moins que vous n'ayez sous la main une femme pour m'inspecter, ce n'est même pas la peine d'espérer poser le petit doigt sur moi.

Max se moquait de savoir si elle cachait un arsenal sous son sweat-shirt rouge et noir à capuche. Elle serait morte bien avant de réussir à faire cracher un pistolet.

— Allons discuter dans ma tanière, leur a dit Max.

Il leur a fait traverser un couloir pour les conduire jusqu'à une épaisse plaque en ébène de Macassar qu'il avait lui-même coupée dans une jungle indonésienne. Il a tapé un code sur un pavé numérique, et la porte en bois d'ébène s'est ouverte.

Ils sont entrés, et Annie a entendu la porte se refermer dans un déclic électronique. Elle a trouvé la pièce magnifique, d'un point de vue architectural. Une cheminée en pierre s'élevait jusqu'au toit, traversant un balcon en bois de facture artisanale baigné d'une douce lumière. Mais il y régnait une ambiance de mort. Au centre trônait un tigre blanc qui montrait les dents, figé en plein bond, entouré de dizaines d'autres carcasses empaillées, de cornes, de dépouilles et de têtes murales : une vie entière de trophées accumulés par un homme dont la passion était de tuer d'autres êtres vivants.

Teddy et elle ont pris place sur un canapé en peau de zèbre tandis que Max s'installait à un bureau en cuir bordé d'ivoire.

— Combien vous voulez ? leur a-t-il demandé.

— Le collier est assuré pour 8 millions, lui a dit Annie.

— Il a été retrouvé, celui-là. À l'heure qu'il est, vous avez dû vous apercevoir que celui que vous avez est une imitation sans grande valeur.

— Ne vous dépréciez pas, a répliqué Annie en souriant. C'est un authentique Max Bassett, il est loin d'être sans valeur.

— Vous me flattez, madame, et à dessein, sans doute. Néanmoins, même s'il porte ma signature, il ne vaut pas plus de 100 000 dollars.

— Et pourquoi j'accepterais 100 000 alors que la compagnie d'assurances offre une récompense de 250 000 ?

La mâchoire de Max s'est serrée.

— Je ne veux pas vous casser la baraque, mais cette récompense n'est plus d'actualité depuis que le collier a été récupéré.

— Et je ne veux pas vous casser la vôtre, mais le collier qu'ils ont retrouvé, c'est celui que vous avez planqué sur Jeremy après l'avoir tué. La récompense, c'est pour celui qui a été arraché au cou d'Elena. Les pierres sont peut-être factices, mais au microscope on trouve des traces du sang d'Elena Travers, de sa peau et de son ADN, qui sont on ne peut plus réelles. Je suis sûre qu'elles valent plus de 100 000 dollars à vos yeux, surtout maintenant que vous vous apprêtez à conclure un mariage d'amour avec les gros bonnets de Precio Mundo.

Max lui a décoché un sourire forcé.

— Vous avez fait vos petites recherches.

— C'est ce que font les truands professionnels, monsieur Bassett. Vous savez ce que c'est, votre problème ? Votre âme est maléfique et votre cœur est noir. Vous ne cogitez pas comme un professionnel du crime. Vous avez payé Raymond pour qu'il tue Elena, et parce que vous avez réfléchi n'importe comment, mon fils est recherché pour complicité de meurtre. Alors n'espérez pas retomber sur vos pattes.

Max a bondi de son fauteuil.

— J'ai 3 millions de dollars dans mon coffre-fort. Vous me passez le collier et je vous file le liquide, mais clarifions une chose. Je n'ai pas payé Davis pour qu'il tue Elena. C'était un accident. Leo et moi, on bossait sur une fraude à l'assurance, et elle a mal tourné.

— Voilà pourquoi je ne joue jamais avec des pistolets, mon petit monsieur, dit Annie. Quand mes arnaques tournent au vinaigre, personne ne meurt.

— M'man…

C'était Teddy.

— … On y va. C'est bon, on a ce qu'il faut.

Annie lui a flanqué une tape sur la nuque.

— Qu'est-ce qu'on avait dit, à propos de ta langue ?

— Que je la tenais. Mais je n'ai rien dit de mal. Juste qu'il faut y aller.

*Non*, a pensé Max. *Tu as dit : « On y va. C'est bon, on a ce qu'il faut. » Et maman Ourse s'est fâchée.*

— Trois millions. En liquide, a ordonné Annie. Préparez le pactole, Teddy et moi, on va chercher le collier.

*C'est ça*, a songé Max. *Apportez-moi donc le collier, et on verra qui a l'air bête quand je vous ferai sauter la cer…*

À cet instant, Max Bassett a compris qu'il venait de commettre la plus grosse erreur de sa vie. Il chassait depuis qu'il était en âge de tenir un arc et des flèches. Mais bien avant qu'il ait appris à tirer, son père lui avait expliqué comment raisonnait un chasseur.

« Ce n'est pas à qui sera le plus rapide ou le plus fort. Il faut être le plus intelligent. La chasse met ton jugement à l'épreuve, Max. Ces animaux ne sont pas idiots. Ils sont rusés. Alors ne sous-estime jamais l'intelligence de ta proie. »

Annie Ryder était extrêmement rusée. Elle était bien trop intelligente pour s'attendre à repartir avec l'argent après lui avoir donné le collier. Elle ne s'était pas déplacée pour l'argent. Elle s'était déplacée pour la confession qu'elle venait de lui arracher.

Et son fils, tout bête qu'il était, avait compris qu'ils avaient obtenu ce qu'ils étaient venus chercher. Seulement, au lieu de plaquer sur son visage un air impassible de cador du poker comme sa mère, Teddy avait lâché : « On y va. C'est bon, on a ce qu'il faut. »

La vieille et son fils n'étaient pas la proie. Ils étaient l'appât. Et Max n'était pas le chasseur. C'était le gibier.

# 70

— On l'a ! s'est exclamée Kylie dès que Max Bassett a eu avoué que le meurtre d'Elena était une fraude à l'assurance qui avait mal tourné.

— On a un enregistrement, ai-je dit. Je me sentirai mieux quand on l'aura lui, avec des menottes aux poignets.

Kylie et moi étions à l'arrière de la fourgonnette de Teddy Ryder. Nous écoutions le dialogue qui se déroulait à l'intérieur de la résidence secondaire de Bassett. Quelques heures plus tôt, nous avions conclu un pacte avec le diable. En l'occurrence, Satan avait les traits d'une adorable vieille dame tout droit sortie d'un tableau de Norman Rockwell, mais qui possédait les compétences en négociation d'un parrain de la mafia.

Annie savait que nous n'avions pas assez de preuves tangibles pour engager des poursuites contre Bassett, alors elle nous avait proposé de nous aider à le faire tomber. Elle ne réclamait qu'une seule chose : l'immunité pour son fils.

Autant demander que la ville danse la carmagnole en son honneur. Le substitut du procureur, Mick

Wilson, n'avait pas l'habitude d'abandonner un chef d'inculpation de complicité de meurtre, mais dans le cas présent, il n'avait pas moufté.

Coffrer un pigeon tel que Teddy Ryder serait un microséisme d'une magnitude infinitésimale sur l'échelle de Richter médiatique, mais mettre en examen un nabab new-yorkais comme Max Bassett aurait un retentissement mondial. Mick acceptait volontiers de troquer le petit poisson contre le gros, et je suis sûr qu'après nous avoir donné son feu vert, il s'était aussitôt pris à imaginer qui jouerait son rôle dans le film.

Il nous suffisait d'arrêter Bassett pour un motif sérieux. Et Kylie et moi n'avions que trois heures pour monter un dispo. Annie avait rendez-vous avec Bassett à 14 heures, et si elle lui réclamait un délai, elle déplacerait l'aiguille de son indicateur de confiance dans le rouge.

Notre premier défi avait consisté à trouver un sous-marin d'où commander l'opération. Le NYPD possède un tas de camionnettes truffées de matos pour les planques et les surveillances, mais puisque celui-là devait avoir l'air d'appartenir à Teddy, on avait dégoté à la fourrière un Chevrolet Astro à quatre roues motrices, modèle 1996, et demandé aux techos de nous sonoriser l'engin fissa. On allait devoir faire sans la vidéo, mais au moins on aurait du chauffage et des freins.

Au fil des ans, la taille des micro-émetteurs a diminué, mais ils sont toujours faciles à détecter si le mouchard se fait palper. Alors hors de question de sonoriser Teddy. Mais Annie nous avait assuré que Bassett ne la toucherait pas : « Il ne se doutera jamais que j'ai passé un marché avec les flics. Mon Dieu, moi-même je n'arrive pas à y croire. »

Les règles du jeu étaient simples. Entrer, lui soutirer un aveu, ressortir.

— Vous aurez besoin d'un mot code en cas de problème, leur avait dit Kylie. Si ça tourne mal, vous le prononcez une seule fois, et on débarque.

— Pourquoi pas « Au secours » ? avait proposé Teddy.

— C'est finaud, fiston, avait dit Annie à son fils.

Aussitôt qu'il avait détourné l'oreille, elle avait remplacé le mot code par « Chocolat chaud ».

On s'était entassés tous les quatre dans le tacot et, à 13 h 30, on était sur un parking derrière un concessionnaire Audi sur Main Street, à Mohegan Lake, en train d'attendre nos renforts, une brigade d'intervention d'urgence du Bronx.

À 13 h 50, le brigadier-chef nous avait joints par radio avec une mauvaise nouvelle : « On a percuté un cerf sur l'autoroute. Deux de mes hommes sont en route pour les urgences, et le fourgon va rester HS tant que le peloton motorisé n'aura pas désencastré Bambi de la grille du ventilateur. J'ai appelé la station directrice, ils peuvent monter une autre brigade pour 16 heures. »

— Non, avait dit Annie. Il faut qu'on y aille maintenant.

— On ne peut pas, lui avais-je répondu. Ce type a une puissance de feu suffisante pour défendre Fort Alamo. On attend les renforts.

— Alors vous n'avez qu'à les attendre sans moi. Si je réclame un report de match dix minutes avant la mise en jeu et que j'essaie de le faire poireauter pendant deux heures, il va trouver que ça sent le roussi. Faites en sorte que j'arrive à l'heure, laissez-moi faire mon affaire, et quand je serai ressortie vous pourrez attendre tout le temps que vous voudrez avant de prendre la Bastille.

— Annie…

— Je suis sérieuse, inspecteur. J'ai eu le garçon au téléphone hier soir. C'est le genre à changer son fusil d'épaule. Soit on y va maintenant, soit notre arrangement tombe à l'eau.

Elle bluffait. Elle était prête à tout pour éviter la prison à son môme. Mais je ne pouvais pas prendre de risque.

J'avais regardé Kylie. Je n'avais pas eu de mal à deviner son avis sur la question.

— En route, avait-elle dit.

Teddy avait sorti la camionnette du parking pour parcourir les cinq kilomètres restants jusqu'à la résidence de Bassett.

Moins de vingt minutes plus tard, Annie avait tenu parole. Elle avait extorqué une confession à Bassett. Nous n'avions plus qu'à attendre que nos deux mouchards ressortent de chez lui.

C'est alors que Teddy, qui ne devait pas s'exprimer, s'était exprimé. « On a ce qu'il faut », avait-il dit.

— Je rêve ou Teddy vient de dire à Bassett qu'ils ont obtenu la confession qu'ils sont venus chercher ? m'a demandé Kylie.

— Ça m'en a tout l'air, lui ai-je répondu. Nous, on sait ce qu'il veut dire. La question est de savoir si Bassett va relever.

Nous avons attendu qu'Annie réclame à Bassett une tasse de chocolat chaud, mais elle ne l'a pas fait. Puis elle a déclaré : « Teddy et moi, on va chercher le collier. »

— Ils sortent, a dit Kylie. Tu es prêt ?

— On n'attend pas les renforts, alors, c'est ça ? ai-je demandé.

— Trop risqué. Si elle ne revient pas tout de suite, il comprendra qu'on est planqués là, et on ne pourra plus jouer sur l'effet de surprise. Dès que Teddy et elle seront en lieu sûr, tu couvres l'arrière, moi j'entre par-devant, et on le cueille.

On a entendu des bruits de pas captés par le micro : Annie et Teddy traversaient la résidence. Dès que la porte d'entrée s'est ouverte, la transmission est devenue mauvaise.

— Du tissu qui frotte contre le micro, a indiqué Kylie. On se les caille, dehors. Elle doit avoir les bras serrés contre sa poitrine.

Le bruit parasite a continué, puis la transmission s'est interrompue.

— On l'a perdue, ai-je dit.

— Peu importe, a répondu Kylie. Teddy et elle sont en train de revenir au sous-marin, et Bassett est sûrement assis dans son salon, avec un fusil de chasse chargé, à attendre de faire main basse sur…

L'impact a failli nous déboîter les os. On aurait cru que la camionnette venait d'être percutée par un train. Par la suite, nous avons découvert qu'il s'agissait d'un Land Rover – qui pouvait causer un choc tout aussi mortel, ou presque.

La carrosserie n'a pas résisté, et la camionnette a glissé sur le sol verglacé. Ni Kylie ni moi n'étions préparés à la collision, et nous avons atterri sur le dur plancher métallique.

Avant même de pouvoir retrouver mes repères, j'ai entendu un moteur vrombir, le bruit d'un véhicule prêt à nous foncer dessus. La seconde secousse nous a ébranlés encore plus que la première. La camionnette s'est retournée une fois sur elle-même, a tangué, puis s'est mise à dévaler la pente, se retournant encore et encore jusqu'à ce qu'un obstacle imposant – probablement un arbre – interrompe notre descente.

Sans la barre de sécurité fixée aux parois du véhicule, j'aurais été ballotté comme une poupée de chiffon dans un lave-linge. Mon épaule gauche et mon genou droit avaient tout de même bien morflé.

Kylie n'avait pas eu autant de chance. Elle se cramponnait au dossier du siège conducteur. Elle avait les yeux vitreux ; du sang ruisselait sur son visage.

— On aurait dû attendre les renforts, a-t-elle dit.

# 71

À peine avait-il compris que les Ryder n'étaient pas là pour l'argent mais pour sa confession que Max a sorti son flingue de derrière son dos, l'a pointé à quelques centimètres de la tête d'Annie, et a posé l'index sur ses lèvres.

Tout demeuré qu'il était, Teddy a saisi le message. Il s'est figé sur place.

Max a soulevé précautionneusement les pans du sweatshirt d'Annie. *Pas étonnant que la vieille n'ait pas voulu se faire fouiller. Elle était sonorisée.*

Il a orienté son flingue vers Teddy et chuchoté dans le creux de l'oreille d'Annie :

— Combien de flics dans la camionnette ?

Elle a levé deux doigts.

Maxwell Bassett était un survivaliste de l'extrême, un grand Robinson devant l'Éternel. Cela faisait des décennies qu'il se préparait à ce jour apocalyptique où il lui faudrait fuir la vie telle qu'il la connaissait. Ses scénarios catastrophe prévoyaient un formidable cataclysme, ou un effondrement pur et simple de notre société. Jamais ses élucubrations fantaisistes ne lui avaient permis d'entrevoir que sa ruine serait causée par une vieille bique perfide et son crétin de fils.

Peu importe. Il était prêt. Son colt braqué sur eux, il s'est déplacé jusqu'à un placard et en a sorti un sac de voyage souple spécial safari, usé par ses pérégrinations. Il était rempli de tout ce dont il aurait besoin pour regagner la forteresse qu'il avait construite voilà trente ans en plein cœur d'une forêt sauvage de la Colombie-Britannique.

Il aurait aimé trouer le crâne vide de Teddy, mais la nécessité de rester silencieux l'emportait sur son désir de revanche.

— Tu vas rester assis ici bien gentiment et être sage, a-t-il murmuré à l'oreille de Teddy. Autrement, tu sais ce qui va arriver à ta mère, pas vrai ?

Teddy a hoché la tête, et il est resté de marbre pendant que Bassett faisait sortir Annie de la pièce et refermait la porte derrière eux.

Sitôt hors de la résidence, Bassett a tripoté le micro de la vieille, juste le temps de convaincre les deux flics qu'elle avait repris le chemin de la camionnette. Ensuite, il l'a arraché à son boîtier émetteur et l'a bazardé dans la neige.

— Montez, lui a-t-il ordonné en ouvrant la portière de son LR4 côté conducteur et en poussant Annie jusqu'à la place du mort. Bouclez votre ceinture, a-t-il ajouté en démarrant.

La bête était bruyante, mais il y avait gros à parier que les flics avaient leur casque collé aux oreilles et tentaient de capter un signal en provenance de leur moucharde. Ils ne sauraient jamais ce qui les avait percutés. Le moteur V6 340 chevaux avec turbocompresseur s'est emballé dans un rugissement.

L'antique camionnette était parquée trente mètres plus loin, le flanc de sa carrosserie constituant une cible parfaite pour le Rover.

Annie a levé les mains pour se protéger.

— Elle a peur de quoi, la mamie ? lui a dit Bassett. Vous êtes le marteau, pas le clou.

— À ton avis, peigne-cul ? Si tu bousilles cette bagnole, on se prend tous les deux un airbag en pleine face.

— Vous me prenez pour un con ? lui a répondu Bassett en braquant de sorte que le cul du Rover se retrouve face au Chevrolet.

Il a enclenché la marche arrière et appuyé sur le champignon, le véhicule tout-terrain de deux tonnes et demie a fait une embardée avant de descendre l'allée à toute biture et d'embrocher le bide du vieux monospace pour famille Bidochon.

Le flanc a cédé, la camionnette a glissé comme sur une patinoire et, même à cinquante kilomètres-heure, les airbags du Rover ne se sont pas déployés.

— Encore un coup et ça devrait être bon, a dit Bassett en passant la seconde.

Il a avancé brusquement pour prendre de la vitesse. Derechef, il a enclenché la marche arrière, écrasé l'accélérateur et embouti le fourgon de police éventré.

Cette fois, le puissant train arrière du Rover, long de deux mètres, a fait le boulot. La camionnette a effectué un tonneau avant de basculer sur le flanc, et elle s'est mise à bringuebaler en haut d'un talus. La gravité a pris le relais, et Bassett a écouté le chant du véhicule – un froissement de métal mêlé à un bris de verre – dévalant la pente à bride abattue.

Il n'a pas pris le temps d'inspecter les travaux finis. Même si les flics à bord n'étaient pas morts, ils n'étaient pas en état de le poursuivre.

5 073 kilomètres le séparaient du sanctuaire où il passerait les prochaines années à chasser, à pêcher et à recalibrer sa vie.

Il a regardé la vieille dame à côté de lui sur le siège passager. Elle ne l'accompagnerait pas pendant toute la durée du trajet. Il était certain de lui trouver une résidence permanente dans moins de quatre-vingts kilomètres.

# 72

Les cheveux blonds de Kylie étaient striés de rouge, et une entaille de dix centimètres zébrait la peau de son crâne.

— Il nous a pris en traître, l'enfoiré, a-t-elle grincé en essuyant le sang sur son visage avec sa manche de chemise. Ne le laisse pas s'enfuir. Demande du renfort. Vite.

Je m'apprêtais à attraper mon émetteur radio quand j'ai entendu quelqu'un, debout devant la portière arrière droite. La camionnette était retournée sur le côté, alors la personne allait devoir ouvrir la portière à la verticale. La lumière du jour est entrée à flots, et Kylie et moi avons dégainé notre flingue et hurlé en chœur : « On ne bouge pas ! »

— Tirez pas, tirez pas, c'est moi.

C'était Teddy.

— Vous allez bien ? nous a-t-il demandé. Parce que Bassett est en train de s'enfuir. Vous devez le rattraper.

Ses mains s'agitaient dans toutes les directions pendant qu'il baragouinait furieusement.

— Lève les mains et garde-les bien en vue, lui ai-je dit. Où est ta mère ?

Il a dressé les bras, agacé qu'on ne lui fasse soudain plus confiance.

— Bassett a braqué un flingue sur nous et l'a prise en otage. Ensuite il est monté dans sa caisse et il a défoncé votre camionnette. Deux fois. Il vous a fait dégringoler le talus, nous a-t-il expliqué, assenant l'évidence.

— Tu sais où ils vont ?

— Qu'est-ce que vous voulez que j'en sache, moi ? Il a trouvé le micro, et maintenant il est fâché contre m'man. Il est barge, ce type. Vous avez dit que vous aviez des renforts. Ils sont où, tous les autres flics ?

Il était dans tous ses états : son comportement frisait l'hystérie, et des larmes ruisselaient sur ses joues. J'ai rangé mon pistolet.

— D'accord, calme-toi. On fait notre maximum, lui ai-je dit. Tu peux nous aider. Quel modèle de voiture est-ce qu'il conduisait ?

— Un Land Rover. Gris métallisé. Mais lui tirez pas dessus. Il a m'man dans sa voiture.

J'ai activé la radio et j'ai transmis un code 10-13 – « Un officier a besoin d'aide ». En l'occurrence, on en avait cruellement besoin.

J'ai fait un rapide point de situation à l'opérateur radio chargé de dispatcher les unités, et je lui ai décrit le fugitif, le véhicule, l'otage. Aucun problème jusqu'à ce que je lui communique mon emplacement.

— Et vous voulez que le NYPD intervienne sur un incident en pleine cambrousse ? a-t-il dit.

— Un incident? me suis-je écrié. Un fou vient d'essayer de tuer deux enquêteurs du NYPD. Je m'en cogne si c'est hors secteur. Je me fous de qui vous nous envoyez. On a un meurtrier en cavale, et il a pris une femme en otage. Je veux des flics du coin, un appui aérien – n'importe qui pourvu qu'on nous aide à lui barrer la route et à le sauter.

Teddy, les mains toujours au-dessus de sa tête, m'a dévisagé depuis la portière arrière.

— Ils arrivent? a-t-il demandé.

— Je n'en sais pas plus que toi. Maintenant baisse les mains et aide-nous à sortir de cette camionnette.

Teddy a maintenu la porte en hauteur, et nous avons crapahuté pour nous extirper. Après toutes ces heures passées à l'intérieur du sous-marin, l'air froid nous a fait du bien. Je me suis mis debout et j'ai transféré un maximum de mon poids sur mon genou droit. Il était endolori, mais il m'a soutenu.

Assise sur un rondin, Kylie a ramassé une pleine poignée de neige et l'a écrasée contre l'entaille qu'elle avait au crâne.

Ma radio a grésillé, et j'ai pris un appel de la station directrice. La voix était différente : plus âgée, plus posée.

— Une intervention est en cours, inspecteur, m'a-t-elle informé. La police d'État fait décoller un hélico, et le shérif du comté fait établir des barrages à toutes les entrées autoroutières dans un rayon de vingt-cinq kilomètres.

— Ça va nous faire une belle jambe, ai-je répondu. Ce type est sur l'unique chemin qui part d'ici, et il ne risque pas de brûler le pavé sur ce genre de chaussée. Le meilleur moyen de l'arrêter, c'est de lui bloquer la route maintenant. Il vous faut combien de temps pour répartir une unité au carrefour de Lakeshore Drive et de Mohegan Avenue ?

Un long silence, et puis :

— Je peux mettre des flics du comté sur le coup, ils seront sur place dans douze minutes.

— Il sera déjà dans la nature, et il ne va pas prendre l'autoroute, ai-je dit. Il connaît chaque route de campagne, chaque itinéraire alternatif, chaque sentier à des kilomètres à la ronde. Dites aux locaux que si ce battoir à œufs ne décolle pas tout de suite, on perd sa trace.

J'ai posé ma radio et j'ai troublé la sérénité du paysage forestier en proférant un chapelet de mots tonitruants chers au capitaine Haddock.

— Qu'est-ce qui se passe ? a demandé Teddy.

Je n'étais pas d'humeur à répondre aux questions intempestives de Teddy.

— On essaie d'envoyer des renforts à l'autre bout du lac avant que Bassett arrive là-bas, lui ai-je répondu, mais pas un flic dans tout l'État de New York n'est foutu de se trouver dans les parages. Voilà ce qui se passe.

— Alors pourquoi vous n'y allez pas, tous les deux ? Promis, je n'essaierai pas de m'échapper. Je vous attendrai ici.

— On ne peut pas y aller, Teddy, lui ai-je dit. Comme tu l'as peut-être remarqué, on n'a pas de voiture.

— Ah.

Il a réfléchi quelques secondes.

— J'ai une idée, a-t-il dit.

— Quoi ? ai-je jappé, à bout de patience.

— Si vous voulez aller de l'autre côté du lac, a dit Teddy, pourquoi vous ne prenez pas tout simplement le bateau de M. Bassett ?

# 73

— Comment pouvait-on se douter qu'il avait un bateau? a bougonné Kylie tandis qu'on gravissait péniblement le talus abrupt. On bossait à l'aveugle dans ce soum'.

— Ouais, ai-je dit. Un millionnaire féru de nature. Une baraque au bord d'un lac. C'est pas comme si on était des enquêteurs aguerris.

Teddy nous a aidés à nous traîner jusqu'à l'autre versant du talus puis jusqu'à l'allée devant la résidence.

— Il est là-bas, nous a-t-il dit en désignant un hangar à bateaux couvert, attenant au garage.

On carburait tous les deux à l'adrénaline pur jus. On a foncé vers le point d'amarrage, où attendait un Skeeter rouge aux lignes racées, avec les clefs dans le contact. On a sauté à bord. Kylie a tiré sur la mécanique et poussé la manette des gaz.

— Bassett a une bonne longueur d'avance, m'a-t-elle crié, mais il va devoir se farcir cinq kilomètres de route accidentée.

On traversait le lac à cent dix kilomètres-heure, alors on a eu vite fait de se rapprocher de la pointe nord, et Kylie, qui était aussi imprudente aux commandes d'un flottant qu'au volant d'une bagnole, a attendu la toute dernière minute pour couper le moteur. Le Skeeter a continué dans son élan sur une parcelle de terrain pleine d'herbes folles gelées, et s'est stabilisé en butant contre une rambarde séparant le lac de Mohegan Avenue.

— On a de la chance, a-t-elle braillé en enjambant le garde-fou.

Elle a couru vers un pick-up Ford vert foncé stationné sur le bas-côté. Sur le flanc du véhicule était écrit en lettres d'or : «Police de l'environnement et de la chasse – État de New York».

Créée il y a plus d'un siècle pour protéger la faune sauvage et maritime, la Verte s'occupe toujours des crimes contre l'environnement, sauf qu'aujourd'hui elle est armée et habilitée à faire respecter toutes les lois de l'État de New York.

Le flic qui est sorti du pick-up était un escogriffe avec un cou plus long que la moyenne, un menton plus petit que la moyenne et – pouvait-il en être autrement ? – des solaires Oakley devant les yeux.

Kylie et moi lui avos montré notre insigne et nous sommes identifiés.

— John Woodruff, nous a-t-il répondu. Qu'est-ce que cherche le NYPD dans un trou pareil ?

— Avez-vous croisé un Land Rover gris métallisé en provenance de Lakeshore Drive ? l'ai-je questionné.

— Vous voulez parler de M. Bassett, m'a répondu le flic. Il est passé il doit y avoir cinq minutes. Il avait une passagère à l'avant. Qu'est-ce qui se passe ?

— La passagère est un otage, et Bassett est recherché pour meurtre, lui ai-je dit.

— Il y a deux ou trois pays d'Afrique qui aimeraient bien le poursuivre pour meurtre d'espèces menacées, a observé Woodruff, mais je suppose que vous parlez d'un homicide.

— De plusieurs, lui ai-je dit. On va devoir réquisitionner votre véhicule.

— Il est à vous, inspecteur, mais à moins de connaître le coin, vous ne l'attraperez pas.

— Et pourquoi ça ? est intervenue Kylie en grimpant dans le pick-up. Parce qu'on est des flics de la grande ville ?

— Non, m'dame, a dit Woodruff. Je connais des policiers municipaux sacrément malins. Mais c'est dur d'attraper quelqu'un qui ne fuit pas.

— Comment ça ? a dit Kylie.

— Bassett est cinglé, mais il n'est pas con. Il a des planques un peu partout jusqu'au Canada. Il va crécher dans l'une d'elles et attendre le bon moment pour faucher une bagnole à un pêcheur cuité, puis migrer de bunker en bunker jusqu'à la jolie bicoque qu'il s'est construite au beau milieu de je ne sais où pour y attendre la fin du monde.

— Il ne peut pas se planquer, a dit Kylie. On a des sections d'intervention héliportées, des unités cynophiles…

— Des hélicos et des chiens flics ? Là vous parlez comme une fliquette de la grande ville – et pas comme la plus maligne.

— Qu'est-ce que vous nous suggérez ? lui ai-je demandé.

— Moi ? m'a-t-il répondu en retirant ses lunettes de soleil.

Son regard était d'un bleu profond, à la fois apaisant et plein d'autorité. C'était de loin son plus bel atout physique.

— Arrêtez de perdre du temps et filez-lui le train avant qu'il puisse se fixer quelque part. Et, puisque vous ne connaissez pas le terrain de chasse, je vous conseille de prendre avec vous un vieux de la vieille installé ici depuis trente-quatre ans, formé au maintien de l'ordre public, et capable de vous dégommer un écureuil à cent mètres d'une balle dans le derrière.

— Montez, lui a dit Kylie avec un signe de tête en direction du siège passager.

Woodruff a ouvert la portière avant côté conducteur.

— Sauf votre respect, m'dame, et si vous passiez de l'autre côté ?

Elle s'est exécutée, et les deux flics de la grande ville accompagnés du vieux de la vieille se sont mis en route direction la forêt pour traquer l'avatar de Rambo version millionnaire.

# 74

Woodruff conduisait d'une main et, de l'autre, composait un numéro sur son portable.

— Andy, a-t-il dit, j'ai deux inspecteurs du NYPD avec moi qui recherchent le boucher.

Silence.

— … Non, homicide et enlèvement. Il a un otage dans son Rover. Il m'est passé devant sur Mohegan il y a six minutes. S'il arrive jusqu'aux grottes de California Hill, on pourra jamais le débusquer. Diffuse une alerte radio et fais fermer la sortie au niveau de Peekskill Hollow à Tompkins Corners.

Nouvelle pause.

— Non. Sur tout le réseau. Qu'il t'entende clairement. Il a un scanner radio, et on veut qu'il sache que le périmètre est bouclé pour le forcer à se terrer le plus tôt possible. S'il y a un truc que tu veux pas qu'il entende, tu te sers de ton portable.

Il a raccroché.

— Le boucher ? a dit Kylie.

— J'ai pas trouvé mieux comme surnom pour un homme qui a payé 30 000 dollars pour massacrer une girafe en train d'allaiter son petit, et puis qui a posé pour la gloire avec sa Winchester, un pied planté sur l'animal.

— Vous chassez, vous ? lui a-t-elle demandé.

— Depuis que je suis gamin. Je tire sur ce qui est légal, et je mange ce que je tue. Mais les gens comme Bassett, eux, ils recherchent les sensations fortes. Plus l'espèce est rare ou protégée, plus il a soif de son sang.

Il a hoché la tête, dégoûté.

— Vous pêchez ? a-t-il demandé à Kylie.

Elle l'a regardé comme s'il venait de lui demander si elle était adepte du crochet.

— Non.

— La saison de la pêche à la truite vient de commencer. Si un jour vous avez envie d'évacuer le stress de la grande ville, montez donc par ici, je vous emmènerai sur le lac, a-t-il dit. Tous les deux, s'est-il empressé d'ajouter, de peur qu'on pense qu'il faisait du gringue à une collègue en pleine chasse à l'homme.

La radio était branchée sur la fréquence universelle de la police, et nous captions des bribes de l'opération coup de filet qui se préparait. L'hélicoptère était dans le ciel, l'autoroute sous contrôle, et le barrage au niveau de Tompkins Corners en place. Woodruff conduisait avec détermination, attaquant les virages sans hésitation.

— Vous savez où il se rend, pas vrai ? lui ai-je dit.

— J'ai ma petite idée. Je suis de la quatrième génération de la Verte, inspecteur. Mon arrière-grand-père a été assassiné par un braconnier en 1919. J'ai le boucher dans le collimateur depuis des années. Je connais ses habitudes et son habitat. Ce serait un honneur et un privilège de me le faire.

Nous roulions sur une route à deux voies qui traversait une forêt dense prise dans la confusion du changement saisonnier. De larges parcelles de terrain recouvertes de neige attestaient que l'hiver n'était pas prêt à passer la main, tandis que des bourgeons verts et des têtes de crocus violet et blanc, on ne peut plus minuscules, avaient un tout autre avis sur la question.

Woodruff a ralenti, passant sous la barre des cinquante kilomètres-heure. À trois reprises, il a arrêté son camion, en est sorti et a inspecté les environs avant de reprendre la route. Au quatrième arrêt, il a marché jusqu'à l'accotement, ramassé quelque chose et fait demi-tour.

— Il y a un vieux sentier qui passe par ici, nous a-t-il dit. On le garde coupé à ras pour faire pare-feu, et les campeurs ou chasseurs qui le connaissent l'empruntent sur trois ou quatre bornes quand ils veulent s'écarter de la route principale. J'y ai trouvé des traces de pneus fraîches, et puis ça.

Il avait dans la main une boulette de coton rouge.

— On dirait du tissu peluché, et il est de la même couleur que le sweat-shirt de l'otage, a indiqué Kylie. Peut-être qu'elle l'a arraché à ses vêtements et jeté par la fenêtre.

— Je vais aller voir ça, a annoncé Woodruff.

— On vient avec vous, lui a dit Kylie.

— Je porte un gilet pare-balles, lui a-t-il répondu.

— Qu'est-ce que c'est, ça, à votre avis ? a-t-elle répliqué en frappant son propre gilet par-dessus sa poitrine.

— Du Kevlar. Ça résiste plutôt pas mal à une décharge d'arme à feu de faible ou moyenne vitesse, mais Bassett aura un fusil à tir rapide. Je porte de la céramique. Je peux encaisser les balles. Pas vous.

— Et s'il vise notre tête, personne ne pourra encaisser, lui a objecté Kylie. Pas question qu'on reste en retrait et que cette partie se joue sans nous. Allez, en route, on va lui faire passer le goût du luxe, à cet enfoiré.

— Bien, madame, lui a répondu Woodruff avec quelque chose de neuf au fond des yeux : de l'admiration.

Le regard n'avait duré qu'une fraction de seconde, mais j'avais décelé la lueur. Je l'avais remarquée chez d'autres hommes par le passé, lorsqu'ils avaient compris que l'inspectrice MacDonald est aussi « couillue » que sublime.

J'ai eu l'impression que le sujet de la partie de pêche allait revenir sur le tapis. Et que, cette fois, mon nom ne figurerait pas sur la liste des invités.

# 75

— On va avoir besoin d'une puissance de feu, a déclaré Woodruff en décrochant du râtelier une carabine semiautomatique Smith & Wesson de calibre 7,62 mm ainsi qu'un Mossberg 500 – un fusil à pompe tactique. Lequel de vous deux est le meilleur tireur ?

J'ai désigné Kylie, et elle a empoigné le Mossberg.

— Beaucoup de chasseurs installent des pièges photographiques, a expliqué Woodruff. Celui qui est fixé à cet arbre est sûrement à lui. Si le détecteur de mouvement vous grille, il lui envoie une photo instantanée sur son portable. L'appareil capte dans un rayon de vingt mètres environ, alors gardez vos distances.

Il avait beau le pointer du doigt, j'arrivais à peine à distinguer le boîtier, dont la couleur digne d'une tenue de camouflage se fondait dans l'écorce.

— Et ça ne vous dirait pas de nous les montrer le long du chemin ? lui ai-je demandé.

Il a décoché un rictus et, prenant la tête du cortège, s'est enfoncé dans les bois, flanqué de Kylie et moi, trois mètres derrière. Il y avait trente minutes que Bassett s'était encastré dans notre camionnette : désormais, mon genou droit avait tellement enflé qu'il tendait le tissu de la jambe de mon pantalon, et je boitais pour le soulager.

Woodruff a repéré deux autres caméras de chasse, que nous avons soigneusement évitées. Nous avions parcouru environ huit cents mètres quand nous avons entendu un coup de feu.

Nous nous sommes tous les trois aplatis au sol, et nous avons attendu. Rien. Pas d'autre détonation.

— C'était un pistolet, a déclaré Woodruff. Je dirais à quatre cents mètres.

Un moteur s'est mis à rugir.

— Merde. Il a une moto cross, a-t-il dit.

Nous avons tendu l'oreille : la moto s'est éloignée et le bruit s'est évanoui.

— Il a tué l'otage, a conclu Woodruff. Tant qu'il avait la voiture, il pouvait faire avec, mais dès qu'il l'a remplacée par un deux-roues, son otage est devenu un excédent de bagages.

On s'est relevés et on a couru vers l'endroit d'où était parti le coup de feu, Woodruff et Kylie en tête, moi derrière, traînant la patte.

On est arrivés à une clairière, où se trouvait le Rover, garé tout au fond. Juste à côté du véhicule, à plat ventre sur le sol terreux, gisait Annie Ryder. En m'approchant, j'ai vu la mare de sang dans laquelle baignait son visage.

Juste au moment où Kylie s'est agenouillée à côté du corps, une arme automatique a craché une grêle de balles qui a troué l'arbre, au-dessus de notre tête.

— C'était un tir d'avertissement, a beuglé une voix derrière nous trois. Le prochain sera différent.

Je n'ai pas eu besoin de me retourner. C'était Bassett.

— Maintenant, lâchez vos armes, a-t-il exigé. Une à la fois. Honneur aux dames.

Kylie a posé le fusil, a sorti son Glock de son étui et s'est baissée pour le coucher à terre.

— *Toutes* vos armes, inspectrice, a hurlé Bavssett.

Elle a ajouté à la pile le flingue qu'elle portait à la cheville. Woodruff et moi nous sommes livrés au même exercice.

— Debout, mémé, a ordonné Bassett, et Annie Ryder est ressuscitée d'entre les morts.

Elle s'est levée, elle s'est époussetée, et elle s'est essuyé les cheveux et le visage pour en effacer le sang. Une carcasse de lapin éviscéré se trouvait sur le sol, là où elle avait reposé sa tête.

— Filez vos menottes à la vieille, nous a dit Bassett.

Chacun de nous trois a sorti une paire de pinces que nous avons remises à Annie.

— Maintenant, vous allez vous donner la main et faire un cercle autour de cet arbre là-bas.

On s'est pris les mains et collés à l'arbre.

— Menottez-les, s'est-il égosillé.

Annie s'est avancée derrière moi, a passé l'un des bracelets à mon poignet gauche et verrouillé le cliquet.

— Désolée, m'a-t-elle dit.

— Ta gueule! lui a crié Bassett.

Annie s'est retournée.

— Je leur présentais mes excuses pour ta mauvaise conduite, tête de nœud.

L'AR-15 que tenait Bassett a fait feu, et une rafale de balles a fendu l'arbre à une quinzaine de centimètres à tout casser de ma tête.

— Je ne suis pas pressé de tuer trois flics et d'avoir la moitié des lardus de l'État de New York à mes trousses, a-t-il vociféré, mais je le ferai si vous m'y obligez.

— Il ne plaisante pas, Annie, ai-je dit. Menottez-nous.

Elle a passé le second bracelet de mes menottes au poignet droit de Kylie, et elle a ligoté le poignet gauche de ma coéquipière à Woodruff.

Annie s'est déplacée derrière Woodruff et moi puis a manié maladroitement la dernière paire de menottes.

— Plus vite, a hurlé Bassett.

— J'ai les paluches gelées, lui a rétorqué Annie. Si t'es pas content de mon boulot, trouve-toi quelqu'un d'autre.

Elle a fini par réussir à attacher mon poignet à celui de Woodruff.

— Écartez-vous, lui a intimé Basset, et elle s'est reculée lentement.

Il a baissé son arme, s'est approché de l'arbre en faisant des pas de côté, et a tiré d'un coup sec sur chaque paire de menottes. Elles étaient bien serrées.

— Bon boulot, grand-mère, a-t-il dit en se tournant vers Annie. J'étais sérieux en déclarant que je ne voulais pas les tuer. En revanche, je peux très bien me passer de vous. Les flics n'en auront rien à secouer si vous clamsez, et ils ne risquent pas de ruer dans les brancards pour venger votre mort.

— Non, s'il te plaît, lui a-t-elle dit en levant les mains en l'air puis en les plaquant derrière sa tête.

— « S'il te plaît » ? Oh mais je n'ai pas le choix. Mais je ne vais pas me servir de ça, lui a-t-il expliqué en posant son AR-15. Je vais me servir du pistolet de l'inspectrice MacDonald.

Il a pioché dans le tas et ramassé le Glock de Kylie.

— Bel engin, a-t-il dit en l'examinant avec l'œil d'un professionnel.

Max Bassett en connaissait un rayon niveau flingues, mais il ne connaissait pas grand-chose aux gens. Il ne savait absolument rien de la femme de soixante-dix ans qui se tenait vingt mètres plus loin avec les mains en l'air.

Annie Fender n'avait que quinze ans quand une troupe de saltimbanques avait fait escale à Enid, dans l'Oklahoma. Lorsque les forains avaient taillé la route, elle l'avait taillée avec eux, car elle était tombée éperdument amoureuse d'un trapéziste allemand.

Pendant les cinq années qui avaient suivi, la vie de la jeune Annie avait été peuplée de cracheurs de feu et de diseuses de bonne aventure, de lanceurs de couteaux et de femmes coupées en deux, de docteurs charlatans et de pickpockets.

Et puis elle avait rencontré Buddy Ryder. En quelques jours, elle avait plaqué son acrobate et sa piste aux étoiles pour passer quarante-sept années de légende avec cet arnaqueur à la langue bien pendue.

Max Bassett ignorait tout de son histoire. S'il en avait su quelque chose, il se serait peut-être montré moins cavalier au moment de porter le Glock au niveau de sa poitrine et de lui demander :

— Un dernier mot ?

— Quatre, a-t-elle dit sur un ton de défi.

— Alors accouche, pétasse, parce que rien ne me ferait plus plaisir que d'être celui qui mettra fin à ta misérable exi…

La suite a eu lieu si vite que l'affaire était pliée avant même que mon cerveau ait pu traiter la moindre information. Le bras droit d'Annie a plongé avec la force et la précision de celui d'une ancienne lanceuse de baseball à un match amical de champions à la retraite. Le couteau à dépecer, long de neuf centimètres, qui encore quelques secondes plus tôt était rangé dans sa gaine contre la hanche droite de John Woodruff, a fait siffler l'air, et sa lame s'est enfoncée dans le torse de Max Bassett. Une tache rouge a fleuri sur sa chemise en jean bleue, et Bassett s'est écrasé au sol comme une pierre.

Annie a marché lentement jusqu'au corps, baissé les yeux et prononcé quatre mots, que Maxwell Bassett n'entendrait jamais :

— Je hais les flingues.

# PARTIE 4

# Nouvelle vie, nouvelle norme

## 76

Lundi. Il y a une semaine, les gens pleuraient la mort d'Elena Travers. Aujourd'hui, ils célébraient la vie de la femme qui avait vengé son meurtre.

Annie Ryder – la vieille qui ne mâchait pas ses mots, réfléchissait plus vite que son ombre et maniait le couteau comme personne – était passée de l'ombre à la lumière d'un simple mouvement furtif de son bras droit exercé.

Le récit-fleuve du traquenard que nous avions tendu à Max Bassett faisait la une de tous les journaux locaux et l'ouverture de tous les bulletins télévisés. C'était le genre de nouvelle qui donnait le sourire à tout le monde.

À tout le monde sauf à notre patronne, qui était fumasse.

— Annie Ryder est une délinquante à la petite semaine, une arnaqueuse et un maître chanteur, s'est insurgée Cates, mais ils la font passer pour une héroïne.

— Techniquement, c'est ce qu'elle est, lui ai-je rappelé.

— À d'autres. Son fils a volé le collier en plus d'être coupable de complicité de meurtre, et le bureau du procureur a décidé de faire équipe avec mère-grand… qui, vu ses antécédents, tient plus du grand méchant loup.

Le moment était sans doute mal choisi pour rappeler à Cates que moins de quarante-huit heures auparavant elle nous avait poussés elle-même à recruter Annie pour piéger Max Bassett.

— Si ça peut vous consoler, lui a dit Kylie, le procureur est ravi que le grand méchant loup s'en soit tiré. Mick Wilson aurait passé l'éponge sur les méfaits d'un millier de Teddy pour pouvoir se payer un meurtrier de l'envergure de Bassett.

— Tout le monde y gagne, patronne, ai-je dit. Maman Ourse a obtenu l'immunité pour son fils, le proc va surfer sur la vague pour gagner un maximum de voix, et le Red reçoit les honneurs pour avoir résolu les meurtres d'Elena Travers, de Jeremy Nevins et de Raymond Davis.

— Je sais. J'ai vu votre trogne dans les journaux. Heureusement que les photographes ne sont pas arrivés quand vous étiez menottés à un arbre en compagnie d'un garde-chasse.

— Vous pouvez remercier Annie, a observé Kylie, le visage fendu d'un sourire narquois. C'est elle qui a défait nos menottes.

— Point suivant, a répondu Cates, toujours sans lâcher un sourire. Howard Sykes a appelé. La maire et lui débarquent ici à 18 heures pour savoir comment vous comptez résoudre son problème, qui concerne le Sorcier et sa défense à la Robin des Bois.

— Le rendez-vous était fixé à midi à la mairie, s'est étonnée Kylie.

— La maire a enterré l'idée quand elle a appris qui vous ameniez à sa fiesta. Elle n'a pas envie que les journalistes sachent qu'elles vont se parler ne serait-ce qu'une seconde.

— À 18 heures ? a dit Kylie. J'avais prévu de quitter tôt le travail et de faire la route jusqu'à Atlantic City pour ramener mon mari au bercail.

— Pas de problème. Zach et moi, on pourra gérer, lui a répondu Cates. Heureuse d'apprendre qu'il va mieux.

Le téléphone a sonné, et Cates l'a empoigné, bien contente d'avoir été interrompue.

— Envoyez-la à mon bureau, a-t-elle dit à son correspondant avant de raccrocher et se tourner vers nous. Quand on parle du loup.

— La maire est arrivée ? lui a demandé Kylie.

— Je n'ai pas dit la maire, a répondu Cates avec un sourire, le premier de la matinée. J'ai dit le loup.

Une minute plus tard, Annie Ryder est entrée. Elle paraissait vingt ans de moins. Ses cheveux gris avaient été teints, son maquillage était impeccable, sa robe et son manteau n'avaient rien à voir avec le pantalon crasseux et le sweat-shirt à capuche qu'elle portait la dernière fois qu'on l'avait vue. Je l'ai présentée à Cates.

— Annie, vous êtes superbe, lui a dit Kylie.

— Je sais. Lavinia Begbie a demandé à son équipe de me relooker. Je suis son invitée dans son émission de ce soir. Et puis, maintenant qu'on a un bouquin en préparation toutes les deux, elle ne veut pas que j'aie l'air d'une clocharde.

— Vous écrivez un livre ?

— *Bijoutiers des stars*. C'est Lavinia qui l'écrit. Moi, je lui fournis les détails croustillants. Je ne voulais pas interrompre votre rendez-vous. Je suis juste venue vous remercier et vous dire au revoir.

— Où allez-vous ?

— À Vegas. Avec Teddy et mon défunt mari. Buddy a toujours voulu déménager là-bas. On n'en a jamais eu les moyens, mais l'assurance de Bassett a accepté de me verser les 250 000 dollars de récompense pour avoir retrouvé le collier volé.

— Je suppose qu'elle n'a pas eu le choix, a dit Cates, mais que ça a dû lui rester en travers de la gorge, à l'assurance, de devoir cracher une telle somme pour une contrefaçon.

— Oh, mon Dieu, non, a dit Annie. Maintenant qu'elle peut prouver que c'était une arnaque montée par les Bassett, elle va aider les autres compagnies d'assurances à rouvrir les dossiers précédents et à attaquer le liquidateur en justice pour récupérer 19 millions. Je suis leur témoin-vedette, alors j'aurai droit à une part du pactole.

Toutes ces bonnes nouvelles avaient eu raison des nerfs de Cates.

— On dirait que vous allez mener la grande vie à Las Vegas, lui a-t-elle dit en contournant son bureau pour raccompagner Annie à la porte.

— Elle serait encore plus grande si je pouvais devenir croupière de black jack, lui a répondu Annie, mais les gens qui ont un casier judiciaire ne sont pas vus d'un très bon œil. Ça me fout en rogne.

— Alors pourquoi partir ? lui a demandé Cates.

— Pour le beau temps, lui a répondu la vieille magouilleuse avec un clin d'œil. Et pour les jobards pleins aux as.

# 77

Irwin Diamond était un ténor de la politique new-yorkaise. Cela faisait quarante ans qu'il bravait les lourdeurs administratives, la ligne de son parti et l'enfumage politique pour activer les choses. La presse le surnommait « le Démerdeur », « le premier adjoint chargé de limiter les dégâts », et « le parrain juif ».

À ce moment-là, le ténor était assis dans la salle de réunion du commissariat, bras croisés, tête penchée en arrière contre le dossier du fauteuil, yeux clos.

Cates et moi avons échangé un sourire entendu. Irwin, maître dans l'art de la micro-sieste de cinq minutes, rechargeait ses accus avant son tête-à-tête avec la maire.

L'alarme de son portable s'est déclenchée, ses yeux se sont ouverts grands comme des soucoupes, et son corps entier a pris vie. Il était regonflé à bloc, paré à passer à l'action. Il a regardé l'horloge murale. Il était 18 h 17.

— La maire n'a pas autant de retard d'habitude, lui a dit Cates, s'excusant presque d'une chose qui échappait à son contrôle.

— Elle sera là dans trois minutes, lui a-t-il affirmé.

— Et comment le savez-vous? lui a demandé Cates.

Peu de gens pouvaient questionner ouvertement les affirmations d'Irwin Diamond, mais au fil des ans, la flic afro-américaine quadragénaire et le banquier d'investissement doublé d'un conseiller politique septuagénaire avaient passé assez de temps dans la même galère pour devenir de proches alliés.

— Parce qu'elle a trop peur que je m'en aille pour me faire poireauter une demi-heure mais qu'elle me fait la gueule pour mon soutien à Spellman aux dernières élections, alors elle m'envoie un message : elle, elle entre en scène, moi, je suis hors course.

— Ah! a dit Cates. Tu as pris ta retraite quand Sykes est entrée en fonction, c'est vrai, mais tu ne seras jamais « hors course ».

— Merci, Delia. Attention, je ne dis pas que Muriel Sykes n'a pas été une excellente procureure des États-Unis, mais en politique elle ne vaut pas une broque. Elle n'est maire que depuis cent jours, et ça se voit. Elle aurait été mieux inspirée d'arriver ici *avant* moi. Ça ne m'aurait pas déstabilisé, mais au moins elle ne serait pas passée pour une débutante.

— D'un autre côté, lui a objecté Cates, si elle possédait ton acuité politique, tu ne serais pas ici pour la sortir du pétrin.

Assis en silence, je buvais leurs paroles potaches.

À 18 h 20 précises, Sykes est entrée dans la salle de réunion aux côtés de son mari dévoué, tous deux avec une pilule qu'ils n'avaient pas digérée. Elle s'est assise tout au bout de la table.

— Madame la maire, a commencé Irwin avec politesse.

— Monsieur Diamond, a-t-elle répliqué. L'inspecteur Jordan pense que vous pouvez m'aider. Je suis tout ouïe.

— Voyons si je peux résumer votre insupportable dilemme, lui a-t-il dit.

Elle n'avait sûrement pas besoin d'un résumé, mais le vieux briscard de la politique voulait lui envoyer un message de son cru. *Vous avez plus besoin de moi que je n'ai besoin de vous.*

— … Une bande de voyous a volé un tas de matériel médical hors de prix dans les plus prestigieuses cliniques de votre ville. Ça la fout mal. Alors votre cher et tendre a chargé votre brigade policière d'élite d'attraper lesdits voyous, qui se sont révélés être de bons Samaritains, ce qui la fout encore plus mal. La représentante du ministère public qui est en vous souhaite que justice soit faite, mais la jeune et frêle élue de cette belle ville qui est la nôtre craint que le tribunal médiatique ne la fasse passer pour une bécasse de première. Comme on dit en politique, madame la maire, vous êtes dans la merde jusqu'au cou.

Irwin lui a servi son plus beau sourire, sous-titré : « Bien fait pour votre gueule. »

— Est-ce que j'ai bon, jusqu'à présent? a-t-il ajouté.

— Venez-en au fait, monsieur Diamond, l'a-t-elle pressé. Quel angle d'attaque?

— Renoncez aux poursuites. À moins que vous ne vouliez devenir une maire particulièrement impopulaire qui n'a fait qu'un seul mandat.

— C'est ça, votre stratégie ? Ne rien faire ?

— Est-ce que j'ai dit « rien » ? Non. Je vous ai dit de ne pas faire mettre sous les verrous une bande de héros de guerre au grand cœur sous prétexte qu'ils ont cherché à venir en aide à leurs camarades moins bien lotis qu'eux. À la place, je vous conseille de leur donner ce qu'ils veulent.

— C'est-à-dire ?

— Un établissement de soins ambulatoires de pointe, entièrement financé par la ville, capable d'accueillir les hommes et femmes qui ont risqué leur peau pour ce pays. Et vous, madame la maire, vous devriez être leur cheffe de file et veiller à ce qu'ils obtiennent gain de cause.

— Comment voulez-vous que…

— Primo, l'a interrompue Irwin, le conseil municipal doit se montrer bon prince et leur offrir le terrain. Faites-moi confiance : vous en avez à ne savoir qu'en faire. Ensuite, vous devriez joindre les directeurs et directrices de toutes les cliniques dévalisées pour leur demander de faire don de la totalité du matériel volé et de contribuer à l'édification du centre de soins à hauteur de 1 ou 2 millions par tête.

— Ils vont me raccrocher au nez, lui a objecté Sykes.

— Ils n'ont pas raccroché au mien, a dit Irwin. J'en ai appelé sept depuis hier, et voici la somme qu'ils m'ont promise à l'heure qu'il est.

Il lui a tendu une feuille de papier.

— Douze millions de dollars ? s'est écrié Howard en regardant la liste par-dessus l'épaule de Sykes.

— Howard, s'il y a bien quelqu'un qui sait combien ces institutions dépensent chaque année en publicité, c'est vous. Un ou 2 millions, c'est de la roupie de sansonnet pour ces gens-là. Et si vous présentez ça comme un projet commun à la ville et au secteur privé au profit des anciens combattants, je vous assure que chaque clinique – qu'elle se soit fait voler ou non du matériel – voudra figurer sur la liste des donateurs.

— Très imaginatif, monsieur Diamond, a répondu la maire, mais ces gens ont enfreint la loi.

— Je me suis entretenu avec le procureur, qui ne veut pas plus que vous endosser le rôle du mauvais flic dans cette histoire. Il est d'accord pour leur proposer une peine de travaux d'intérêt général à long terme. Je suis sûr qu'ils préféreront travailler dans leur nouvelle clinique plutôt que faire de la prison. Qu'en pensez-vous, madame la maire ? Avez-vous envie d'être la femme qui aura aidé ces héros à obtenir ce pour quoi ils ont bataillé ?

Pour la première fois depuis que j'avais fait sa connaissance, Howard Sykes a exprimé un avis officiel avant que sa femme ait pu réagir :

— Je trouve que c'est une brillante idée. Muriel n'est en fonction que depuis trois mois, mais vous nous avez fourni une multitude de stratégies de communication politique pour sa campagne de réélection.

Il s'est tourné vers sa femme. Elle est restée assise en silence pendant vingt bonnes secondes, puis elle s'est levée lentement de son fauteuil et a contourné la table.

— Howard a raison, monsieur Diamond. Vous avez fait d'un scénario catastrophe une occasion en or. Merci.

Elle a tendu la main à son ancien adversaire. Irwin s'est levé et la lui a empoignée à deux mains.

— Ravi d'avoir pu vous rendre service, madame la maire.

— Muriel, lui a-t-il dit.

— Irwin, lui a-t-il répondu.

— Eh bien, Irwin, est-ce que cela vous plairait de rester à nos côtés pour nous aider à régler les détails ? Nous pourrions en discuter autour d'un dîner demain soir. Chez moi.

— J'y serai, Muriel, lui a assuré le Démerdeur avec un sourire chaleureux. Je crois que je connais déjà l'adresse.

# 78

À 15 heures, Kylie a quitté le commissariat et marché jusqu'à l'antenne de la société Hertz, sur la 64e Rue Est. *Une dernière chance*, a-t-elle pensé en s'installant au volant de la Chevrolet Malibu de location. *Donne-lui une dernière chance*.

Combien de fois avait-elle prononcé ces paroles? Et la réponse, à l'époque, était toujours la même.

— Je ne peux pas, Kylie, lui disait sa mère. J'aime ton père, mais il a déjà gâché toutes ses chances.

Elle était âgée de dix ans quand ses parents avaient divorcé. Elle n'avait pas compris la logique de sa mère. Quand on aimait quelqu'un, qu'on l'aimait d'amour, comment pouvait-on lui refuser une chance supplémentaire de faire marcher son couple?

Vingt-cinq ans plus tard, confrontée aux mêmes choix existentiels que sa mère, elle ne les trouvait plus aussi irrationnels.

Elle aimait l'homme qu'elle avait épousé voilà dix ans, mais cet homme-là n'avait pas le cœur rempli de vitriol comme lorsqu'il l'avait agressée dans son lit d'hôpital. La toxicomanie de Spence les avait rudement éprouvés tous les deux. Comment était-elle devenue cette femme qui avait tendu un pistolet chargé à son mari en réponse à son chantage au suicide ?

Depuis, ils s'étaient parlé, et à chaque nouveau coup de téléphone il ressemblait un peu plus au Spence d'avant. Il était plein de belles promesses. Elle espérait qu'il saurait recoller les morceaux et traduire les paroles par des actes.

Elle ne l'avait pas averti de sa venue. Il aurait pu s'y opposer, et Kylie détestait qu'on lui dise non. Il était temps qu'elle balaie devant sa propre porte et, si elle n'avait pas l'habitude de présenter ses excuses, elle savait au moins une chose : on ne fait pas amende honorable par téléphone.

Elle couperait la poire en deux. Il pourrait se réinstaller à l'appartement. Elle serait là *pour* lui quand il aurait besoin d'elle, mais elle ne serait pas constamment *derrière* lui à superviser son sevrage. Il fallait que cela vienne de lui et qu'elle ne soit pas seule à souhaiter qu'il se reprenne en main.

Il était 18 heures à son arrivée à l'hôpital d'Atlantic County. Elle est allée se refaire une beauté aux toilettes. Une fois sa coiffure, son maquillage et son ego en place, elle s'est rendue dans sa chambre.

— Je peux vous aider ? lui a demandé la femme installée dans le lit de Spence.

— Pardon, je pensais que c'était la chambre de mon mari.

— C'est la 202, lui a répondu la femme.

— Oh, a dit Kylie. Je me suis trompée.

Il n'y avait pas d'erreur : la 202 était bien la chambre de Spence. Elle s'est dirigée vers le poste des infirmières.

— Je cherche Spence Harrington, a-t-elle dit. Vous pouvez m'indiquer dans quelle chambre il se trouve ?

— Harrington ? lui a répondu l'infirmière en consultant l'écran de son ordinateur. Il a signé sa décharge ce matin.

— Vous êtes sûre ?

L'infirmière lui a jeté un regard : elle était sûre.

— Vous n'avez qu'à lui téléphoner si vous ne me croyez pas sur parole.

Spence avait une carte prépayée. Kylie a composé son numéro. Il a décroché à la première sonnerie :

— Salut. Tu vas bien ?

— C'est la folie au boulot, lui a dit Kylie. On a rendez-vous avec la maire. Elle devrait arriver d'une minute à l'autre. Qu'est-ce que tu fais, toi ?

— Pas grand-chose. Tu sais comment c'est à l'hôpital…

— Et si je passais te faire un petit coucou demain ou mercredi ?

— Pas sûr que ce soit une bonne idée, lui a répondu Spence. Zach m'a donné le numéro d'une ligne directe, Narcotiques Anonymes, et je les ai appelés hier. Il y a un centre de désintox vraiment pas mal ici même, à Atlantic City. Ils ont une place de libre, et quelqu'un vient me chercher demain matin pour m'y conduire et m'y faire admettre.

— C'est super, Spence. Je pourrai te rendre visite là-bas.

— Pas dans l'immédiat. Ils sont assez stricts. Encore moins commodes que ceux du centre de l'Oregon. Pas de visiteurs. Pas de téléphone.

— Tu vas rester injoignable combien de temps ?

— Pas longtemps. Quatre semaines grand max.

— Et après ?

— Eh, chérie, lui a-t-il répondu dans un rire. C'est injuste, ta question. Je suis censé prendre les choses au jour le jour, tu connais la chanson.

— Spence…

— Quoi ?

— Je suis désolée.

— De quoi ?

— De tout. Surtout de mon attitude de jeudi soir, quand j'ai essayé de te passer mon flingue.

Il a ri, de nouveau.

— Ne tente pas la même chose avec le prochain guignol que tu arrêteras. Il risquerait de te le confisquer et de te tirer dessus. Écoute, on m'apporte mon plateau-repas. Il faut que je te laisse.

— La maire vient d'arriver. Je dois y aller aussi.

— Kylie…

— Quoi ?

— Moi aussi je suis désolé.

— De quoi ?

Nouveau rire. Non pas que la situation ait été drôle, mais il atténuait la douleur.

— Je te ferai une liste et je te l'enverrai, lui a-t-il dit. Mieux vaut que je te laisse avant que mon dîner durcisse.

— Je t'aime, Spence.

— Je t'aime aussi, Kylie. Je t'ai toujours aimée. Je t'aimerai toujours.

Il a raccroché.

Elle le croyait. Elle ne croyait pas ses mensonges éhontés : il ne se trouvait pas à l'hôpital, on ne lui apportait pas son plateau-repas, il n'allait pas se faire admettre en cure de désintox. Mais chaque parcelle de son cœur lui disait qu'il l'aimait, et ça, elle le croyait.

Et chaque parcelle de son cœur savait qu'elle l'aimerait toujours.

Mais ils avaient tous deux gâché toutes leurs chances.

# 79

J'avais trouvé une invitation électronique dans ma boîte de réception ce matin-là. Je l'avais imprimée et gardée sur moi toute la journée. L'illustration était une image d'une bouteille de chianti avec deux verres sur une nappe en vichy. Le texte était du Cheryl tout craché.

*Tu es cordialement invité à dîner :*
*« Les Lasagnes de Cheryl : deuxième tentative. »*
*Chez moi. 19 h 30. Ne fous pas tout en l'air.*

Je suis arrivé à son appartement avec dix minutes d'avance. Elle m'a enlacé et m'a embrassé tendrement dans l'encadrement de la porte ouverte, en s'attardant sur mes lèvres. C'était divin.

— Je t'ai apporté quelques menus présents, lui ai-je dit en lui tendant un bouquet de fleurs et une bouteille de vin qui, d'un point de vue qualité, se situait plusieurs crans au-dessus de la bouteille de chianti de l'invitation.

— Ce serait courtois de ma part de te dire « Oh, franchement, fallait pas », m'a-t-elle répondu en fermant la porte de l'appartement et en tirant le verrou, mais je ne vais pas te la faire à l'envers. Évidemment qu'il fallait.

— Ce n'est pas tout, ai-je ajouté en sortant un sachet en plastique de ma poche. Pour fêter ton installation.

Elle a ouvert le sac. Il contenait un pack de sous-vêtements pour hommes et une brosse à dents neuve.

— Oh, Zach, merci. J'en ai toujours rêvé, m'a-t-elle dit. Moi aussi, j'ai un cadeau pour toi.

Elle m'a pris par la main et m'a conduit dans la chambre.

La lumière était tamisée, et les légers effluves de son parfum flottaient dans l'air.

— Je suis prêt pour mon cadeau, lui ai-je dit.

*Oh que oui, je suis prêt.*

Elle a ouvert un tiroir d'une commode. Il était vide.

— Tada ! Tout ça, c'est à toi, m'a-t-elle indiqué en jetant les sous-vêtements et la brosse à dents à l'intérieur.

— Merci, lui ai-je répondu en passant mes bras autour de sa taille et en l'amenant tout contre moi.

— Pas si vite, m'a-t-elle dit en brisant mon étreinte. Le dîner est servi.

Je l'ai suivie jusqu'à la cuisine, j'ai débouché le vin et je nous en ai servi deux verres.

— Un toast, a-t-elle dit. Au tandem Jordan-MacDonald, les flics les plus balèzes de la ville.

J'ai éclusé l'essentiel du contenu de mon verre et me suis resservi.

— Et au tandem Jordan-Robinson, le couple le plus balèze de la ville.

J'ai pris une nouvelle lampée.

— Waouh, a-t-elle dit. Tu lui fais un sort, à ce vin. Rude journée ?

— Non, lui ai-je répondu. Plutôt excellente, en fait. Mais j'ai prévu de passer une longue soirée romantique avec mon amoureuse, et au cas où Cates appellerait, je veux être sûr d'avoir assez d'alcool dans le sang pour pouvoir lui annoncer que je suis imbibé et par conséquent incapable de veiller pour la patrie.

Elle m'a embrassé de nouveau, a allumé les bougies et posé deux assiettes de lasagnes fumantes sur la table. On a pris place.

— Et si c'est Kylie qui appelle ? m'a-t-elle demandé pendant que ses yeux noirs jouaient avec moi.

— Elle n'appellera pas. Elle est partie à Atlantic City pour ramener Spence chez eux. Et d'ailleurs, ai-je dit en levant mon verre, celui-ci, c'est pour MacDonald et Harrington, enfin réunis.

— Mais si elle appelle quand même ? a insisté Cheryl. Je te connais. Tu ne sais pas dire non à Kylie.

— Tu as raison. Si elle appelle, je ne saurai pas dire non.

Je me suis levé, l'ai prise par la main et entraînée dans la chambre, derechef. J'ai ouvert mon nouveau tiroir de commode, enfoui mon portable sous les sous-vêtements, repoussé le compartiment, fait sortir Kylie de la chambre, fermé la porte, et on est retournés s'attabler.

J'ai pris une nouvelle gorgée de vin.

— Bon, ai-je dit en glissant ma fourchette dans les pâtes tendres, tout en humant un arôme enivrant de viande parfaitement assaisonnée, de fromage et de tomates. Où en étions-nous avant qu'on ait l'impolitesse de venir troubler notre dîner ?

## REMERCIEMENTS

Les auteurs tiennent à remercier Sal Catapano, Daniel Corcoran, Kevin Gieras, Brian O'Donnell et Thomas Mays, inspecteurs au NYPD, J.C. Myska, du service du NYPD en charge de la protection du métro de New York, le docteur John Froude, le docteur Lawrence Dresdale, Dan Fennessey, Richard Villante, Robert Chaloner, Mike Winfield Danehy, Brian Sobie, Lani Crescenzi, Marina Savina, Gerri Gomperts, Bob Beatty, Mel Berger et Jason Wood, pour les avoir aidés à rendre crédible cette œuvre de fiction.

Le traducteur remercie la commissaire Mathilde Bourgoin pour son éclairage terminologique.

## Du même auteur
### chez le même éditeur :

*Instinct de sang,* 2023.
*Run, Rose, Run,* 2022.
*Insoluble : suspense,* 2022.
*Noces sanglantes,* 2022.
*Tu mens ? Tu meurs !,* 2021.
*Alerte rouge*, 2020.
*Pile ou face*, 2020.
*Plus jamais*, 2019.
*Jeu de massacres*, 2019 ; rééd., 2020, sous le titre *Instinct.*
*Incontrôlable*, 2018.
*Lettres de sang*, 2018.
*La Villa rouge*, 2017.
*Tue-moi si tu peux*, 2017.
*Menace sur Rio*, 2016.
*Invisible*, 2016.
*Lune pourpre*, 2015.
*Le Sang de mon ennemi*, 2015.
*Un si beau soleil pour mourir*, 2015.

*Week-end en enfer*, 2014.
*Tapis rouge*, 2014.
*Moi, Michael Bennett*, 2014.
*Zoo*, 2013.
*Dans le pire des cas*, 2013.
*Les Griffes du mensonge*, 2013.
*Copycat*, 2012.
*Private Londres*, 2012.
*Œil pour œil*, 2012.
*Private Los Angeles*, 2011.
*Qui a tué Toutankhamon ?*, 2011.
*Bons baisers du tueur*, 2011.
*Une ombre sur la ville*, 2010.
*Dernière escale*, 2010.
*Rendez-vous chez Tiffany*, 2010.
*On t'aura prévenue*, 2009.
*Une nuit de trop*, 2009.
*Crise d'otages*, 2008.
*Promesse de sang*, 2008.
*Garde rapprochée*, 2007.
*Lune de miel*, 2006.
*L'amour ne meurt jamais*, 2006.
*La Maison au bord du lac*, 2005.
*Pour toi, Nicolas*, 2004.
*La Dernière Prophétie*, 2001.